时代记忆
文　丛

两种不同的道路

何其芳散文随笔选

何其芳　著

青海人民出版社

图书在版编目（CIP）数据

两种不同的道路：何其芳散文随笔选 / 何其芳著
. -- 西宁 : 青海人民出版社 , 2020.11
（时代记忆文丛）
ISBN 978-7-225-06056-9

Ⅰ.①两… Ⅱ.①何… Ⅲ.①散文集－中国－当代
Ⅳ.① I267

中国版本图书馆 CIP 数据核字 (2020) 第 206272 号

时代记忆文丛

两种不同的道路
——何其芳散文随笔选

何其芳　著

出 版 人　樊原成

出版发行　青海人民出版社有限责任公司
　　　　　西宁市五四西路 71 号　邮政编码：810023　电话：（0971）6143426（总编室）

发行热线　（0971）6143516 / 6137730

网　　址　http://www.qhrmcbs.com

印　　刷　陕西龙山海天艺术印务有限公司

经　　销　新华书店

开　　本　890 mm × 1240 mm　1/32

印　　张　9.625

字　　数　250 千

版　　次　2021 年 1 月第 1 版　2021 年 1 月第 1 次印刷

书　　号　ISBN 978-7-225-06056-9

定　　价　56.00 元

总　序

"人民文学"的传统在当代

李云雷

　　20世纪中国最重要的事件是中国革命和改革开放，中国革命的胜利使中国彻底摆脱了半殖民地半封建社会，获得了民族独立，"中国人民从此站起来了"；改革开放的成功则让中国走出了一穷二白的状态，奠定了民族复兴的基础。在21世纪的今天，我们正走在中华民族伟大复兴的征程上，当回望20世纪的时候，我们应该感激与铭记中国革命与改革开放，或许我们身在其中并不觉得有什么特别，但是放眼世界我们就会发现，并不是所有国家的革命都能够获得胜利，在20世纪末仍大体保持着19世纪末古老帝国版图的，只有中国；也并不是所有国家都能够进行改革开放，都能够取得改革开放的成功，或者说能够顺利推进改革开放并使国势国运日趋向上的，也只有中国。中国革命和改革开放是20世纪中国最重要的遗产，也是我们在21世纪不断开拓进取、实现民族复兴最重要的根基。

"人民文学"是在中国革命的进程中产生，并对中国革命、建设、改革产生重要影响的文学。在这里，我们所说的"人民文学"是一种泛指，在不同的历史时期曾被称为"革命文学""解放区文学""十七年文学"等，又在不同的理论视域中被命名为"左翼文学""社会主义文学""红色文学"等，"人民文学"的概念既是对上述各种称谓的通约性表达，也是在新的历史语境中的一种通俗性表达。"人民文学"与20世纪中国革命紧紧联系在一起，既是20世纪中国革命组织、动员的一种方式，也是其在文化上的一种表达。"人民文学"的重要性体现在它在转变观念、凝聚情感、社会动员与组织，以及寓教于乐等方面所发挥的作用。在1940—1970年代，中国内忧外患不断，生产力低下，群众的识字率较低、知识文化水平贫乏、娱乐方式简单，"人民文学"在那时起到了独特而重要的作用。作为一种文化政治传统，"人民文学"伴随20世纪中国革命以及建国后的社会主义建设实践而逐渐生成，并以不同方式在改革开放的历史语境中延续和变迁，它直接参与和内在于现代中国的进程，发挥着独特的革命文化能量，进而建构了新的社会主义文化经验和价值传统。

"人民文学"在1940—1970年代的中国文学界曾占据主流，但在改革开放的历史新时期，对"人民文学"的评价却发生了分歧与分裂，其中既有20世纪80年代、90年代和21世纪初等不同时期的差异，也有国家、文学界、知识界等不同层面的差异，以下我们对这些分歧简单做一下勾勒，并对"人民文学"在新时代的状况做出分析。

在20世纪80年代，伴随着对"文革文学"的批判与反思，中国文学进入了一个繁荣发展的新时期，文学思潮层出不穷，从"伤痕文学""反思文学"到"改革文学""知青文学"，再到"寻根文学""先锋文学"，获得解放的文学释放出无穷的活力。在政治层面，中国进入了一个思想解放的时期，文艺政策也从"为政治服务"调整为"为人民服务，为社会主义服务"。在知识界，则发生了一场声势浩大的新启蒙运动。文学上的种种变化，被后来的文学史家概括为从"一体化到多元化"的转变，所谓"一体化"是指"人民文学"从1940年代到1970年代逐渐占据主流、成为主体，并趋于激进化的过程，而"多元化"则是指"一体化"因"文革文艺"的泡沫化而终止，逐渐走向开放、多元的过程。在这一历史时期，曾被激进的"文革文艺"压抑的其他文艺派别获得了重新评价，这些文艺派别既包括左翼文学内部的周扬、冯雪峰、胡风等人的文艺理论，丁玲、赵树理、孙犁、路翎等人的小说，也包括左翼文学之外的其他派别，比如自由主义文学、新月派、京派文学，等等，但在80年代，所谓"多元化"仍有其边界，大致限于"新文学"的范围之内，但这要到时代的进一步发展之后才能为我们知悉。1980年代的文学大致以1985年为界，呈现出迥然不同的样貌，在1985年之前，左翼文学与现实主义仍然占据主流，而在1985年之后，先锋文学与现代主义蔚然成风，逐渐占据了文学界的主流，而这则伴随着文学评价标准的重大变化，那就是从革命化到现代化、从人民文学到精英文学的转变。在这一过程中，以"重写文学史"的兴起为标志，对"人民文学"的评价逐渐走低，以"写什么和怎么写"的讨论为中心，对现实主义作品的评价也逐渐走低，或许在一个渴望转变与新异的时代，这样的变化也是难免的，要等到一个新的时代，我们才能对之进行客观冷静的评价。

在1990年代，市场化大潮席卷而来，文学界与知识界也产生了分化与争论。1993年、1994年发生的"人文精神大讨论"突显了作家与知识分子面对市场大潮的分歧，一些作家与知识分子热烈拥抱市场化与世俗化大潮，而另一些作家与知识分子则在市场大潮中坚守道德理想，或者坚守个人的岗位意识。与此同时，大众文化迅速崛起，影视与流行音乐逐渐占据了文化领域的中心位置，文学的位置开始边缘化。在文学界内部，伴随着金庸、琼瑶等通俗小说的流行，以前备受"新文学"压抑的通俗文学获得了重新评价的机会，从鸳鸯蝴蝶派到张恨水，从还珠楼主到港台新武侠，都获得了前所未有的关注。"多元化"的发展突破了"新文学"的界限，而逐渐开始向通俗文学、流行文学开放，文学评价的标准也逐渐向是否能够畅销，是否能够获得市场与读者的认可转移。在这样的潮流中，"新文学"的传统趋于边缘化，"人民文学"则处于边缘的边缘。但是在知识界，也出现了重新评价左翼文学的"再解读"思潮，他们从现代化、现代性的视角重新审视左翼文学的经典作品，对之做出了与革命史视野不同的阐释，不过这种解读更多借助于西方的"市民社会""公共空间"等理论资源，其中不乏深刻的洞见，但也有凿枘不合之处。发生在1997年、1998年的"新左派与自由主义论争"，显示了80年代新启蒙知识分子的分裂，他们在如何认识中国、如何评价中国革命、如何看待中国与世界等诸多问题上产生了深刻分歧，自由主义者更认可西方的普世价值与世界体系，但是新左派借助于新的理论资源，更认可中国道路的主体性与独特性。这一论争是20世纪最后一场思想论争，也是迄今为止影响最大的思想争鸣，这一论争主要发生于人文领域，其中很少看到文学知识分子的身影。但这一论争涉及对中国革命与红色经典的评价问题，也为人们重新认识红色文学打开了新的视野。

在21世纪最初10年，市场化大潮与大众文化的深刻影响仍在持续，但是在文学界内部，又出现了新的因素，那就是网络文学的迅速崛起，网络文学借助新的媒体形式，形成了一种新的文学生产、传播与接受方式，也形成了一种新的文学观念与文学模式。在观念上，网络文学打破了"新文学"以来的文学内涵，"新文学"将文学视为一种严肃的精神或艺术上的事业，无论是左翼文学、自由主义文学、"为艺术而艺术"，还是"改革文学""先锋文学""寻根文学"，中国现当代文学史上彼此相异与争论的诸多文学思潮，其实都分享着这样共同的文学观念，但是网络文学的出现却改变了这一共识，网络文学重视的是文学的消遣、娱乐、游戏功能，并将之推向了极致，而不再注重文学的教化、启迪、审美等功能，这极大地改变了文学的定位与整体格局。网络文学的盛行催生了穿越、玄幻、盗墓等不同的类型文学，并逐渐形成了一整套成熟的商业模式。与此同时，在更加市场化的环境中，通俗文学占据了越来越多的市场份额，"新文学"与"人民文学"的传统被进一步边缘化，主流文学界只有依靠体制的力量——作协、期刊、出版社——才能够生存下来。在这种情形之下，"底层文学"作为一种新的文艺思潮兴起，对80年代以来日趋僵化的"纯文学"及其体制进行了批判与超越，在文学界与社会各界引起了广泛关注。有论者将"底层文学"与"人民文学"的传统联系起来，但围绕这一议题也发生了分歧与争论，纯文学论者竭力贬低底层文学与"人民文学"的传统，但更年轻的一代研究者对之则持更为积极的态度。在文学研究界同样如此，新世纪以来，"左翼文学""延安文艺""十七年文学"逐渐成为文学界关注与阐释的热点问题，更年轻的学者倾向于从肯定的视角重新阐释"人民文学"及其经典作家作品，但他们的努力常被主流文学界视为异端与另类。

在21世纪第二个10年之初，市场化与大众文化进一步发展，网络文学及其商业模式则更趋于成熟，逐渐形成了"三分天下"的整体文学格局，即纯文学（严肃文学）、畅销书、网络文学三者各据一隅，纯文学（严肃文学）以期刊、作协、评奖为中心，畅销书以出版社与经济效益为中心，网络文学以点击率与 IP 改编为中心，各自形成了一套相对独立的文学运转与评价体系。但在 2014 年，这一整体格局开始发生转变。2014 年及其之后，习近平总书记发表《在文艺座谈会上的讲话》等一系列关于文艺问题的重要论述，这是继毛泽东《在延安文艺座谈会上的讲话》之后，我党最高领导人首次系统阐释对文艺问题的观点，讲话所提出的"坚持以人民为中心的创作导向""文艺不要做市场的奴隶""创作是自己的中心任务，作品是自己的立身之本"等观点，继承了我党"文艺为人民服务，为社会主义服务"的优秀传统，又对文艺界出现的新问题、新现象、新经验做出了分析与判断，为新时代文艺的发展指明了方向，已经改变了并将继续改变文学界的整体格局。

改变之一，是"人民文学"的传统得到弘扬。自 20 世纪 80 年代中期以来，"人民文学"传统先后遭遇"先锋文学"、通俗文学、网络文学等巨大变革的挑战，日渐趋于边缘化，虽曾以"底层文学"的名义短暂复兴，而并没有得到主流文学界的认可，但"以人民为中心的创作导向"提出之后，极大地扭转了文学界的整体状况，"人民文学"传统受到重视，红色文学的经典作品也得到重新阐释与更大范围的认可。

改变之二，是"新文学"的观念得以传承。中国的"新文学"虽然有内部不同派别的论争以及不同历史时期的巨大断裂，但却都将文学视为一种精神或艺术上的事业，这一点与通俗文学、类型文学注重消遣娱乐有着本质的不同，习近平总书记系列讲话中将作家艺术家视为"灵魂的工程师"，将文艺视为中华民族伟大复兴进程中的重要力量，指出"文艺是时代前进的号角，最能代表一个时代的风貌，最能引领一个时代的风气"，在这一基点上鼓励探索与创新，这是对新文学观念与传统的认可、尊重与倡导。

改变之三，是"三分天下"的格局得以改观。"三分天下"是各自形成了一套相对独立的文学运转与评价系统，但习近平总书记系列讲话是对文艺界整体讲的，也是对文学界整体讲的，不仅包括纯文学（严肃文学）界，也包括通俗文学、网络文学等领域，目前通俗文学、网络文学领域已经发生了巨大的变化，比如官场小说的转型、科幻小说的兴起，以及网络小说更加关注现实题材，更加注重现实主义等，"三分天下"的格局有望在相互竞争与争鸣中形成一种新的、开放而又统一的评价体系。

但是从另一个角度来说，现在的改变仍然只是初步的，一个突出的表现是《创业史》等人民文学的经典作品虽然得到了国家与政治层面的推崇，也得到了知识界愈发深入的研究，但是在主流文学界并没有内化为重要的写作资源与参照，很多作家心目中的理想作品仍然是中国古典、俄苏 19 世纪批判现实主义以及欧美 20 世纪现代派作品，并未真正将"人民文学"作为自己可资借鉴的重要传统；另一个突出表现是习近平总书记《在文艺座谈会上的讲话》发表已经 5 年，但并没有真正出现"以人民为中心的创作导向"的经典作品，现有的艺术性较高的优秀作品并没有坚持以人民为中心的创作导向，而有些试图坚持以人民为中心的创作导向的作品则在思想性、艺术性上存在不少缺憾，并没有达到更高层次上的融合与统一。这似乎也很难归咎于作家努力得不够，一个人思想观念的转变是艰难的，而新时期以来"人民文学"及其传统的不断边缘化，红色文学被贬低几乎成为文学界的集体无意识，要转变这样的观念，需要我们做出更加艰苦的努力。

在今天，我们需要在新的时代背景下重新认识"人民文学"的合理性与历史经验，重新梳理新中国前三十年与后四十年文学的关系，重新理解文学与人民、时代、生活的关系，面对 21 世纪正在渐次展开的历史，我们应该从"人民文学"中汲取理想主义等稀缺性精神资源，从而创造中国文学新的未来。

在这种情况下，青海人民出版社编辑出版的《时代记忆文丛》显示了历史性与前瞻性的眼光，将对重新认识和发掘"人民文学"的精神资源，传承"人民文学"的优秀传统产生重要影响。此套丛书邀请前沿学者或熟谙作品的作者子女选编人民文学代表作家的代表作品，选编丁玲、贺敬之、郭小川、李季、艾青、臧克家、赵树理、孙犁、田间、李若冰等经典作家。每种选编作品前置有一篇序言，系统介绍作家生平、创作，梳理关于他们的研究史与评价史，既有历史与文学价值，也具有新时代的眼光与视野，可以让我们看到这些文学前辈是如何在与时代、人民、生活的融合中进行艺术创作的，他们的经验值得我们借鉴，他们的作品值得我们学习。新时代的中国作家只有自觉地继承"人民文学"的传统，才能在"坚持以人民为中心的创作导向"中大有作为，我们期待这套丛书能够为新时代作家的艺术创作提供可资借鉴的资源，也期待这套丛书能受到广大读者的喜爱与欢迎。

2019 年 10 月 28 日

序

何其芳散文论

张梦阳

一

20世纪30年代初期，北京大学出现了著名的"汉园三诗人"，以诗会友，共同出版了诗集《汉园集》。这三个人就是后来都成就卓著的何其芳、李广田、卞之琳。

他们虽然以诗人著称于世，然而谈得较多的却不是诗的问题，而是散文的问题。如何其芳在《〈还乡杂记〉代序》中所说：他们都"觉得在中国新文学的部门中，散文的生产不能说很荒芜，很孱弱，但除去那些说理的、讽刺的、或者说偏重智慧的之外，抒情的多半流入身边杂事的叙述和感伤的个人遭遇的告白。"因而，何其芳明确表示："我愿意以微薄的努力来证明每篇散文应该是一种纯粹的独立的创作，不是一段未完篇的小说，也不是一首短诗的放大，""我的工作是在为抒情的散文发现一个新的园地。"

何其芳认真实践了他的诺言。自此，一个崭新的文字建筑工作竟成了他的癖好。如他自己在《〈刻意集〉序》中所说："犹如一个拙劣的雕琢师，不敢率易地挥动他的斧斤，往往夜以继日地思索着，工作着"和在《〈还乡杂记〉代序》中所说："一篇两三千字的文章的完成往往耗费两三天的苦心经营。"经过这种刻意求工、一丝不苟的切实努力，终于在1933年至1935年间雕琢出16篇散文，集结为《画梦录》，于1936年由文化生活社出版。

《画梦录》一出版就获得文学界的好评，被评为1936年《大公报》文艺奖。据说聂绀弩曾把它同鲁迅的《野草》、曹白的《呼吸》并列，认为它们是："珠玉在前，无可伦比。"《画梦录》的确称得上隽妙幽深，意象繁富，精雕细琢，词彩华美，至今仍具有很高的审美价值，值得细细玩味。

欣赏《画梦录》的艺术美，需要找到作家创作这些精美散文的思路源头。何其芳自己回顾写作倾向的《梦中道路》等文中说过"我不是从一概念的闪动去寻找它的形体，浮现在我心灵里的原来就是一些颜色，一些图案，""我惊讶，玩味，而且沉迷于文字的彩色，图案，典故的组织，含意的幽深和丰富，""企图以很少的文字制造出一种情调。"

精致、凝静、富有画面感和诗的情调，正是《画梦录》的突出特点。这是欣赏《画梦录》艺术美的契机所在。

例如《雨前》，就如一幅冷灰与暖绿相反衬的国画。

《雨前》写于1933年，是《画梦录》最精美的篇章，多次被收入各种散文选集和辞典。

这篇美文的契机在于：精选"最后的鸽群""凄冷的天空""白色

的鸭""远来的鹰隼"等别具特色的物象，通过冷灰与暖绿两种色调的反衬，构成雨前的幽深意境，制造出一种渴求雨的来临而雨偏偏迟迟不来的抑郁、迟疑的情调。

何其芳可谓是一位善于用文字构图的高等画家。《雨前》可以想象成一幅精致的国画，底色是凄楚、灰冷的：天空灰暗得像是夜色的来袭，风雨的将至，以至"最后的鸽群带着低弱的笛声在微风里划一个圈子后，也消失了"。而在这种暗冷的底色上，又淡淡地敷上几笔鲜亮的暖色："阳光在柳条上撒下的一抹嫩绿""簇生油绿的枝叶""开出红色的花""白色的鸭""红色的蹼趾""鹅黄色的雏鸭""清浅的水""青青的草""圆圆的绿荫"……冷与暖、暗与亮、憔悴与新鲜两种色调的强烈对比，正透露出了对雨的渴求：有了雨，就会出现鲜亮的颜色；没有雨，即便是"阳光在柳条上撒下的一抹嫩绿"，也会"被尘土埋掩得有憔悴色了"。而那"簇生油绿的枝叶""开出红色的花"，是怀想中的故乡的景象。怀想得愈是急切，雨就显得愈是迟疑。这种冷灰与暖绿的反衬，怀想与现实的对比，产生了绝妙的艺术效果。

选择的动物是鸽、鸭、鹰。开头的鸽一笔带过，却立即令人进入雨前的氛围。中间的鸭，精笔细写，使之拟人化："在柳树下来回地作绅士的散步"，徐徐写出从容的心绪，又引出对故乡放雏鸭人的怀想。随即又飞上天，写远来的鹰隼。从空间上看，先是天空的鸽，中是地上、水上的鸭，后是空中的鹰，天马行空般上下回旋，造成逶迤错落之感。从情调上则波折有致，跌宕多姿，从预感到怀想，从烦躁到怒愤，从呼号到失望，形成起伏多变的风姿，步步引人入胜。从时间上看，忽而描摹现实，忽而怀想故乡，前后纵横自如，而突出的则是"雨前"的"前"，而不是雨中，更不是雨后。色调和构图，又是中国传统国画的风味，而不是西洋画的。

3

如果说《雨前》是一幅冷灰与暖绿相反衬的国画，那么《黄昏》就是凝重的昏黄色的油画。

选择的物象也不再是动态的鸽、鸭、鹰，而是静态的古旧的黑色马车、整饬的宫墙和小山巅的亭子，色调昏黄、古朴，构图严整、厚重。这种色调和构图，恰如其分地制造出一种惆怅和怨抑的情调，令人感到一种沉重的压迫感。

静中仍然蕴含着运动和变化。开头一句就是这样的："马蹄声，孤独又忧郁地自远至近，洒落在沉默的街上如白色的小花朵。"本来属于听觉形象的马蹄声，巧妙地变化为视觉形象的白色小花，既透露出孤独又忧郁的情调，又蕴含纡徐、舒缓的运动，比轻飘的飞驰远为沉稳、厚重的运动。

马车空无乘人，为什么这般沉重？疑惑是载着黄昏。可见这黄昏是多么沉重了！沿途撒下的又是阴暗的影子，遂又自近至远地消失。沉重中充溢着阴暗。

"黄昏的猎人，你寻找着什么？"与宫墙相互叩问，引出了题意。原来是寻找那无声地坠地的"第一颗亮着纯洁的爱情的朝露"。

这仿佛是一首失恋诗，叹息失去的第一次的纯真爱情：第一位恋人，"一个亲切的幽静的伴步者""曾不经意地约言：选一个有阳光的清晨登上那山巅去，但随后又不经意地废弃了"。于是认真的诗人，每当仰望那高高地从林木的葱茏间耸出的小山巅的亭子时，就在暝色的天空的低垂中感到惆怅，愿"那亭子永远秘藏着未曾发掘的快乐，不敢独自去攀登我甜蜜的想象所萦系的道路了"。仿佛是一首藏着隐秘的朦胧诗。

当然，这篇油画般的散文诗绝不仅仅是失恋诗。诗人实质写的是过去的童真生活的逝去。诚如他在《〈画梦录〉和我的道路》中所说的：“《画梦录》是我从大学二年级到四年级中间所写的东西的一部分。它包含着我的生活和思想上的一个时期的末尾，一个时期的开头。《黄昏》那篇小文章就是一个界石。在那以前，我是一个充满了幼稚的伤感、寂寞的欢欣和辽远的幻想的人。在那以后，我却更感到了一种深沉的寂寞，一种大的苦闷，更感到了现实与幻想的矛盾，人的生活的可怜，然而找不到一个肯定的结论。”《黄昏》实质是作家告别“幼稚的伤感、寂寞的欢欣和辽远的幻想”，进入“深沉的寂寞”“大的苦闷”的标志，是情绪变迁的界石。所以，文中所说的“第一颗亮着纯洁的爱情的朝露”，其实并不特指恋人，而是具有更广大的含义。

《独语》和《梦后》是一幅孤独感的造影。

如果说《雨前》和《黄昏》主要是运用画家似的彩笔描画外界的景物，以表达一种特殊的主观情调的话，那么《独语》和《梦后》则主要是通过典故的组织和工妙的细笔，刻画人类的某种特定感觉。

《独语》刻画的是人类的孤独感。

孤独感是人类区别于其他动物的一种特有的精神现象，作为一种深度的心理体验，其重要特征是主体与对象相疏离所导致的一种铭心刻骨的精神空落感，这种感受深化了人类对痛苦的理解。如前所述，何其芳在写过《黄昏》之后“更感到了一种深沉的寂寞，一种大的苦闷”，更加趋于内向，《独语》独到地写出了人类的孤独感，而这种深度的心理体验又深化了他对痛苦的理解。

开头写“独步在荒凉的夜街上”的脚步声响，把脚步声比作“昏黄的灯下的黑色影子”，听觉形象又一次巧妙地变化为视觉形象，成功地一语道出了人类的孤独感。

下边是典故的组织，叙述几个可以引起孤独感的小故事。

离开了绿蒂的维特，实际是指歌德。歌德青少年时代酷爱绘画，对彩色有特殊的敏感，据说曾从垂柳里把小刀子掷入河水中，以试卜自己是否将成为一个画家。

爱驱车独游的西晋人物是指阮籍，他到车辙不通之处就痛哭而返。

这两个典故包含了天才人物因前途未卜而产生的孤独感。"古来贤者皆寂寞"，一个对宇宙和生命麻木不仁的人绝不会有强烈的忧患感和孤独感。

绝顶登高，想以长啸之声填满宇宙的寥廓，指的是空间。而听古代建筑物的诉说和呻吟，自己倒成了化石，指的是时间。时空伸向无穷，其间我们占有的是很小的一点。时空的无限性，反衬出个人的渺小与人生的短暂，目光越是向时空的深处拓展，就愈是产生深刻的孤独感。因此，每个可爱的灵魂都包含深沉的主体意识，都是倔强的独语者。

最能引起孤独感的是死。作家深入到了死的主题："幔子半掩，地板已扫，死者的床榻上长春藤影在爬；死者的魂灵回到他熟悉的屋子里，朋友们在聚餐，嬉笑，都说着'明天明天无人记起'昨天'。"存在主义哲学先驱者海德格尔说过，人只有面临死亡时才能最深刻地体会到自己的存在，人的死总是自己的死，谁也不能代替，一个人只有濒于死亡时，才能真正把自己与他人、社会、集体完全分离开来，才能突然面对着他自己，懂得自己存在的价值与生命属于人只有一次的含义，懂得生与死根本不同。而当死后灵魂归来，看到生者并无人记起自己，又该产生多么巨大的孤独感啊！生老病死，的确是历代哲人思索的根本题目。

结尾更独特地写出了人类的孤独感。独语的窃听者，竟然是自己在窗子上画的一个昆虫的影子，更加反衬了无限的孤独。这真是人类孤独感的独特造影。

《梦后》是一幅梦幻的描画。

梦是人体的一种很特殊的精神现象。从古至今，不知有多少文学家都尽情尽意地抒写梦境，屈指一数，就有庄周畅想的蝴蝶之梦，汤显祖笔下的杜丽娘之梦，等等，不一而足。何其芳的《梦后》也是写梦，而重点不是写梦境，却是写人们醒来后对世界的一种梦幻感。

此文以隔行方式分为三段。

第一段写凝睇不语的女伴远嫁和穿灰翅色衣衫的女子归来这两个梦。两个梦又交缠成一个梦，化为一幅画：《年轻的殉道女》——"巫峡旅途间，暗色的天，暗色的水""一城暮色"的梦里天地。何其芳说他孩提时独自走进林子深处便感到恐惧，产生一种对于阔大的神秘感觉。他喜欢想象着一些辽远的东西，一些不存在的人物，和许多在人类的地图上找不出名字的国土。这些辽远的东西只能在梦境出现，他善于运用富有视觉和听觉的图像性的文学笔法，描画这种种梦境，写出梦幻般的神秘感。

第二段写的是居室"四壁徒立如墓圹"的寂寞感，"历史伸向无穷像根线，其间我们占有的是很小的一点"。有如墓中人有时"享有一个精致的石室"，因而必定寂寞；难于爱己，也难于爱人。热爱世界的人，大概都是理想主义者。而寂寞虽使人变坏，却教会人如何思索，也许从这出发然后世上有可为的事。这种梦幻感，倒可能超越时空，对生命和宇宙进行高层次的独立思考，防止流于平庸的从众心理。

第三段写的是"在万念灰灭时偏又远远地有所神往，仿佛天涯地角尚有一个牵系"的矛盾心理。这个牵系只能是梦幻的。"只想念自己时，世界遂狭小"，而牵系天涯地角之处又难于实现。隔壁听姑妇二人围棋和古代隐遁者独自围棋的故事，引起一种寂寞的黑夜的感觉，以引起许多想象的小故事，制造一种情调和感觉，的确是何其芳的特长。而出语又欲低泣的状态，则传神地写出了矛盾彷徨的梦幻感。

何其芳在《关于〈画梦录〉和那篇代序》中说过："《独语》和《梦后》，虽说没有分行排列，显然是我的诗歌写作的继续，因为它们过于紧凑而又缺乏散文中应有的联络。"这篇文章的确更具有诗的特征。语言也不像《雨前》和《黄昏》那样使用纡徐的长句式，而是富于节奏的短句，显得精绝、干净、回旋利索。

《扇上的烟云》可看成艺术哲学的自白。

扇面画在中国文艺史上源远流长。魏晋时期在纨扇、竹扇上题字、作画的现象已经出现。当时的著名书画家都曾为扇泼墨挥毫，使扇不仅具有实用价值，而且成为一种艺术品。在折扇上题字作画从明成化年间开始盛行，成为一种独特的艺术形式，受到人们的欢迎。唐寅、沈周、仇英、文徵明等一代名家，都曾为人为己在扇面上题诗作画。

扇面画的特点是小巧、精致，于咫尺之间展万里烟云。何其芳把他的《画梦录》比作扇上烟云，实在是再恰当不过了。这篇代序，实质上是何其芳以对话形式写的艺术哲学的自白。

何其芳承认自己相信着一种神秘的东西，喜欢想象着一些辽远的东西……对着壁上的画出神遂走入画里去了。这实质是说开启他艺术思维的钥匙，不是概念，而是一些颜色，一些图案，是生活中的形象。

对于人生，何其芳认为使其动心的不过是它的表现，甚至对好的比喻也只是称赞它纯粹的表现，与含义无关。这表明何其芳崇奉的是艺术的表现主义，而不是为人生的功利主义。看来这时的何其芳与十年前的成仿吾等创造社成员所提倡的"纯文艺的宫廷"是相通的。

在车厢的暮色中发现美丽少女的倒影的有关叙述，表明何其芳力图在刹那间捉住永恒的美，而这正是他所珍惜的梦。捉住之后，就用梦中彩笔细细地描画出来："分明一夜文君梦，只有青团扇子知。"他精雕细刻出的一些短短的散文，表现出纯粹的柔和，纯粹的美丽，像朦胧的扇上影子。像他把自己的影子比喻为"一个黑色的猫"一样，散文从文体到语言都是独特的，富有个性的。

何其芳在这篇对话中表白了他的艺术哲学，他这些散文诗创作的过程，也恰当地描摹了他的散文的艺术特征。到这里，引起我们深思的一个问题是：为什么如何其芳后来自己感觉到的——他思想上进步了，艺术上却粗疏、倒退了呢？这恐怕也只能从他的自白中得到解释：后来有些篇目不是从生活中原有的颜色、图案、形象和自己的艺术个性出发，而是从概念出发了。

不过，也不必过度严苛地要求何其芳。其实，不仅作者本人在精致、幽美上没有超过自己，就是《画梦录》出版后的八十多年来，也未曾见过一本在这一点上超越这部薄册子的散文诗集了。近百年中国散文诗史上，只有鲁迅的《野草》与何其芳的《画梦录》称得上经典。这已是"百年经典"评选专家们的共识了。

二

《还乡杂记》是何其芳的第二部散文集。

1936 年夏，何其芳和妹妹何频伽从北平回了一次万县老家。在往返途中、万县县城以及家中，何其芳看到了触目惊心的社会现象，感受了家乡人事的变迁，内心掀起了情感的狂澜。后来，他带着一种凄凉的被流放的心境，去了山东莱阳这个对他而言偏僻辽远的小县。在那里，他看着无数的人都辗转于饥寒死亡之中，他思考着那些来自田间的诚实的青年必将遭遇的阴暗未来：贫贱和无休息的工作。由此，他意识到一些人在庄严的工作，而另一些人则倍显荒淫与无耻。这种两极对立，让他在痛苦中反省自己既往的人生道路、写作风格，以至于他很久都不曾提笔写作。

某天，一位在南方编杂志的朋友来信，问他是否可以写一点游记之类的文章。想起自己回万县所获得的繁杂感受，想起在工作之地所获得的人生之思，何其芳"突然有了一个很小的暂时的工作计划"，那就是在上课改卷子之余，用几篇散漫的文章去描写他的家乡的一角土地。于是，从1936年9月29日至1937年6月11日，何其芳先后完成了《呜咽的扬子江》（1936.9.29）、《街》（1936.10.15）、《县城风光》（1936.11.1）、《乡下》（1936.11.25）、《我们的城堡》（1936）、《私塾师》（1936）、《老人》（1937.3）、《我和散文》（1937.6.6）、《树荫下的默想》（1937.6.11），编成《还乡杂记》。其中，只有《街》未曾在报刊上公开发表过。

这本集子没有《画梦录》影响大，但却具有明显的思想与艺术上的发展：从个人的孤独的"画梦"与"独语"，扩展为对社会、人生的观察与思索；由艺术上文学描写的刻意求工，提升为对乡土特色的捕捉与白描；色彩上由浓艳化为淡色甚至土色了，但咀嚼其中深味儿，则品味到作家的老成与醇熟。如他在《〈还乡杂记〉附记二》中所说"最关心的是人间的事情"，比较以前的诗文，"向前走了一大步，因为总算是开始接触到地上的事情"。

《乡下》就把眼界扩展到整个旧中国的农村："只觉得有一种阴冷，落寞，衰微的空气""充满了阴影""看不见阳光和天空""修改一个窗子也有着困难""当科学的医药设施还不能普及到乡村时，患病的人除了乞灵于古老的医术而外，是别无办法的，就是在县城里，也难于找出一个真正受过专门训练的医生，而那些冒牌的医院同样误人。""这乡下的人们便生活在迷信和谣言中。"作家已经从"独语"扩展为对中国农村的社会、习俗观察，而且观察得更深刻。这正是他后来走上革命道路的思想基础。

《私塾师》写了作家童年读私塾时的三位老师。作家五六岁就进私塾，直到十五岁才进学校。当时私塾除了单调的不合理的功课，还是施行体罚的，他却没有挨过一次打，因为三位老师不是老迈，就是很善良。

第一位发蒙先生是一个老得不喜欢走动说话的老头儿。他的一位远祖曾穷一生的精力著一部易经注解。他历经千辛万苦到京城进献皇帝，但因为穷，不能买通大臣或者请求翰林抄写，没有成功。从此有点儿半疯狂，看见穿红衣服的女子，就胡言乱语，说她就是他年轻时在京城见过的那位宰相家的小姐。人们都窃笑他，作家却记不起老师有什么疯狂的举动，旧书箱里还有着半本老师给他抄写的唐诗，看着那些苍老的蜷曲的字便想起了他那向前俯驼的背。

第二位先生善良得像一个老保姆，大的学生简直有点儿欺侮他，小的学生也毫不畏惧，常常在晚上要求他讲故事。对于学生们斗蟋蟀、斗鸡等课外活动，毫不阻止，有时还和学生们一块儿散步在那有蟋蟀歌唱的草野间。

第三位从前曾经教过作家的父亲和叔父们。年轻时很厉害，有一次，打得学生脑袋发肿，孩子的母亲说，孩子可以打但不应该打头，他就不再打学生了，就残酷地鞭打他带着的一个孙子。作家看见，觉得这个先生很可恶，仿佛他变成了一匹食肉类的野兽。

《私塾师》写的这三位先生，都活灵活现，很有个性，并表现出作家人性的善良。

《老人》写的是四位老人。

第一位是外祖母家的老仆。他拿着一把点燃的香从长阶的左端走过来，跨过那两尺多高的专和小孩的腿为难的门槛走进堂屋去，在所有的神龛前的香炉中插上一炷香，然后虔敬地敲响了那圆圆的碗形的铜磬。一种清越的银样的声音颤抖着，飘散着，最后消失在这古宅的寂寞里。这是他清晨和黄昏的一件工作。另外，他还负责清扫院落和做繁多的杂务。人们从不问他的年纪，只是他的白发说出他的年老。一次他晕倒了，苏醒后便自己回家去。好了，又回来，照旧做繁多的工作。之后，又发生一次晕倒，他又自己回家去了，永远离开了那古宅。

第二位老人是一个容易发脾气的看门人，下巴长着花白的山羊胡子，脑后垂着一个小发辫。一次，小时候的作家玩水枪激怒了他。他告到祖父那里，使作家挨了两个凿栗，水枪也被扔到墙外岩脚下去了。后来老人学会了编草鞋卖，工作使他和气了。

第三位老人，是一位间或来家和祖父玩几天的武秀才，用一种洪亮的语声，讲他到山外贩马的故事，引起作家对山那边的向往：那与白云相接并吞了落日的远山的那边，到底是一些什么地方呢，到底有着一些什么样的人和事物呢，每当他坐在寨门外凝望的时候，便独自猜想。

第四位老人，总是孤独地，干净地，像一棵冬天的树隐遁在乡间。只是引起作者觉得人生太苦的回忆……

《还乡杂记》中写得最好的，当属《老人》。淡化、土色中间或闪耀鲜丽、明艳的色彩，例如：

我幼时常寄居在外祖母家里。那是一个巨大的古宅，在苍色的山岩的脚下。宅后一片竹林，鞭子似的多节的竹根从墙垣间垂下来。下面一个遮满浮萍的废井，已成青蛙们最好的隐居地方。我怯惧那僻静而又感到一种吸引，因为在那几乎没有人迹的草径间蝴蝶的彩翅翻飞着，而且有着别处罕见的红色和绿色的蜻蜓。

这分明是《画梦录》里才有的诗的语言，于散淡中又带着幽绿出现了，显得更加成熟。这是一种浓淡相宜的最好的散文语言，是需要长久的打磨才可能形成的一种境界。

1938 年以后的《我歌唱延安》开始脱离忧郁、闪耀明丽的光彩；《朱总司令的话》，通过"我投降无产阶级，并不是想来当总司令。我只是替无产阶级打仗、拼命、做事"这些坦诚、实在的话，表现了朱总司令豪爽、正直的性格；《记贺龙将军》，仅透过一些零星印象就把贺龙将军的形象表现得栩栩如生、活灵活现："贺龙将军在哪里，哪里就充满了谈笑与活跃。任何简陋局促的环境都不能限制他的生龙活虎的气概。"文笔变得明朗、豪放了。

三

转入文学研究工作后，何其芳以议论性散文著称于世。其中最有名又给他带来麻烦的是 1956 年 10 月 16 日《人民日报》上发表的著名论文《论阿Q》。

该文以文学名著中的诸葛亮、堂·吉诃德等不朽典型为例证，说明某些性格上的特点，是可以在不同的阶级的人物身上都见到的。这样某一个典型人物的名字，就成了他身上某种突出特点的"共名"：诸葛亮成了智慧的"共名"，堂·吉诃德成了可笑的主观主义的"共名"，阿Q则成了精神胜利法的"共名"。说明"阿Q相"并非只是旧中国一个国家内特有的现象，走向没落的失败的剥削阶级和落后的还没有觉醒的人民中间都会产生阿Q精神。批评文学研究中把阶级和阶级性的概念机械地简单应用的现象，主张研究文学作品中的人物，不能从概念出发，而必须考虑到他的全部的复杂性，必须努力按照他本来的面貌和含义来加以说明，必须重视他在实际生活中所发生的作用和效果，必须联系到文学历史上的多种多样的典型人物来加以思考。

在把阶级论推向绝对化、庸俗化的"左倾"气氛中，何其芳敢于对文学研究领域普遍存在的典型性等于阶级性的简单机械观点提出反驳，对阿Q典型研究中存在的理论疑难提出独立的解释，的确表现了难得的理论勇气和独立思考精神。何其芳曾经说过：一篇好的论文，应该"三新"，即有新的观点、新的论证、新的材料。

他的这篇论文正符合"三新"的要求，第一，有新的观点：在归纳阿Q典型研究中的主要困难和矛盾，理清前人解决这些困难和矛盾的思路之后，提出了"共名说"这条新的思路。第二，有新的论证：将视野拓展到世界文学的广阔范围中去，借助诸葛亮成了智慧的"共名"、堂·吉诃德成了可笑的主观主义的"共名"等实例进行论证，证明阿Q可成为精神胜利法的"共名"。第三，有新的材料：把鲁迅在早期论文和前期杂文中批判精神胜利法的论述，和清朝皇帝和大臣精神胜利法的实例首次归理了出来。1841年，第一次鸦片战争上的广东战争失败，清朝的将军奕山向英军卑屈求降，对清朝皇帝却诳报打了胜仗，说"焚击痛剿，大挫其锋"，说英人"穷蹙乞抚"。清朝皇帝居然也就这样说："该夷性等犬羊，不值与之计较，既经惩创，已示兵威。现经城内居民纷纷递禀，又据奏称该夷免冠作礼，朕谅汝等不得已之苦衷，准命通商。"与《阿Q正传》两相对照，使鲁迅在精神哲学与精神诗学两个领域里对人类精神现象的探索，对精神胜利法的批判，首次清晰地展露出来，呈现出鲁迅构思和创作《阿Q正传》的内在思路。由于何其芳的《论阿Q》是在前人研究基础上推出了新的观点、新的论证、新的材料，所以必然成为阿Q典型研究学术史链条上不可缺少的重要一环。因此，所有的阿Q典型研究史述都不能不论及《论阿Q》，所有的阿Q研究资料也都不能不收入《论阿Q》。《论阿Q》是何其芳议论性散文的优秀篇章，也是鲁迅研究和阿Q研究的重要成果。

其他如《关于新诗的百花齐放问题》《关于写诗的通信》等关于文学理论问题的议论性散文，也早成为中国现代文学史上的至理名谈。

总之，何其芳的散文，尤其是他的《画梦录》，奠定了他在文学史上的不朽地位。至今仍然值得后人认真借鉴和研究。

目录

1

目录

2

雨 前

最后的鸽群带着低弱的笛声在微风里划一个圈子后，也消失了。也许是误认这灰暗的凄冷的天空为夜色的来袭，或是也预感到风雨的将至，遂过早地飞回它们温暖的木舍。

几天的阳光在柳条上洒下的一抹嫩绿，被尘土埋掩得有憔悴色了，是需要一次洗涤。还有干裂的大地和树根也早已期待着雨。雨却迟疑着。

我怀想着故乡的雷声和雨声。那隆隆的有力的搏击，从山谷返响到山谷，仿佛春之芽就从冻土里震动，惊醒，而怒苗出来。细草样柔的雨声又以温存之手抚摩它，使它簇生油绿的枝叶而开出红色的花。这些怀想如乡愁一样萦绕得使我忧郁了。我心里的气候也和这北方大陆一样缺少雨量，一滴温柔的泪在我枯涩的眼里，如迟疑在这阴沉的天空里的雨点，久不落下。

白色的鸭也似有一点烦躁了，有不洁的颜色的都市的河沟里传出它们焦急的叫声。有的还未厌倦那船一样的徐徐地划行；有的却倒插它们的长颈在水里，红色的蹼趾伸在尾后，不停地扑击着水以支持身体的平衡。不知是在寻找沟底的细微的食物，还是贪那深深的水里的寒冷。

有几个已上岸了。在柳树下来回地作绅士的散步，舒息划行的疲劳。

然后参差地站着，用嘴细细地抚理它们遍体白色的羽毛，间或又摇动身子或扑展着阔翅，使那缀在羽毛间的水珠坠落。一个已修饰完毕的，弯曲它的颈到背上，长长的红嘴藏没在翅膀里，静静合上它白色的茸毛间的小黑睛，仿佛准备睡眠。可怜的小动物，你就是这样做你的梦吗？

我想起故乡放雏鸭的人了。一大群鹅黄色的雏鸭游牧在溪流间。清浅的水，两岸青青的草，一根长长的竹竿在牧人的手里。他的小队伍是多么欢欣地发出啁啾声，又多么驯服地随着他的竿头越过一个田野又一个山坡！夜来了，帐幕似的竹篷撑在地上，就是他的家。但这是怎样辽远的想象呵！在这多尘土的国土里，我仅只希望听见一点树叶上的雨声。一点雨声的幽凉滴到我憔悴的梦，也许会长成一树圆圆的绿荫来覆荫我自己。

我仰起头。天空低垂如灰色的雾幕，落下一些寒冷的碎屑到我脸上。一只远来的鹰隼仿佛带着怒愤，对这沉重的天色的怒愤，平张的双翅不动地从天空斜插下，几乎触到河沟对岸的土阜，而又鼓扑着双翅，作出猛烈的声响腾上了。那样巨大的翅使我惊异。我看见了它两肋间斑白的羽毛。

接着听见了它有力的鸣声，如同一个巨大的心的呼号，或是在黑暗里寻找伴侣的叫唤。

然而雨还是没有来。

一九三三年

黄　昏

马蹄声，孤独又忧郁地自远至近，洒落在沉默的街上如白色的小花朵。我立住。一乘古旧的黑色马车，空无乘人，纤徐地从我身侧走过。疑惑是载着黄昏，沿途散下它阴暗的影子，遂又自近至远地消失了。

街上愈荒凉。暮色下垂而合闭，柔和地，如从银灰的归翅间坠落一些慵倦于我心上。我傲然，耸耸肩，脚下发出凄异的长叹。

一列整饬的宫墙漫长地立着。不少次，我以目光叩问它，它以叩问回答我：

——黄昏的猎人，你寻找着什么？

狂奔的猛兽寻找着壮士的刀，美丽的飞鸟寻找着牢笼，青春不羁之心寻找着毒色的眼睛。我呢？

我曾有一些带伤感之黄色的欢乐，如同三月的夜晚的微风飘进我梦里，又飘去了。我醒来，看见第一颗亮着纯洁的爱情的朝露无声地坠地。我又曾有一些寂寞的光阴，在幽暗的窗子下，在长夜的炉火边，我紧闭着门而它们仍然遁逸了。我能忘掉忧郁如忘掉欢乐一样容易吗？

小山巅的亭子因暝色天空的低垂而更圆，而更高高地耸出林木的葱茏间，从它我得到仰望的惆怅。在渺远的昔日，当我身侧尚有一个亲切的幽静的伴步者，徘徊在这山麓下，曾不经意地约言：选一个有阳光的清晨登上那山巅去。但随后又不经意地废弃了。这沉默的街，自从再没有那温柔的脚步，遂日更荒凉，而我，竟惆怅又怨抑地，让那亭子永远秘藏着未曾发掘的快乐，不敢独自去攀登我甜蜜的想象所萦系的道路了。

一九三三年

岩

　　我是从山之国来的，让我向你们讲一个山间的故事。那么你对于山很有情感吗。不要问我，你简直敲到我悲哀的键子上了。我只记得从小起，我的屋前屋后都是山，装饰的童年的天地非常狭小，每每相反的想起平沙列万幕，但总想象不出那样的生活该是如何一个旷野，竟愁我的翅膀将永远飞不过那些岭嶂。如今则另是一种寂寞，胡马依北风，越鸟巢南枝，颇起哀思于这个比兴，若说是怀乡倒未必，我的思想空灵得并不归落于实地，只是，我真想再看一看我那屋前屋后的山啊，苍苍的树林不啻一个池塘，该照见我的灵魂十分憔悴吧。然而要紧的是开始我的故事。凡文章最难于一个开始，而且，大陆的居民，我怎样能在你们面前绘出我这故事的背景呢，我怎样能使你们了解我对于这背景所起的情感的波动呢。我劝你们坐一次火车，一日夜之程，到五岳归来不看山的东岳去，那虽颇与我家乡的山不同，平地起一个孤独之感，但我很称赏那绝顶上的舍身岩，那样一个好名字好地方，说不准哪一天我还要再爬上去，在落日的光辉里和自己的影子踯躅一会，那时宇宙算得甚么呢，泰山等于鸿毛了。其次我喜欢坐在对松亭里看岩半腰的松树，山风吹得它们永远长不大。

是呵，岩半腰的松树，山风吹得你永远长不大，你在我想象里孤立得很，是甚么时候一只飞鸟打这儿过，无意间嘴里掉下一粒种子，遂倔强的长起来了，却为鸦雀们所弃，不来借一枝之巢栖，老鹰在蓝天里盘旋又盘旋，最后也情愿止于黑色的岩石，作哲学家的冥想。但不要抖索，如果落了一根针叶总是个损失，我这故事的主人公将在你脚下出现。问他吧，你这与危险共嬉戏者，我看你是先以一绳系住腰，再系其一端于树上，然后附岩而下，你有甚么理由轻视你的生命呢，你骄傲地向半空中挥起镰刀，又就近割着青草，青草从你手腕间纷纷下落没有一点声音……我看他殊无回答的工夫，让我老老实实地告诉你们，他乃一无父无母的孩子，就养于其叔父，始而牧猪，继而放牛，许多无辜的挞责创伤了他的心，于是极端的苦辛遂潜匿于一个无语的灵魂。

那么他勇敢地向绝岩夺取的乃不过供牲口齿间之一唻而已。这道理我无法说明，大概你又是个江南人，忘不掉芳草连绵千里的境界，我且引你上岩顶去指点与你看啊，群山起伏，高高下下都是田亩，哪里有让你牵牛儿来吃草之地呢？

但是我不愿再往前走了，乱石累累，三五成群，我怀疑你是个诱敌深入的向导，我才不愿迷入你的阵图中，但是，我耳边已隐隐有金鼓杀伐之声，唉，老丈，你引我从哪个方向出去呢。不要乱想，此乃一个废圮的寨子，昔日土人筑之以避白莲教者，我们且择一块石头坐下，风吹得我们的衣袖单薄了。我很不喜人类之中有所谓战争，然于异国中古时的骑士与城堡则常起一种浪漫的怀想，城头上若竖立一杆大旗，那更招展得晴空十分空阔吧，至于此垒乱石以为城，我却嫌太草率了，虽是避难也不应如此，并且，我看你们这地方山势险恶，民风一定剽悍轻生，令我悲哀之至。不，这实在是一个山间的桃源，我想桃源避秦人既然娶妻生子，总不免也会有些小小的不幸。说人生有甚么巨大的悲恸大概是戏剧家的夸张，只是永远被一些小小的不幸缠绕得苦，比如我们的祖先之失掉伊甸就由于一个园子里有了两个人，然而我的意思是说天上未必胜过人间，我且再指点那岩后的山坡与你看呵，白杨多悲风，但见丘与坟，而它们一个个都绿得那样沉默。

还是向前走好了，人生就譬如走路，我的一个朋友曾经说过，举起步子就忘记是在走，至于此岩上之所有我从此一口气告诉你们，刚才问答得殊不称意。这是颓墙，这是碎瓦，都琐琐不足为外人道，但我却颇满意于这荒凉，说不准哪一天谢绝人世，归结茅屋于此，最后这是干涸的水池，那立于岩尾的木架则是辘轳，塘水上山的道路，它朽腐的身躯仍然是一个诱惑，会使你失足落下绝岩如一根草，唉，不要提它，我这故事的主人公就苦无工夫来这岩上游玩，常遥望那辘轳而心喜，大概我这故事将有一个悲伤的结局了，但是你瞧，他已牵牛到塘边饮水去了，我们也下岩去吧。

我们也到塘边去吧。鼹鼠饮河，不过满腹，然而此水毫无流动之致，令我忧愁。小人物呵你立在遥遥的对岸，手中之绳牵得牲口微微喘息，我想起一个故事了，夏夜的塘边，一个过路人坐下濯足，突然被紧握于一只水中之手，力往下曳，此人大概颇有几分胆量，乃自言自语道，天气真热，我脱了衣裳下去游泳一会儿吧，于是遂兔脱而鸟遁了。小人物呵你一定没有听见，我不过惆怅于我幼时的怯弱而已，那时我不敢走夜路，为的怕鬼物在岩边水边幻作一条路来诱引我，直至如今仍无力正视人生之阴影方面，虽说我自信是个彻底怀疑者，人世的羁绊未必能限制我，但从无越轨的行为，一只飞蛾之死就使我心动。唉，暮色竟涂上了我思想的领域，我感觉到人在天地之间孤独得很，目睹同类匍匐将入于井而无从救援，正如对一个书中人物之爱莫能助。无父无母的孩子呵风吹得这黄昏凄冷了，家去吧，我殊不愿再饶舌，我希望合上了眼睛就永远张不开，作一个算命的瞎子给你一句预言：岩边水边切要留心。

　　我这故事是完了但谁也不会餍足，我并不说人生是无结构的，因为就我所知，实事之象故事乃有过于向壁虚构者，并且我自己起初也拟有一点穿插，大概是关于一位无儿无女的疯了的老太太，最后塘水一段乃为她而描写，但是，我的笔啊，你若在我手中变成乐器，那倒会有一番嘈嘈切切杂错弹吧，不过那时你们必又说道，你的乐器准是龙门之桐且烧焦了尾的，是以有北鄙之音凄且厉，其能久乎，可不是吗，你听你听，我的弦断了。

一九三四年

梦　后

知是夜，又景物清晰如昼，由于园子里一角白色的花所照耀吗，还是——我留心的倒是面前的女伴凝睇不语，在她远嫁的前夕。是远远的如古代异域的远嫁啊！长长的赤栏桥高跨白水；去处有丛林茂草，蜜蜂闪耀的翅，圆坟丰碑，历历酋长之墓；水从青青的浅草根暗流着寒冷……

谁又在三月的夜晚，曾梦过穿灰翅色衣衫的女子来入梦，知是燕子所化？

这两个梦萦绕我的想象很久，交缠成一个梦了。后来我见到一幅画，《年轻的殉道女》。轻衫与柔波一色，交叠在胸间的两手被带子缠了又缠，丝发像已化作海藻流了。一圈金环照着她垂闭的眼皮，又滑射到蓝波上。这倒似替我画了昔日的辽远的想象，而我自己的文章反而不能写了。

现在我梦里是一片荒林，木叶尽脱。或是在巫峡旅途间，暗色的天，暗色的水，不知往何处去。醒来，一城暮色恰像我梦里的天地。

把钥匙放进锁穴里，旋起一声轻响，我像打开了自己的狱门，迟疑着，无力去摸索一室之黑暗。我甘愿是一个流浪者，不休止地奔波，在半途倒毙。那倒是轻轻一掷，无从有温柔地回顾了。

开了灯看啊，四壁徒立如墓圹。墓中人不是有时还享有一个精致的石室吗？

从前我爱搬家，每当郁郁时遂欲有新的迁移。我渴想有一个帐幕，逐水草而居，黑夜来时在树林里燃起火光。不知何时起世上的事都使我厌倦，遂欲苟简了之了。

"Man delights not me ; no，nor woman neither" [1]，哈姆雷特王子，你笑吗？我在学习着爱自己。对自己我们常感到厌恶。对人，爱更是一种学习，一种极艰难极易失败的学习。

也许寂寞使我变坏了。但它教会我如何思索。

我尝窥觑、揣测许多热爱世界的人，他们心里也有时感到寒冷吗？历史伸向无穷像根线，其间我们占有的是很小的一点。这看法是悲观的，但也许从之出发然后世上有可为的事吧。因为，以我的解释，他们都是理想主义者。

唉，"你不曾带着祝福的心想念我吗？"是谁曾向我吐露过这怨语呢，还是我向谁？是的，当我们只想念自己时，世界遂狭小了。

我常半夜失眠，熟悉了许多夜里的声音，近来更增多一种鸟啼。当它的同类都已在巢里梦稳，它却在黑天上飞鸣，有什么不平呢？

我又常恨人一点不会歌啸，像大江之岸的芦苇，空对东去的怒涛。因之遂羡慕天籁。从前有人隔壁听姑妇二人围棋，精绝，次晨叩之，乃口谈而已。这故事引起我一个寂寞的黑夜的感觉。又有一位古代的隐遁者，常独自围棋，两手分运黑白子相攻伐。有时，唉，有时我真欲向自己做一次滔滔的雄辩了，而出语又欲低泣。

春夏之交多风沙日，冥坐室内，想四壁以外都是荒漠。在万念灰

---

[1] 《哈姆雷特》第二幕第二场原句，意思是："人不能使我喜欢，不，女人也不能。"

灭时偏又远远地有所神往，仿佛天涯地角尚有一个牵系。古人云："思君令人老，岁月忽已晚。"使我老的倒是这北方岁月，偶有所思，遂愈觉迟暮了。

一九三四年

独　语

设想独步在荒凉的夜街上，一种枯寂的声响固执地追随着你，如昏黄的灯光下的黑色影子，你不知该对它珍爱还是不能忍耐了：那是你脚步的独语。

人在孤寂时常发出奇异的语言，或是动作。动作也是语言的一种。

决绝地离开了绿蒂的维特[①]，独步在阳光与垂柳的堤岸上，如在梦里。诱惑的彩色又激动了他做画家的欲望，遂决心试卜他自己的命运了。他从衣袋里摸出一把小刀子，从垂柳里掷入河水中。他想：若是能看见它的落下他就将成功一个画家，否则不。那寂寞地一挥手使你感动吗？你了解吗？

我又想起了一个西晋人物，他爱驱车独游，到车辙不通之处就痛哭而返。

绝顶登高，谁不悲慨地一长啸呢？是想以他的声音填满宇宙的寥阔吗？等到追问时怕又只有沉默地低首了。我曾经走进一个古代的建筑物，画檐巨柱都争着向我有所诉说，低小的石栏也发出声息，像一些坚忍的深思的手指在上面呻吟，而我自己倒成了一个化石了。

或是昏黄的灯光下，放在你面前的是一册杰出的书，你将听见里

---

① 这实际是指歌德。下面的故事是从一本歌德的传记里读到的。

面各个人物的独语。温柔的独语，悲哀的独语，或者狂暴的独语。黑色的门紧闭着：一个永远期待的灵魂死在门内，一个永远找寻的灵魂死在门外。每一个灵魂是一个世界，没有窗户。而可爱的灵魂都是倔强的独语者。

我的思想倒不是在荒野上奔驰。有一所落寞的古老的屋子，画壁漫漶，阶石上铺着白藓，像期待着最后的脚步：当我独自时我就神往了。

真有这样一个所在，或者是在梦里吗？或者不过是两章宿昔嗜爱的诗篇的糅合，没有关联的奇异的糅合：幔子半拖，地板已扫，死者的床榻上长春藤影在爬；死者的魂灵回到他熟悉的屋子里，朋友们在聚餐，嬉笑，都说着"明天明天"，无人记起"昨天"。

这是颓废吗？我能很美丽地想着"死"，反不能美丽地想着"生"吗？

我何以又太息："去者日以疏，生者日以亲"？是慨叹着我被人忘记了，还是我忘记了人呢？

"这里是你的帽子"，或者"这里是你的纱巾，我们出去走走吧"，我还能说这些惯口的句子。而我那有温和的沉默的朋友，我更记起他：他屋里有一个古怪的抽屉，精致的小信封，装着丁香花，或是不知名的扇形的叶子，像为着分我的寂寞而展示他温柔的记忆。墙上是一张小画片，翻过背面来，写着"月的渔女"。

唉。我尝自忖度：那使人类温暖的，我不是过分缺乏了它就是充溢了它。两者都足以致病的。

印度王子出游，看见生老病死，遂发自度度人的宏愿。我也倒想有一树菩提之荫，坐在下面思索一会儿。虽然我要思索的是另外一个题目。

于是，我的目光在窗上徘徊了。天色像一张阴晦的脸压在窗前，发出令人窒息的呼吸。这就是我抑郁的缘故吗？而又，在窗格的左角，我发现一个我的独语的窃听者了。像一个鸣蝉蜕弃的躯壳，向上蹲伏着，嗫嚅地。嗫嚅地，和着它一对长长的触须，三对屈曲的瘦腿。我记起了它是我用自己的手描画成的一个昆虫的影子，当它迟徐地爬到我窗纸上，发出孤独的银样的鸣声，在一个过逝的有阳光的秋天里。

一九三四年

炉边夜话

"三个少年出去寻找他们的运气，"长乐老爹这样开始了，像是故事的第一句又像是题目，随即停顿着，用他的眼睛掠过半圈子年轻的脸，在火光中它们微红而结实如树上的果子，露出满意的沉默。

"三个少年出去寻找他们的运气，"声音宏大了些，"你听惯了三兄弟因为争着一个美女子，出去寻找奇异的珍宝来做聘礼，或者三个傻女婿带着多少银子，到他乡的路途上去学智慧，会猜我要说的是哪一类的故事。是的。不过他们是出去寻找他们的运气。"

"那时候的少年是喜欢冒险的，他们说雀儿的翅膀硬了就离开老窠，人站在生长起来的檐下是羞耻。他们常常偷跑到很远的地方去，让妇女们在家中叹息流泪，但男子们并不担忧，知道他们若是回来了就极依恋极忠实于他们的乡土。现在你们却赶了市集就说辛苦，到了冬天就减少做工的时刻，晚上躺在炉边像猫儿。这炉边是应当让比我更老的人来讲故事，比你们更年轻的孩子们来听的。"微红而结实的脸大半低下去了，沉默着，像在疑惑火光为甚么如此蓬勃又郁结。有一个拾起火钳，重新砌架着烧断了的柴，随即有爆炸声，火苗高高的飞起。没有低下去的脸大概是属于勇敢者的了，他们仍有这山间民族的纯粹的血液流在脉管内，常神往于他们祖先的事迹，此时正注视着长乐老爹脸上的皱纹与发亮的白胡须。

"总之，有一天这三个少年遇在一起了，"长乐老爹重新开始说，"我们不妨想象是在一个树林内，阳光从密叶间漏下，野鸽子低飞着，他们交换了欢迎语就躺在草地上。第一个是高个儿，有深灰色的眼珠，柔和的语声。第二个最强壮，人家怕他像怕小豹子。第三个特性是没有特性，诚实而敏慧，谦逊而自信，如我们这里的普通少年。"

"少年们大概最喜欢彼此诉说志愿了，于是我们听见了第一个少年轻轻叹一口气（假若我们是他身旁的树上的叶子），他说：'我真愿我生在另外一个地方呵。我尊敬这里的一切，但总觉远远处我的乡土在召唤我，我灵魂的乡土。'人'如植物一样，有它适宜的分布的地图，而'生'却如栽种的手一样盲目，于是我们先天的就有地域错误的不幸了。那么你灵魂的乡土是哪儿呢，你们会问我。我也常问着自己。假若能回答倒好了，只是'人'并未赋有这种选择的预知，我们以为幸福在东方，向之奔逐，却也许正在西方。然而错误的奔逐也是幸福的，因为有希望伴着它。'

"'那么你奔逐的方向？'

"'我想到海上去。青色的海，白色的海，金色的海，我到底知道海是甚么颜色呢，海上的天空又是甚么颜色呢。在那寥阔间也许有长春的岛屿，如蜃气所成的楼阁，其下柔波环绕，古书上所说的弱水三千，或者我应生在那里吧。但这里的人从没有一个见过海的，辽远使我更加渴切了。'

"两个听者都以一刻沉默来表示哀怜，他们竟为这低弱的语声所感动，虽说对于这缥渺的向往论理是应该嘲笑的。最后第二个少年从草地上坐起，责备似地说：'朋友呵，你应该羞愧你是这山间民族的子孙，日对这些峰岭不能使你强健而沉毅吗？但我却过于暴躁，和平的乡居囚絷着我，我快要鹰隼一样飞飏了。我将作一个武士。我祈祷山之神，赐伟力于双臂，赐坚固的信念于心，我将宣扬这山间民族的美德于外面世界。朋友呵，强于行为的人是弱于语言的，让我引这句古语来替我底嘴舌谢罪。'他底右手拔着身旁的草，又掷向他的脚尖，但草却就近的纷落在他衣上，如是数次，他乃转身向着第三个少年，此时他正在沉思。

"'你呢？'

"第三个少年翻身立起来，来回走数步，然后坐下，'自然我也羡慕飞鸟，羡慕水族，但我没有忘记感谢这土地。它给予我们的丰富可以用手来量，用言辞来表示吗？我们可以如幻想的婴孩想离开母亲的乳吗？所以我说，有翅的你就往高处飞，有鳞介的你就到大海去，我祝福你们。我却将从山间到更深的山间去。'

"于是这三个少年出去寻找他们的运气。"长乐老爹说到这里就停止了，一双瘦瘠的手掌翻转的烤着火，又按着指骨节作脆响。大家都等待着，不耐烦地拾起火钳在石头上轻敲（因为这个火炉实际是几个石头砌成的圈子），长乐老爹仍不开口。

"老爹，往下讲吧。"

"这个故事吗，已经讲完了。"

"不是刚开始？"

"是的，"长乐老爹微笑着，"书上的故事大概都是从此以后才正有文章呢，然而让我在这里对一切讲故事者嘲笑一下，你们要知道这三个少年出去后的事只有问他们自己了。"

"但故事总有一个结果。"

"是的，凡事都有一个结果。这故事的结果是三个少年都寻找着了他们的运气。因为往海上去的去了就永没有回来，从军的听说建了无数战功而最终死在战地里，到更深的山间去的在那里做了首领，直至老来病危时才把财产散给居民，嘱咐他们送他的棺材回乡土来安葬。若是还要问他的坟在哪儿，恕我无从指点给你们看了。"怎么，长乐老爹慢慢地合上眼，把他的头倒在一双瘦瘠的手掌里，而听者也不用笑声来结束这故事。火也低落了。有一个立起来，去抱一些柴来添。有的却注视着长乐老爹头上的白发，记起了老爹自己的许多冒险故事，那获得许多听者的欢迎的，并且想，为甚么他自己回到乡土来了呢，难道是没有寻找着他的运气吗。

一九三四年

画梦录

丁令威

丁令威忽然忘了疲倦，翅膀间扇着的简直是快乐的风，随着目光，从天空斜斜的送向辽东城。城是土色的，带子似的绕着屋顶和树木。当他在灵虚山忽然为怀乡的尘念所扰，腾空化为白鹤，阳光在翅膀上抚摩，青色的空气柔软得很，其快乐也和此刻相似吧。但此刻他是急于达到一栖止之点了。

轻巧地停落在城门口的华表柱上。

奔向城门的是一条大街，在这晨光中风平沙静，空无行人，只有屋檐投下有曲线边沿的影子。华表柱的影子在街边折断了又爬上屋瓦去，以一个巨大的长颈鸟像为冠饰。这些建筑这些门户都是他记忆之外的奇特的生长，触醒了时间的知觉，无从去呼唤里面的主人了，丁令威展一展翅。

只有这低矮的土筑的城垣，虽也迭经颓圮迭经修了吧，仍是昔日的位置，姿势，从上面望过去是城外的北邙，白杨叶摇着像金属片，添了无数的青草塚了。丁令威引颈而望，寂寞得很，无从向昔日的友伴致问讯之情。生长于土，复归于土，祝福他们的长眠吧：丁令威瞑目微思，难道隐隐有一点失悔在深山中学仙吗？明显的起在意识中的是：

"我为甚么要回来呢？"他张开眼睛来寻找回来的缘故了：这小城实在荒凉，而在时间中做了长长旅行的人，正如犁过无数次冬天的荒地的农夫，即在到处是青青之痕了的春天，也不能对大地唤起一个繁荣的感觉。

"然而我想看一看这些后代人呵。我将怎样的感动于你们这些陌生的脸呵，从你们的脸我看得出你们是快乐还是痛苦，是进步了还是堕落了。你们都来，都来……"当思想渐次变为声音时，丁令威忽然惊骇于自己的鹤的语言，从颈间进出长嘴外的高朗然而噪急的长唳，停止了。

但仍是呼唤来了欢迎的人群，从屋里，从小巷里，从街的那头：

"吓，这是春天回来的第一只鹤，"

"并且是真正的丹顶鹤，"

"真奇怪，鹤歇在这柱子上，"

并且见了人群还不飞呢。在语声，笑声，拍手声里，丁令威悲哀得很，以他鹤的眼睛俯望着一半圈子人群，不动的，以至使他们从好奇变为愤怒了，以为是不祥的朕兆，扬手发出威吓的驱逐声，最后有一个少年提议去取弓来射他。

弓是精致的黄杨木弓。当少年奋臂拉着弓弦时，指间的羽箭的锋尖在阳光中闪耀，丁令威始从梦幻的状况中醒来，噗噗的鼓翅飞了。

人群的叫声随着丁令威追上天空，他急速的飞着，飞着，绕着这小城画圈子。在他更高的冲天远去之前，又不自禁地发出几声高朗然而噪急的长唳，若用人类的语言翻译出来，大约是这样：

"有鸟有鸟丁令威，去家千年今始归，城郭如故人民非，何不学仙塚累累。"

淳于棼

淳于棼弯着腰在槐树下，在隆起如山脉的树根间终于找着了一个圆穴，指头大的泥丸就可封闭，转面告诉他身旁的客人："这就是梦中乘车进去的路。"

淳于棼惊醒在东厢房的木榻上，窗间炫耀着夕阳的彩色，揉揉眼，看清了执着竹帚的僮仆在扫庭阶，桌上留着饮残的酒樽，他的客人还在洗着足。

"唉，倏忽之间我经历了一生了。"

"做了梦么？"

"很长很长的梦呵。"

从如何被二紫衣使者迎到槐安国去，尚了金枝公主，出守南柯郡，与檀萝国一战打了败仗，直到公主薨后罢郡回朝，如何为谗言所伤，又由前二紫衣使者送了回来：他一面回想一面嗟叹地告诉客人，客人说：

"真有这样的事吗！"

"还记得梦中乘车进去的路呢。"

淳于棼蹲着在槐树下，在隆起如山脉的树根间，用他右手的小指头伸进那蚁穴去，崎岖曲折不可通，又用他的嘴唇吹着气，消失在那深邃的黑暗中没有回声。那里面有城郭台殿，有山川草木，他决不怀疑，并且记得，在那国之西有灵龟山，曾很快乐地打了一次猎。也许醒着的现在才正是梦境呢，他突然站立起来了。

槐树高高的，羽状叶密覆在四出的枝条上，像天空。辽远的晚霞闪耀着。淳于棼的想象里蠕动着的是一匹蚁，细足瘦腰，弱得不可以风吹，若是爬行在个龟裂的树皮间看来多么可哀呵。然而以这匹蚁与他相比，淳于棼觉得自己还要渺小，他忘了大小之辨，忘了时间的久暂之辨，这酒醉后的今天下午实在不像倏忽之间的事：

淳于棼大醉在筵席上，自从他使酒忤帅，革职落魄以来这已不是他第一次大醉了，但渐趋衰老的身体不复能支持他的豪侠气概，由两个客人从座间扶下来，躺在东厢房的木榻上，向他说："你睡吧，我们去喂我们的马，洗足，等你好了一点再走。"

淳于棼徘徊在槐树下，夕阳已消失在黄昏里了，向他身旁的客人说："在那梦里的国土我竟生了贪恋之心呢。谗言的流布使我郁郁不乐，最后当国王劝我归家时我竟记不起除了那国土我还有乡里，直到他说我本在人间，我薔然想了一会才明白了。"

"你定是被狐狸或者木妖所蛊惑了，喊仆人们拿斧头来斫掉这棵树吧。"客人说。

白莲教某

白莲教某今晚又出门了。红蜡烛已烧去一寸，两寸，或者三寸，在案上的锡烛台上结一个金色小花朵，没有开放已照亮四壁。白莲教某正走着怎样的路呢。他的门人坐在床沿，守着临走时的吩咐，"守着烛，别让风吹熄了。"

案上的锡烛台上的小花朵放开了，纷披着金色复瓣，又片片坠落，中心直立着一座尖顶的黑石塔，幽闭着甚么精灵吧，忽然凭空跌下了，无声的，化作一条长途，仅是望着也使人发愁的长途……好孩子，别打瞌睡！门人从朦胧中自己惊醒了，站起身来，用剪子绞去半寸烧过的烛心。

从前有一天，白莲教某出门了，屋里留下一个木盆，用另外一个木盆盖着，临走时吩咐："守着它，别打开看。"

白莲教某的法术远近闻名，来从学的很不少，但长久无所得，又受不惯无理的驱使，都渐次散去了，剩下这最后一个门人，年纪轻，学法的心很诚恳，知道应该忍耐，经过了许多试探，才能获得师傅的欢心和传授。他坐在床沿想。

"别打开看"，这个禁止引动了他的好奇，打开：半盆清水，浮着一只草编的小船，有帆有樯，精致得使人想用手指去玩弄。拨它走动吧。翻了，船里进了水，等待他慌忙地扶正它，再用盆盖上后，他的师傅已带着怒容站在身边了，"怎么不服从我的吩咐！""我并没有动它。""你没有动它！刚才在海上翻了船，几乎把我淹死了！"

红蜡烛已烧去两寸，三寸，或者四寸，在案上的锡烛台上站一只黄羽小鸟，举嘴向天，待风鼓翅。白莲教某已走到哪儿呢。走尽长长的路，穿过深的树林，到了奇异的城中的街上吧。那不夜城的街上会有怎样的人，和衣冠，和欢笑。

半盆清水就是他的海。那海上是平静的还是波涛汹涌。独自驾一叶小船。门人想：假若有那种法术。只要有那种法术。

案上的锡烛台上的小鸟鼓翅飞了，随它飞出许多只同样的鸟，变成一些金环，旋舞着，又连接起来成了竖立的长梯，上齐屋顶，一级一级爬上去，一条大路……好孩子，你又打瞌睡，那你就倒在枕上躺一忽吧！门人远远地看见他师傅的背，那微驼的背，在大路上向前走着，不停一停，他赶得乏极了……

当他惊醒在黑暗里时，他明白这一忽瞌睡的过错了，慌忙地在案上摸着取灯，划一根，重点着了烛。而他微驼着背的师傅已带着怒容从门外走进来了，

"吩咐你别睡觉，你偏睡觉了！"

"我并没有。"

"你并没有！害我在黑暗里走十几里路！"

一九三四年

弦

当我忧郁的思索着人的命运时，我想起了弦。有时我们的联想是很微妙的。一下午，我独步在园子里，走进一树绿荫下低垂着头，突然记起了我的乡土，当我从梦幻中醒来时，我深自惊异了，那是一棵很平常的槐树，没有理由可以引起我对乡土的怀念，后来想，大概我在开始衰老了，已有了一点庭园之思吧。现在我想起了弦。我们乡下，有一个算命老人，他的肩上是一个蓝布笔墨袋，一张三弦。当他坐在院子里数说着人的吉凶祸福，他的手指就在弦上发出琤琮声，单调，零乱，恰如那种术士语言，但我那时是一个孩子，对那简单的乐器已生了爱好，虽说暗自想，为甚么不是七弦呢，假若多几根弦一定更悦耳的。我很难说我现在想起的弦到底是那老先生手指间的，还是我想象里更繁杂的乐器，但我已开始思索着那位算命老人自己的命运了。

假若我们生长在乡下落寞的古宅里，那么一个老仆，一个货郎，一个偶来寄食的流浪人，于我们是如何亲切呵。我们亲近过他们又忘记了。有一天，我们已不是少年了，偶尔想起了他们，思索着他们的命运。有一天，我们回到那童年的王国去了，在夕阳中漫步着，于是古径间，一个老人出现了。那种坚忍地过着衰微日子的老人，十年或者二十年于他有甚么改变呢，于是我们喊："你还认识我吗，算命先生？"

他停顿着，抬起头，迟疑的望着我们。"你已不认识我了。你曾经给我算过命呢。"我们说出我们的名字。他首先沉默着，有点儿羞涩，一种温和的老人常有的羞涩，随后絮絮地问起许多事情。因为我们刚从很远的地方回来。他呢，他刚从一座倾向衰落的大宅第回来。那是我们童时常去的乡邻，现在已觉疏远了，正迟疑着是否再去拜访一次。我们一面回想着过去，一面和这过去的幽灵似的老人走着，问答着。"明天来给我再算一次命吧。""你们读书先生早已不相信了。""不，我相信。"我们怎样向他解释我们这种悲观的神秘倾向呢？我们怎样说服这位对自己的职业失了信心的老人呢？从前，有人嘲笑他时他说："先生，命是天生的，丝毫不错的，我们照着书上推算呢。"他最喜欢说一个故事，"书上说，从前有两个人，生庚八字完全相同，但一个是宰相，一个是叫花子。甚么道理呢？因为一个是上四刻生，一个是下四刻生。一个时辰还有这样的差别呢。""那么你算过你自己的命吗？"嘲笑者说。"先生，"他叹一口气，"我们的命是用不着算的。"现在，他经过了些甚么困苦呢，他是在甚么面前低下了他倔强的头呢？他也有一个家吗？在哪儿？我们想问终于又不问了。但他不待问就絮絮地说出许多事故，先后发生在这乡村里的，许多悲哀的或者可笑的事故。只是不说他自己。也许他还说到他刚去过的那座大宅第里已添了一代新人了；已没有从前那样富裕了；宅后那座精致的花园已在一种长期的忽略中荒废了。在那花园里曾有我们无数的足迹，和欢笑，和幻想。我们等待着更悲伤的事变。然而他却停止了，遗漏了我们最关切的消息，那家的那位骄傲又忧郁的独生女，我们童时的公主，曾和我们度过许多快乐的时光而又常折磨着我们小小的心灵的，现在怎样了？嫁了，或者死了，一切少女的两个归结，我们愿意听哪一个呢？我们想问终于又不问了。我们一面思索人的命运，一面和这算命老人走着，沉默着，在这夕阳

两种不同的道路——何其芳散文随笔选

古径间。于是暮色四合。到了一个分歧的路口，我们停顿着，抬起头，迟疑的彼此对望一会儿。"请回去了吧，先生。"于是我们说：再见。

再见：到了分歧的路口，我们曾向多少友伴温柔的又残忍的说过这句话呢。也许我们曾向我们一生中最亲切的人也这样说了，仅仅由于青春的骄矜，或者夸张，留下无数长长的阴暗的日子，独自过度着。有一天，我们在开始衰老了，偶尔想起了那些辽远的温暖的记忆，我们更加忧郁了，却还是说并不追悔，把一切都交给命运吧。但甚么是命运呢：在老人或者盲人的手指间颤动着的弦。

一九三五年

扇上的烟云 <small>（《画梦录》代序）</small>

设若少女妆台间没有镜子，

成天凝望悬在壁上的宫扇，

扇上的楼阁如水中倒影，

染着剩粉残泪如烟云……

"你说我们的听觉视觉都有很可怜的限制吗？"

"是的。一夏天，我和一患色盲的人散步在农场上，顺手摘一朵红色的花给他，他说是蓝的。"

"那么你替他悲哀？"

"我倒是替我自己。"

"那么你相信着一些神秘的东西了。"

"我倒是喜欢想象着一些辽远的东西，一些不存在的人物，和许多在人类的地图上找不出名字的国土。我说不清有多少日夜，像故事里所说的一样，对着壁上的画出神遂走入画里去了。但我的墙壁是白色的。不过那金色的门，那不知是乐园还是地狱的门，确曾为我开启过而已。"

"那么你对于人生？"

"对于人生我动心的不过是它的表现。唉，自从我乘桴浮于海，一片风涛把我送到这荒岛上，我是很久很久没有和人攀谈了。今天我却有一点说话的兴致。"

"那么你就说吧。"

我说，我说我这些日子来喜欢一半句古人之言。于我如浮云。我喜欢它是我一句文章的好注脚：不知何时起世上的事都使我厌倦。那时我刚倾听了一位丹麦王子的独语，一个真疯，一个佯狂，古今来如此冷落的宇宙都显得十分热闹，一滴之饮遂使我大有醉意，不禁出语惊人了。但我现在要称赞的是这个比喻的纯粹的表现，与它的含义无关。有时我真慨叹着取譬之难。以此长久不能忘记一位匈牙利作者，他的一篇文章里有了两个优美的比喻：在黄昏里，在酒店的窗子下，他说，许多劳苦人低垂着头像一些折了帆折了桅杆的船停泊在静寂的港口；后来他描写一位少女，就只轻轻一句，说她的眼睛亮着象金钥匙。

"是说它们可以开启乐园或者地狱的门吗？"

"而我有一次低垂着头在车窗边，在黄昏里，随手翻完了一册忧郁的传记，于是我抬起头，望着天边的白烟，又思索着那写过一个故事叫作《烟》的人的一生。暮色与暮年。我到哪儿去？旅途的尽头等着我的是什么？我在车厢内各种不同的乘客的脸上得着一个回答了：那些刻满了厌倦与不幸的皱纹的脸，谁要静静的多望一会儿都将哭了起来或者发狂的。但是，在那边，有一幅美丽的少女的侧面剪影。暮色作了柔和的背景了。于是我对自己说，假若没有美丽的少女，世界上是多么寂寞呵。因为从她们，我们有时可以窥见那未被诅咒之前的夏娃的面目。于是我望着天边的云彩，正如那个自言见过天使和精灵的十八世纪的神秘歌人所说，在刹那间捉住了永恒。"

"你那时到哪儿去？你这些话又胡为而来？我一点也不能追踪你思想的道路。"

“于是我很珍惜着我的梦。并且想把它们细细地描画出来。”

“是一些什么梦？”

“首先我想描画在一个圆窗上。每当清晨良夜，我常打那下面经过，虽没有窥见人影，却听见过白色的花一样的叹息从那里面飘坠下来。但正在我踌躇之间，那个窗子消隐了。我再寻不着了。后来大概是一支梦中彩笔，写出一行字给我看：分明一夜文君梦，只有青团扇子知。醒来不胜悲哀，仿佛真有过一段什么故事似的，我从此喜欢在荒凉的地方徘徊了。一夏天，当柔和的夜在街上移动时我走入了一座墓园。猛抬头，原来是一个明月夜，《齐谐》志怪之书里最常出现的境界。我坐在白石上，我的影子像一个黑色的猫。我忍不住伸手去摸它一摸，唉，我还以为是一个苦吟的女鬼遗下的一圈腰带呢，谁知拾起来乃是一把团扇。于是我带回去珍藏着，当我有工作的兴致时就取出来描画我的梦在那上面。”

“现在那扇子呢？”

“当我厌倦了我的乡土到这海上来遨游时，哪还记得把它带在我的身边呢？”

“那么一定遗留在你所从来的那个国土里了。”

“也不一定。”

“那么我将尽我一生之力，飘流到许多大陆上去找它。”

“只怕你找着时那扇上的影子早已十分朦胧了。”

一九三六年

梦中道路

从此始感到成人的寂寞，

更喜欢梦中道路的迷离。

　　《燕泥集》中有一篇以这样两行收尾的短诗。那仿佛是我的情感的界石，从它我带着零落的盛夏的记忆走入了一个荒凉的季节。那诗篇里的意象的构成基于一次悲哀的经验。那年我回到我的生长地去，像探访一个旧日的友人似的独自走进了我童年的王国，一个柏树林子。在那枝叶覆荫之下有着青草地，有着庄严的坟墓，白色的山羊，草虫的鸣声和翅膀，有着我孩提时的足迹、欢笑和恐惧——那时我独自走进那林子的深处便感到恐惧，一种对于阔大的神秘感觉；但现在，那些巨人似的古木谦逊地低下了头，那压在我幼小的心灵上的影子烟雾一样消散了，"在我带异乡尘土的足下"这昔日的王国"可悲泣的小"。我痴立了一会儿。我叹息我丧失了许多可珍贵的东西。一直到我重又回到这个沙漠地方来，我才觉得我像印度王子出游，多领悟了一些人生；或者像食了智慧之果而被沦谪的亚当，我失掉了我的伊甸但并不追悔。从此我不复是一个望着天上的星星做梦的人。

我曾有过一段多么热心写诗的时间，虽说多么短促。我倾听着一些飘忽的心灵的语言。我捕捉着一些在刹那间闪出金光的意象。我最大的快乐或酸辛在于一个崭新的文字建筑的完成或失败。这种寂寞中的工作竟成了我的癖好，我不追问是一阵什么风吹着我，在我的空虚里鼓弄出似乎悦耳的声音，我也不反省是何等偶然的遭遇使我开始了抒情的写作。

我们幼时喜欢收藏许多小小的玩具，一个古铜钱，一枚贝壳，一串从旧宫灯上掉下来的珠子，等到我们长大了则更愿意在自己的庭园里亲自用手栽植一些珍异的芬芳的花草。

书籍，我亲密的朋友，它第一次走进我的玩具中间是以故事的形式。渐渐地在那些情节和人物之外我能欣赏文字本身的优美了。我能读许多另外的书了。我惊讶，玩味，而且沉迷于文字的彩色，图案，典故的组织，含意的幽深和丰富。在一座小楼上，在簌簌的松涛声里，在静静的长昼或者在灯光前，我自己翻读着破旧的大木箱里的书籍，像寻找着适合口味的食物。

一个新环境的变换使我忘记了我那些寂寞的家居中的伴侣。我过了一年半的放纵的学校生活。直到一个波浪把我送到异乡的荒城中，我才重获得了我的平静，过分早熟地甘心让自己关闭在孤独里。我不向那些十五六岁的同辈孩子展开我的友谊和欢乐和悲哀，却重又读着许多许多书，读得我的脸变成苍白。这时我才算接触到新文学。我常常独自走到颓圮的城堞上去听着流向黄昏的忧郁的江涛，或者深夜坐在小屋子里听着檐间的残滴，然后在一本秘藏的小手册上以早期流行的形式写下我那些幼稚的感情，零碎的思想。

之后我在一个荒凉的海滨住了一年。阔大的天空与新鲜的气息并没有给我什么益处。我像一棵托根在硗薄地方的树子，没有阳光，没有雨露，而我小小的骄傲的枝叶反阻碍了自己的生长。

衰落的北方的旧都成为我的第二乡土，在那寒冷气候和沙漠似的干涸里我却坚忍地长起来了，开了憔悴的花朵。假若这数载光阴过度在别的地方我不知我会结出何种果实。但那无云的蓝天，那鸽笛，那在夕阳里闪耀着凋残的华丽的宫阙确曾使我作过很多的梦。

Oh dream how sweet, too sweet, too bittersweet,
Whose wakening should have heen in paradise...①

我那时温柔而多感地读着克利斯丁娜·乔治娜·罗塞谛和阿尔弗烈·丁尼生的诗。一种悠扬的俚俗的音乐回荡在我心里。我曾在一日夜间以百余行写出一个流利的平庸的故事，博得一位朋友称许它的音节，又一位朋友从辽远的南方致我以过分的赞赏。那种未成格调的歌继续了半年。那些脆薄的早落的黄叶只能在炉火里发出一次光亮。直到一个夏天，一个郁热的多雨的季节带着一阵奇异的风抚摩我，摇撼我，摧折我，最后给我留下一片又凄清又艳丽的秋光，我才像一块经过了磨琢的璞玉发出自己的光辉，在我自己的心灵里听到了自然流露的真纯的音籁。阴影一样压在我身上的那些十九世纪的浮夸的情感变为宁静，透明了，我仿佛呼吸着一种新的空气流。一种新的柔和，新的美丽。当清晨，当星夜，我独自凭倚在长长的白石桥上，踯躅在槐荫下，或者暝坐幽暗的小窗前，常有一些微妙的感觉突然浮起又隐去。我又开始推敲吟哦了。这才算是我的真正的开始。然而我没有天赋

① 这是英国十九世纪女诗人克利斯丁娜·乔治娜·罗塞谛（Christina Georgina Rossetti）的两行诗，意思是："呵，梦是多么甜蜜，太甜蜜，太带有苦味的甜蜜，它的醒来应该是在乐园里……"

的匠心和忍耐，从这开始便清楚我许多小小建筑的倾斜，坍倒，不值一顾。我自知是一道源头枯窘的溪水，不会有什么壮观的波澜，而且随时都可干涸。我仅仅希望制作一些娱悦自己的玩具。这时我读着晚唐五代时期的那些精致的冶艳的诗词，蛊惑于那种憔悴的红颜上的妩媚，又在几位班纳斯派以后的法兰西诗人的篇什中找到了一种同样的迷醉。

《燕泥集》中的第一辑便是这期间内制作的残留。原有的篇什在这三倍以上。这一段短促的日子我颇珍惜，因为我做了许多好梦。

此后我便越过了一个界石，从它带着零落的盛夏的记忆走入荒凉的季节里。

当我从一次出游回到这北方大城，天空在我眼里变了颜色，它再不能引起我想象一些辽远的温柔的东西。我垂下了翅膀。我发出一些"绝望的姿势，绝望的叫喊"。我读着一些现代英美诗人的诗。我听着啄木鸟的声音，听着更柝，而当我徘徊在那重门锁闭的废宫外，我更仿佛听见了低咽的哭泣，我不知发自那些被禁锢的幽灵还是发自我的心里。

在这阴暗的一年里我另外雕琢出一些短短的散文，我觉得那种不分行的抒写更适宜于表达我的郁结与颓丧。然而我仍未忘情于这侍奉了许久的女神。我仍想从一条道路返回到昔日的宁静，透明。我凝着忍耐继续写了一点。但愈觉枯窘。我沉默着过了整整一年。假若我重又开始，不知是一种使我自己如何惊讶的歌唱。

有一次我指着温庭筠的四句诗给一位朋友看：

楚水悠悠流如马，

恨紫愁红满平野。

野土千年怨不平，

至今烧作鸳鸯瓦。

我说我喜欢，他却说没有什么好。当时我很觉寂寞。后来我才明白我和那位朋友实在有一点分歧。他是一个深思的人，他要在那空幻的光影里寻一分意义；我呢，我从童时翻读着那小楼上的木箱里的书籍以来便坠入了文字魔障。我喜欢那种锤炼，那种色彩的配合，那种镜花水月。我喜欢读一些唐人的绝句。那譬如一微笑，一挥手，纵然表达着意思但我欣赏的却是姿态。

我自己的写作也带有这种倾向。我不是从一个概念的闪动去寻找它的形体，浮现在我心灵里的原来就是一些颜色，一些图案。

用我们的口语去表现那些颜色，那些图案，真费了我不少苦涩的推敲。我从陈旧的诗文里选择着一些可以重新燃烧的字。使用着一些可以引起新的联想的典故。一个小小苦工的完成是我仅有的愉快。但这种愉快不过犹如叹一口轻松的气，因为这刚脱离了我劳瘁的手而竖立的建筑物于我已一点也不新鲜，我熟悉它每一个栋梁，每一个角落，不像在他人的著作里可以找到一种奇异风土的迷醉。

有时我厌弃自己的精致。

现在有些人非难着新诗的晦涩，不知道这种非难有没有我的份儿。除了由于一种根本的混乱或不能驾驭文字的仓皇，我们难于索解的原因不在作品而在我们自己不能追踪作者的想象。有些作者常常省略去那些从意象到意象之间的链锁，有如他越过了河流并不指点给我们一座桥，假若我们没有心灵的翅膀，便无从追踪。

然而这些都与我无关。我倒是有一点厌弃我自己的精致。为什么这样枯窘？为什么我回过头去看见我独自摸索的经历的是这样一条迷离的道路？

一九三六年

两种不同的道路——何其芳散文随笔选

乡 下

现在我安适的坐在家里了。我坐在庭前的藤椅上，对着天井里一片青青的兰叶，想起了我对于这个古宅的最初的记忆。那时我不过四五岁吧，也是坐在这庭前，两个短手膀放在小木圈椅的两臂上，只是浮动在眼前的是菊花的黄色。这古宅已有了百岁以上的年龄了，在静静的倾向颓圮，但如这乡下的许多风习法则一样，已开始动摇了，还要坚强地站立很多年。大概是我的祖父的祖父从一个亲戚家把这坐宅买来的吧，在当时这也要算比较奢侈的建筑物了，地上嵌着砖的图案，有十个以上的天井。然而现在只觉有一种阴冷，落寞，衰微的空气而已。

那些臃肿的木楼梯可以通到那有蛛网的废楼，我幼时是不敢独自去攀登的，因为传说在夜里有人听见过妇女的弓鞋在那楼梯上踏出孤寂的声响。

现在我感到这坐宅实在建筑得很古拙，占据着很大的面积，却没有多少舒服爽朗的房间。我最不满意的是那些小得可怜的窗子。当我坐在一间充满了阴影的屋子里，看不见阳光和天空，我便主张把那窗子开大一点了。但我的弟弟告诉我，祖父说那个方向今年是不能动工的，因为不吉祥。我的祖父是博学多能的，在乡间他以精于堪舆和医治眼疾著名。他总诊断我这遗传性的近视为瞳仁放大，给我开着药方，我曾喝过多少次苦的药汁啊。

但这倒是一个好譬喻：修改一个窗子也有着困难。

这阴暗低湿的古宅是适宜于疾病的生长的，我这次回来正逢着疟疾的流行。关于疟疾的来源乡间有两种说法，普通是由于饮食，尤其是吃多了鲜水果，而特别厉害的则由于邪鬼。我那刚读满初中二年级的弟弟便为这流行病苦了许久，听说曾吃了一些古怪的药方，请了一次巫婆，并且还向人借来一只据说可以压邪的殉过葬的玉镯在手腕上戴了几天，但都无灵验，结果还是几粒金鸡纳霜一类的疟疾丸治好了。我很想嘲笑地问他学的生理卫生放到哪儿去了，不过我又想，他虽然知道疟疾的成因，但并不是医生，而且一个人在病中是愿意以任何方法达到痊愈的。

至于预防也是很难的。每到黄昏，盛大的蚊子合唱队便在这古宅里游行起来了。我还记得当孩子时候我是多么喜欢用小手掌去打死那栖止在壁上的蚊子啊，而晚上在帐子里，用那两面是玻璃一面是圆门的灯去捕获并烧死它们更使我感到快乐。谁知道在这些要吸我们的血而又哼着难听的歌曲的虫子中，更混杂着它们的更恶劣的族类，那翅上绘着褐色斑纹而且常常骄傲地翘起后脚的，图谋在我们的血液里投下一些疟疾细菌呢。

随着疾病流行在乡间的是中医。这不仅由于人们对中医的信仰，而且是一种事实上的必有的现象。当科学的医药设施还不能普及到乡村时，患病的人除了乞灵于古老的医术而外，是别无办法的。就是在县城里，也难于找出一个真正受过专门训练的医生，而那些冒牌的医院同样误人。

乡下的人们自然是顽固守旧的，但从时间上看，也可以说他们对于新的东西的侵入是慢慢地让步。十几年以前,私塾在乡间还十分流行。因为他们相信县城里的学校不过是乱世的教育制度,那已经倒下的还要重新站起来。他们关闭男孩子在家读经书正如继续替女孩子缠足一样,为的恐怕昔日的一切忽然恢复,大胆地放了足的人要受讥刺和苦痛。那时竟有好事者从川省银币的背面上的图案推出一个谶言来了,他是多么细心的数过那些围绕着一个篆文"汉"字的小圆圈呵,说民国只有十八年的寿命。在那些到县城里去进了学校的乡下孩子中,有一二个染上了城市里的不良嗜好便夸大的在乡间传说起来了,若是赌钱便说一夜之间输去了家里财产的一半,作为阻止孩子们进学校的借口。然而现在,民国十八年已过去了很久了,那时相信着谈论着那谶言的人们早早已忘记它了,那时反对着学校教育的人们也让孩子们进学校了。乡村小学已代替了私塾。女孩子们也进学校了,虽说老人们还是怀疑着:女孩子进学校做什么呢。但并不坚决的反对了,因为大家都这样。他们所预期的永远不来,而难于理解的风习和事实却继续的在乡间展开,他们不能不对这个时代这个世界感到十分迷惑了。但我们能笑他们吗,从来没有人仔细的系统地向他们讲解过这些事情,他们的知识限于过去的经验。

在这里我们可以见到每个问题的复杂性了。即使小学教育已普及到乡村,小孩子们都进了学校,他们在家里想饭后吃水果还是要被阻止的,想在阴暗的屋子里修改一个窗子还是要遇到困难。

而且,即使乡村的成人们也都有一点科学常识了,他们或他们的孩子害病时候仍是只有相信着中医,喝着那些发霉的草木根叶的苦汁的,假若那时还是仅在几个大都市里有着几个外国人主持的医院。

这乡下的人们便生活在迷信和谣言中。

迷信在人类社会里恐怕很难绝迹吧，我们许多行动，许多遵守的风习法则何尝都有着最后的合理的解释呢，但我们毫不怀疑地生活着，服从着，甚至发见了一个反抗者大家都向他投掷石头。

至于谣言在都市里是生长得更多而且传播得更快的，不过我们总只觉得乡下的谣言可笑而已。

一天在晚餐的桌上，祖父提到听说县城里在制造着很多的斗和秤，接着愤怒的而又神秘地吐出一句：

"谁知道要发生些什么事情。"

父亲是照例的叹一口气作为答应。我抬起眼睛望一下坐在对面的弟弟，觉得我不能不替那些无辜的斗秤解释几句了。

"大概是政府要统一全国的衡量制度吧：我们这里用的斗秤和规定的很不相同。"

但祖父的神气并不以我这解答为然，我只有停止了，一面吃着饭，一面思索着他对这件事感到愤怒和神秘的缘故。所谓法币政策在这乡间是为一般人所不满意的，他们只看见事实，白亮的银币没有了，只剩下一些难看的纸币。现在遗产税所得税这些名词又在他们心中作祟了。也许祖父猜想那新制的斗秤与征税有关系吧，也许他以为政府怕人民不诚实的报出每年所收稻谷的多寡，要用斗来量了再征税吧，但秤又有什么关系呢！

一个简单的消息经过几个人的转述便会变成十分古怪的，同时又有人故意的制造着谣言。在县城里我已隐约地听到一种不安的揣测了，到了乡间则更公开地成为人们的政治闲谈，主要意思是说省内旧日的军人要联合起来排斥外来的势力。

一天我又听到一个还算比较有智识的农人的谈论了，他相信不久外省的军队便会排斥出去，并说某一个失意的军人已回省来了。我只能以事实的真相来打听他的高兴。我说：

"那是不能成功的。"

"全省的军队联合起来总打得过。向来外省的军队在川省是驻扎不久的。"

"现在和从前不同；他们既然进来了便不会出去的。"

我除了用这极简单的话说明而外，还能向他说什么呢，我能告诉他我们所居住的省份现在已很荣幸地成了"民族复兴根据地"吗？我能清楚的向他解释这种狭隘的省界观念是应该以国家观念来代替，而对于外省的军队不应该歧视吗？民族，国家，这些名词在乡下的人们听来是没有什么了不得的意义的。他们无法想象四川有多少 × 县大，中国又有多少四川大，更无法了解它们间的关系，所以外省人和外国人在他们心中都不过是从远处来的人而已。

我不能不思索他们歧视外来势力的根本原因了。也许由于许多新设施吧，官府办理任何新设施时向来是不要求人民的了解的，即是说不向人民解释便强制执行的所以甚至于有利人民的设施也被他们仇视，误解，比如测量土地便以为要没收遗产了，调查户口便以为抽壮丁去当兵了。

又比如最近实行的保甲训练也为农民所不欢迎。听说起初每早晨都要去操练，后来因影响到田间工作又改为七天一次了，但去一次便是大半天。当他们劳苦终年还不能得着温饱时，如何能对军事知识发生兴趣呢，那些"立正""稍息"的训练并不能使他们的田里多产出一升稻米，徒然占去了他们的工作时间。

农民的生活是很苦的。

在这乡下，与北方的情形不同，自耕农是很少很少的。以农业为生的人多半是佃农。当他愿意耕耘某田主的土地时便写一纸契约为凭，并拿出若干现钱作"押头"，于是便带着他一家人到附属于那份土地的茅舍中去居住了。假若那份土地大，便自己雇长工，假若仅几亩田便只靠全家人操作，夙兴夜寐，春耕夏耘，到了秋收时候，按照契约上规定的数目缴纳稻谷于田主，以其剩余为全家的衣食。据说古昔的风俗是田主与佃农平分地之所出，但现在即是在丰年，至多可以剩余三分之一而已。逢着荒年，则请田主到田亩间去巡视，按照灾情的轻重减少租谷。

大一点的佃农的生活或许尚觉宽裕。那些耕耘着几亩地的，感谢土地能产出许多种粮食，往往在米饭里夹杂着菜蔬，番薯，豆类，才得一饱。

在这群山起伏之间，高高下下都是水田，以稻米为主要的产物。较平坦地方的田亩是较肥沃的，山坡上的则又硗瘠又最怕干旱，六七月间连着几天不下雨便使它的耕种者蹙眉叹气。辛勤的农人们便在这较肥沃的或较硗瘠的土地里像蚂蚁一样工作着，生活着，并繁殖着子孙。一个农人的孩子将永远是农人，除了他改换他的职业，而幸运又帮助他。

至于田主呢，重大的工作便是收着租谷，完纳粮税而已。"该撒的物当归给该撒"，田主们又以纳税的剩余生活着。他们一生的目的仅在积多一点钱，添置一些田地，作为遗产传给子孙。

大的田主在这县里是很少很少的。中等人家若多几个孩子，分居之后便沦落成农民一样贫穷了，而这些在优闲舒服的环境中长起来的人又多不能如农民一样辛勤，最后便只有出售那几亩祖业了。

农民和田主阶级的人从体格上便分辨得出，田主们不是肺病患者似的瘦弱，便白胖得如禁闭了几年的囚人，而那些壮年的农人都是多么强健啊，站在田野间就仿佛是一些出自名手的雕像。但那些弓一样张着的有力的胳臂将为土地的啬蔷而松弛，而萎缩；那些黄铜的肩背将为过重的岁月与不幸的负载而变成伛偻；最后那些诚实的坚忍的头将枕着永远的休息，宁静，黑暗而睡在坟墓里。

一天下午，烈火似的夏日的太阳已向西斜坠，我和弟弟和妹妹们从这坐宅里动身走向那一里外的"我们的城堡"，那曾关闭过我们的童年的高踞在山上的寨子。道路上铺着的是炎热，没有一丝微风。我们走到一个古寺侧的石桥上，从那竹林的荫影和那静止的绿水也得不着一点凉意。在平坦的地方的田亩里，由于淤泥的深厚或得塘堰里的积水的救助，那些高高的稻茎还是带着丰满的谷粒站立着，等待黄金色的成熟。但山坡上的田亩里的稻茎都已垂倒了头儿，那些未长成的谷粒已变成了白色的空谷。有些禾穗甚至枯焦得像被火烧过一样。

已经有很久没有下雨了。今年这山之国里又遇着了旱灾。当农业上还是继续用着古老的稼穑方法时，天然的灾害是无法避免的。在这乡下，人们都同时以两种迷信的举动期望着雨的降落：一方面市集上禁止屠宰，想以不杀生去感动或者讨好上天；一方面举行着驱逐旱魃的游行示威。人们都相信有一种满身长着白毛，栖息在山林间，能阻止着雨的降落的旱魃。读过书的人说书上有，农人们则传说有人在树枝上看见过，总之无人怀疑它的存在。于是大家携着打鸟的土枪，结队成群地穿过那些茂盛的山林，吆喝着，鸣着枪，去驱逐那幻想的东西，便算尽了人力了。然而还是不下雨。

塘堰都放干了；溪里露着发渴的白石。

当我们快走到寨子的脚下时，看见田亩里已有几个农夫农妇在割着早熟的稻禾了。穗上的谷粒已白了一半多，他们仍得默默地弯着腰，流着汗，用手与镰刀去收获那些他们用辛苦培养起来结果却是欺骗的稻禾。我们和他们交换了几句简单的话。当我默默地爬着那座小山的时候，清晰的想起了《创世记》上耶和华临着驱逐亚当出乐园的时候给他的诅咒：

> 你必终身劳苦才能从地里得吃的。地必给你长出荆棘和蒺藜来，你也要吃田间的菜蔬。你必汗流满面才得糊口，直到你归了土，因为你本是从土而出。你本是尘土，仍要归于尘土。

　　这几句话是如何简单有力的描写出人的一生啊。然而我们应该把这诅咒掷回去，掷向那该死的人工捏造的耶和华，掷向一切教我们含辛茹苦，忍受终身，至死不发出怨言的宗教。如果人类想在地上有一座乐园，必定得用自己的手来建造。如果人类曾经失去了一座乐园，必定是用自己的手捣毁的。

　　然而我在我自己的思想里迟疑：如果有一座建筑在死尸上的乐园我是不是愿意进去？带血的手所建筑起来的是不是乐园？而不带血的手又能否建筑成任何一个东西？

　　黄昏来了，我觉得地球上没有一点声音。

一九三六年

私塾师

见着五六岁的孩子，大人们总喜欢逗他一句，问他哪天"穿鼻"。这是把他比作小牛儿，穿他的鼻是送他上学。但说话的人常故意照着字面解释，仿佛私塾里的先生真有那么一根绳子，可以穿过顽皮的孩子的鼻孔，拴在书桌的腿上，像牧人把牵牛的绳子拴在树桩上。

这自然只能用来逗那些还没有上学的孩子。上过学的孩子都知道第一次进私塾的典礼不过择一个吉日，由大人带着他和香烛和贽见礼到学堂里去，向那贴在墙上的红纸写的"至圣先师香位"，也向那先生，磕两个头。香烛是敬神之物；贽见礼是钱，敬先生的；至于学堂，虽然叫起来很响亮，不过一间大屋而已。这样就开始读书了，没有星期日，也没有国庆和国耻等假日。在我们乡下这叫作"发蒙"。

除了一些单调的不合理的功课，私塾里还施行着体罚。它的名目很多，最普通的是罚跪，打手心，打屁股，敲脑袋，揪耳朵。最普通的工具是先生的手和竹板子。中国大概是一个尚刑之国，从衙门到土匪到旧日的家庭和私塾都很讲究用刑。当小孩的常会听见一句大人们的口头语，"黄荆棍子出好人"。我曾听过这样一个故事：某一位老先生有一个很愚蠢的儿子，他亲自教他读书。有一天他气极了，用棍子在屋里追着打他。那可怜的孩子想从门里逃出去的时候，他用棍子横着拦阻，但那孩子竟突然弯腰从棍子下面逃出去了。于是那位老先生十分惊异，欢喜，认为他那个儿子并不愚蠢。以后更勤苦地教他，结果那孩子也考取了和他一样的功名。也许我们觉得这位老先生很可笑吧。然而在旧日的家庭里，体罚就是一种教育。至于私塾先生，有许多是以严酷出名的，几乎越会打学生便越有人聘请。把一个孩子放在那种环境里，真是穿了他精神上的鼻子了。

但我在私塾里却没有挨过一次打，我从过的几位先生不是很老迈就很善良。

我的发蒙先生是一个老得不喜欢走动说话的老头儿。岁月已压弯曲了他的背。他会用一个龟壳和几个铜钱卜卦。我曾听见过他卜卦时的祝词，从文王、周公、孔子一直念到他的一位远祖。他那位远祖曾穷一生的精力著一部易经注解。由于那部书他才成了一名秀才，而且他的生平才有了一件众人皆知的大事：他曾到京城去献过那部书。

那时候从我们家乡到北京，没有汽船，没有铁路，是一半年的旅程。他沿途的经历是一些什么情形呢，可惜我没有听过他亲自的叙述，只是从大人们的口中，简略地知道他千辛万苦，终于到了京城，但又因为穷，那部书终于没有被皇帝亲眼见到。据说皇帝是不看刻印的书籍的，一定要翰林们抄写出来才能进呈，他既然很贫穷，哪能买通大臣或者请求翰林们呢。不过这一趟辛苦也并非完全白费，他那位远祖进了县里的乡贤祠，而他自己也落得了一名恩赐秀才。这和他的希望似乎差得很远。所以这件大事又成了他生平的憾事。

而且，从此他有了半疯狂的精神状态。据说他看见了穿红衣服的女子便会疯疯癫癫，胡言乱语，说她就是他年轻时在京城里遇见过的那位宰相家的小姐。他在京城由献书而郁郁不得意的时候，有一个夜里邻家忽然失了火，他在红色的火光中看见了一位年轻的女郎，从此他记忆里遂刻画着那么一个女子，并且和他幻想里的宰相家的小姐合而为一了。

人们都窃笑他，只要说到他这个故事。但我一点也记不起他有过什么疯狂的举动或者什么异乎常人的地方。我那时才六七岁。

他教我的期间很短，大概不过一年。以后他到哪儿去了呢，在什么时候才结束了他困顿的一生呢，无人说起。我十几岁时听说他的孙子已在当私塾先生了。也许他已埋葬了好几年了。在家藏的旧书箱里还有着半本他抄写来给我读的唐诗，我翻开了它，看着那些苍老的蜷曲的字便想起了他那向前俯驼的背。

我的第二个先生虽不更年老却更善良。这是在外祖母家里了。一片黄铜色的阳光铺在剥落的粉墙上。静静的庭院和迟缓的光阴。学堂门外立着一些蜜蜂桶，成天听得见那种营营的飞鸣声。在这样一个私塾里我已记不清读了一些什么书了，似乎玩的时间比做功课的时间更多。

先生善良得像一个老保姆，大的学生简直有点儿欺侮他，小的学生也毫不畏惧，常常在晚上要求他讲故事。他曾讲述过许多故事。我现在还记得一个关于孝子的，说从前有一位孝子，他的母亲病了，梦见神告诉他，要用雷公的胆做药才能医治好；他苦思了很久，居然想出了一条妙计，把雷公从天上引诱下来了，擒住了。这类简单的荒诞的故事曾多么迷惑人呵。现在我已无法想象在那生命之清晨，人的心灵是多么容易对人间的东西开放。

后来，这个私塾迁移地址了，从那古老的坐宅里搬到一所蹲在山脚下的祠堂里。周围是很荒芜。我每次一个人走出门外便提心吊胆，怕在那草丛里看见两头蛇。乡间传说看见了两头蛇是很不祥的，回家便会害大病，不死也要脱一层皮。我也曾在书上读到那个两千年前的故事，楚国孙叔敖有一天出外锄地，看见了两头蛇，他马上用锄头打死了，埋在土中，他怕别人看见了也要遭受不幸；回家后他向着他的母亲哭，从头至尾说了这件不祥的遭遇；他的母亲却说他不会死，因为他在那时候还想到别人；后来他竟做了楚国的宰相。说来很是惭愧，那时候我竟那样怯懦，一点儿没有想到效法那位古代贤人，只是准备见着两头蛇便马上应用一种乡下人的方法，把裤腰带解下来拴在身边的一棵树上。据说那就可以使那棵树代人受灾，渐渐衰萎以至枯死。

我的那些比我大几岁的舅舅，也就是我的同学，却比较生性豪放。他们常常斗鸡，斗蟋蟀。两只雄鸡对立在石板铺成的大院子里，颈间的羽毛因发怒而竖立，而成为一个美丽的领环，像两个骄傲的勇敢的将军。在这样对峙比势之后，它们猛烈地奔上前去，猛烈地战斗起来了，互相残忍地用角质的尖嘴啄着对方头顶上的红色肉冠，一直到彼此都肉破血流，那光荣的冠冕凋残得如一朵萎谢的花，自甘败北的一只才畏缩地退到后方去。有时战斗得很长久，有时退却之后又重新猛烈地攻击起来，仿佛至死不肯认输，必得两方的主人亲自去解开。

我也常是这种决斗的观众之一，但并不感到快乐。似乎也曾疑惑过为什么两只毫无仇怨的雄鸡，仅仅受了主人的唆使，就会那样拼命地残杀起来。那时我不过是一个七八岁的孩子，不知很多动物都有好斗的天性。

至于蟋蟀那样渺小的东西也那样善斗，却是很使我惊异的。它们在草丛中唱着多么好听的歌呵。我和我那些舅舅便追踪着那歌声去捕捉它们。

对于这些课外活动，我们的先生毫不阻止，有时还和我们一块儿散步在那有蟋蟀歌唱的草野间。

离开家乡到外省去居住的日子来了。我辍学三年。等到重进私塾时，我那些背诵得很熟的经书几乎全忘了。

又是一个善良的先生。他并不十分衰老，但也总是不走动，不说话。人们都说他有点儿迂。关于他简直没什么事情可以叙述，他是那样呆板，那样平庸，使我过了两年很沉闷的日子。

后来听说他也疯了。

我最后的私塾先生从前曾教过我父亲和叔父们。他年轻时候是很厉害的。有一次他在某家教书，常常打得学生的脑袋发肿，惹得当母亲的忍不住出言语了，说孩子可以打但不应该打头部。从此不知他是赌气吗还是什么，再也不打学生了。但在我家里教书的时候他带着一个孙子，有时为着书没有读熟，有时为着替他取开水回来迟了，他还是残酷地鞭打着他。

那简直是一幅地狱里的景象：他右手执着长长的竹板子，脸因盛怒而变成狰狞可怕了；当他每次咬紧牙齿，用力挥下他的板子，那孩子本能地弯起手臂来遮护头部，板子就落在那瘦瘦的手指上；孩子呜咽着，颤抖着，不敢躲避，他却继续乱挥着板子，一直打到破裂或折断。

每当这样的暴风雨来临，我总是很不安地坐在自己的位子上，不能漠视无睹，又不能讲出一句求情的话。我并不是怕他迁怒于我，我知道那是不会的。他常常向我的祖父和父亲夸奖我，对于我他总是温和的，连轻微的责骂也不曾有过。但我看见一个人用他的手那样残酷地鞭打着别人，我在衷心里感到那是十分可怕的，十分丑恶，仿佛他突然变成了一匹食肉类的野兽。

他身材高高的，脸色发黑，本来就不使人感到可亲近。

他读过的书很少。他只称赞两部书：《诗经》和《左传》。他老是重复地拖起腔调读那两部书。而我那时候仿佛心灵的眼睛突然睁开了，在家藏的旧书箱里翻出许多书籍，狂热地阅读着，像一个饥饿的人找寻食物。

我实在暗暗地很不佩服我那位先生。

直到一件小事变发生后我才窥见了他生活的悲惨，并且似乎懂得了他那样折磨着他的孙子是一种情感的发泄。那是一个晴朗的上午，我们正在大声地读着书，他突然像受了暴病的袭击似的倒在床上，呻吟着，喘息者，仿佛在和死神挣扎；最后口吐白沫，昏迷过去了。这时大人们也来了。在一阵忙乱惊惶之后，才知道他是发了烟瘾。以前谁也不曾想到他吸鸦片。我祖父很憎恶吸鸦片的人，他到我家来后一直是偷偷地和着开水吞食烟丸子。这天他的孙子去替他取开水，故意很迟才回来，他的烟瘾又很大，所以这样厉害地发作起来了。

我十五岁才进学校。永别了私塾。在人群中我仍然是一个孤僻的孩子，带着一分儿早熟的忧郁，因为这些阴暗的悠长的岁月的影子是这样严重，没有什么手指能从我心上抹去。

假若我有另外一个童年我准会快乐点。

然而在乡下，我这上学的经历还成了一种被仿效的教育方法，我的一位叔父也要关闭他的孩子们在私塾里，到十五岁才让他们进学校。

一九三六年

老 人

我想起了几个老人：

首先出现在我记忆里的是外祖母家的一个老仆。我幼时常寄居在外祖母家里。那是一个巨大的古宅，在苍色的山岩的脚下。宅后一片竹林，鞭子似的多节的竹根从墙垣间垂下来。下面一个遮满浮萍的废井，已成了青蛙们最好的隐居地方。我怯惧那僻静而又感到一种吸引，因为在那几乎没有人迹的草径间蝴蝶的彩翅翻飞着，而且有着别处罕见的红色和绿色的蜻蜓。我自己也就和那些无人注意的草木一样静静地生长。这巨大的古宅有四个主人：外祖母是很老了；外祖父更常在病中；大的舅舅在县城的中学里；只比我长两岁的第二个舅舅却喜欢跑出门去和一些野孩子玩。我怎样消磨我的光阴呢？那些锁闭着的院子，那些储藏东西的楼，和那宅后，都是很少去的。那些有着镂成图案的窗户的屋子里又充满了阴影。而且有一次，外祖母打开她多年不用的桌上的梳妆匣，竟发现一条小小的蛇蟠曲在那里面，使我再不敢在屋子里翻弄什么东西。我常常独自游戏在那堂屋门外的阶前。那是一个长长的阶，有着石栏杆，有着黑漆的木凳。站在那里仰起头来便望见三个高悬着的巨大的匾。在那镂空作龙形的边缘，麻雀找着了理想的家，因此间或会从半空掉下一根枯草，一匹羽毛。

但现在这些都成为我记忆里的那个老仆出现的背景。我看见他拿着一把点燃的香从长阶的左端走过来，跨过那两尺多高的专和小孩的腿为难的门槛走进堂屋去，在所有的神龛前的香炉中插上一炷香，然后虔敬地敲响了那圆圆的碗形的铜磬。一种清越的银样的声音颤抖着，飘散着，最后消失在这古宅的寂寞里。

这是他清晨和黄昏的一件工作。

他是一个聋子。人们向他说话总是大声地嚷着。他的听觉有时也还能抓住几个简单的字音，于是他便微笑了，点着头，满意于自己的领悟或猜度。他自己是几乎不说话的，只是有时为什么事情报告主人，他也大声地嚷着，而且微笑地打着手势。他自己有多大年纪呢，他是什么时候到这古宅里来的呢，无人提起而我也不曾问过。他的白发说出他的年老。他那种繁多然而做得很熟练的日常工作说出他久已是这宅的仆人。

我不知怎样举出他那些日常工作，我在这里列一个长长的表吗，还是随便叙述几件呢。除了早晚烧香而外，每天我们起来看见那些石板铺成的院子像早晨一样祖露着它们的清洁，那完全由于他和一只扫帚的劳动。在厨房里他分得了许多零碎事做，而又独自管理一个为豢养肥猪而设的锅灶。每天早晨他带着一群鸭子出去，牧放在溪流间，到了黄昏他又带着这小队伍回来。他又常常弯着腰在菜地里。我们在席间吃着他手种的菜蔬。并且，当我们走出大门外去散步，我们看见了向日葵高擎着金黄色的大花朵，种着萝卜的菜地里浮着一片淡紫色和白色的小十字花。

向日葵花是骄傲的，快乐的；萝卜花却那样谦卑。我曾经多么欢喜那大门外的草地啊，古柏树像一个巨人，蓖麻树张着星鱼形的大叶子，还有那披着长发的万年青。但现在这些都成为对于那个勤劳的老人唱出的一种合奏的颂歌。

他在外祖母家当了多少年的仆人呢，是什么时候离开了那古宅呢，我都不能确切地说出。只是当我在另一个环境里消磨我的光阴，听说有一天他突然晕倒在厨房里的锅灶边。苏醒后便自己回家去了。人们这时才想到他的衰老。过了一些日子听说他又回到了那古宅里，照旧做着那些种类繁多的工作。之后，不知是又发生了一次晕倒吗还是旁的缘故，他又自己回家去了，永远地离开那古宅了。

我在寨上。我生长在冰冷的坚硬的石头间。

大人们更向一个十岁的孩子要求着三十岁的成人的拘束。

但一个老实规矩的孩子有时也会露出顽皮的倾向，犹如成人们有时为了寂寞，会做出一些无聊的甚至损害他人的举动。我就在这种情形下间或捉弄寨上的那个看门人。

他是一个容易发脾气的老人，下巴长着花白的山羊胡子，脑后垂着一个小发辫。他已在我们寨上看了好几年门了。在门洞的旁边他有着一间小屋。他轮流地在各家吃一天饭，但当地方上比较安静，有许多家已搬回坐宅去的时候，他就每月到那几家去领取几升米，自己炊食。不知由于生性褊急还是人间的贫穷和辛苦使他暴躁，总之他在我的记忆里出现的时候大半是带着怒容坐在寨门前的矮木凳上，嘴里咕噜着，而且用他那长长的烟袋下面的铁的部分敲打着石板铺成的街道。

那已变成黄色的水竹烟袋又是他的手杖，上面装着一个铜的嘴子，下面是一个铁的烟斗。它也就是有时我和他结恨的原因。我趁他不注意的时候常把它藏匿起来，害他到处寻找。

有一次我给自己做一个名叫水枪的玩具。那是一截底下留有竹节并穿有小孔的竹筒和一只在头上缠裹许多层布的筷子做成的，可以吸进一大杯水，而且压出的时候可以射到很远的地方。已记不清这个武器是否触犯了他，总之，他告诉了我的祖父。我得到的惩罚是两个凿栗，几句叱责，同时这个武器也被祖父夺去，越过城墙，被掷到岩脚下去了。

他后来常从事于一种业余工作：坐在一个特制的木架上，用黄色的稻草和竹麻织着草鞋。在这山路崎岖的乡下，这种简陋然而方便的鞋几乎可以在每个劳动者的脚上见到。他最初的出品是很拙劣的，但渐渐地进步了，他就以三个当百的铜元一双的价格卖给出入于寨中的轿夫，工匠，或者仆人。

我现在仿佛就看见他坐在那样一个木架上。工作使他显得和气一点了。于是在我的想象里出现了另外一个老人，居住在一条大路旁边的茅草屋里，成天织着草鞋，卖给各种职业的过路人。他一人足迹不出十里，而那些他手织成的草鞋却走过了许多地方，遭遇了许多奇事。

我什么时候来开始写这个"草鞋奇遇记"呢。

黄昏了。夜色像一朵花那样柔和地合拢来。我们坐在寨门外的石阶上。远山渐渐从眼前消失了。蝙蝠在我们头上飞着。我们刚从一次寨脚下的漫游回来。我们曾穿过那地上散着松针和松球的树林，经过几家农民的茅草屋，经过麦田和开着花的豌豆地，绕着我们的寨所盘踞的小山走了一个大圈子，才带着疲倦爬上这数十级的蜿蜒的石阶，在寨门口坐下来休息。

我，我的祖父，和一个间或到我家来玩几天的老人。

他正在用洪亮的语声和手势描摹着一匹马。仿佛我们面前就站立着一匹棕黄色的高大的马，举起有长的鬃毛的颈子在萧萧长鸣。他有着许多关于马的知识：他善于骑驭，辨别，并医治。

他是一个武秀才。我曾从他听到从前武考的情形：如何舞着大刀，如何举起石磴，如何骑在马背上，奔驰着，突然转身来向靶子射出三支箭。当他说到射箭的时候，总是用力地弯起两只手臂来作一手执弓一手拉弦的姿势。

我也曾从他听到一些关于武士的传说。在某处的一个古庙里，他说，曾住过一位以棍术著名的老和尚；他教着许多徒弟；有一天，他背上背一个瓦罐，站在墙边，叫他的弟子们围攻他，只要有谁用那长长的木棍敲响了瓦罐他就认输。结果呢，不用说那老和尚是不会输的。

他自己也很老了，却有着一种不应为老人所有的洪亮的语声，而且那样喜欢谈着与武艺有关的事物。但我那时是一个孩子，不知人间有许多不平，许多不幸，对于他那些叙述仅仅当作故事倾听，并不曾幻想将来要扮着一个游侠骑士，走到外面世界去。我倒更热切地听着关于山那边的情形。他曾到很远的地方去贩卖过马。山的那边，那与白云相接并吞了落日的远山的那边，到底是一些什么地方呢，到底有着一些什么样的人和事物呢，每当我坐在寨门外凝望的时候，便独自猜想。那个老人的叙述并不能给我以明确的观念和满足。渐渐地他来得稀疏了。大概又过了几年吧，听说他已走入另一个世界里去了。人的生命是很短促的。

最后我看见自己是一个老人了，孤独地，平静地，像一棵冬天的树隐遁在乡间。我研究着植物学或者园艺学。我和那些谦卑的菜蔬，那些高大的果树，那些开着美丽的花的草木一块儿生活着。我和它们一样顺从着自然的季候。常在我手中的是锄头，借着它我亲密地接近泥土。或者我还要在有阳光的檐下养一桶蜜蜂。人生太苦了，让我们在茶里放一点糖吧。在睡眠减少的长长的夜里，在荧荧的油灯下，我迟缓地，详细地回忆着而且写着我自己的一生的故事……

　　但我从沉思里惊醒了。这是一个多么荒唐的梦啊。在成年和老年之间还有着一段很长的距离。我将用什么来填满呢？应该不是梦而是严肃的工作。

一九三七年

《还乡杂记》代序

我是怎样写起散文来的呢？

假如十年以前有预言家劝我献身文学，并断言除了伏案写文章而外再没有旁的工作于我更合适，更理想，我一定要大声地非笑他。就在五年以前，我自己也料想不到将浪费许多时间来写出一些不长不短的文章，名之曰散文。

我的生活里充满了偶然。

最初引诱我走上写作之路的是诗歌。我写了许多年的诗，我写了许多坏诗。直到大学三年级我才突然发现自己的失败，像一道小河流错了方向，不能找到大海。

我在大学里读着哲学，又是一个偶然的错误。因为我当初只想到作为了解欧洲文化的基础必须明了西方哲学思想的来源和演变，不曾顾及我自己的兴趣。诗歌和故事和美妙的文章使我的肠胃变得娇贵，我再也不愿吞咽粗粝的食物，那些干燥的紊乱的哲学书籍。伊曼纽尔·康德是一个没有趣味的人，他的书更没有趣味。我们的教授说他一生足迹不出六十里，而且一生过着规律的生活像一座钟，邻人们可以从他的散步，吃饭，工作，知道每天的时间。在印度哲学的班上，一位勤恳的白发教授讲着胜论，数论，我却望着教室的窗子外的阳光，不自禁地想象着热带的树林，花草，奇异的蝴蝶和巨大的象。

就在这时候我开始和两位同学常常往还。这在我是很应该提到的事。因为我的名字虽排在这有千余人的学校的名册里，我的生活一直像一个远离陆地的孤岛，与人隔绝。而且这就是使我偶然写起散文来的因子。在那两位同学中，一个正句斟字酌地翻译着一些西欧作家的散文和小说。另一个同学也很勤勉，我去找他，他的案上往往翻着尚未读完的书，或者铺着尚未落笔的白稿纸。于是我感到在我的孤独、懒惰和暗暗的荒唐之后，虽说既不能继续写诗又不能作旁的较巨大的工作，也应该像一个有自知之明的手工匠人坐下来安静地、用心地、慢慢地雕琢出一些小器皿了。于是我开始了不分行的抒写。而且我们常常谈论着这种渺小的工作，觉得在中国新文学的部门中，散文的生长不能说很荒芜，很孱弱，但除去那些说理的，讽刺的，或者说偏重智慧的之外，抒情的多半流入身边杂事的叙述和感伤的个人遭遇的告白。我愿意以微薄的努力来证明每篇散文应该是一种独立的创作，不是一段未完篇的小说，也不是一首短诗的放大。

督促着我的是一个在北方出版的小型刊物。我前面提到的那第一位同学，也就是它的编辑人之一，常到我的寄宿舍里来拿走我刚脱稿的文章。而且为着在刊物的封面上多印一个题目显得热闹些，我几乎每期都凑上一篇。

然而不久刊物停了。我也从大学寄宿舍里出去学习着新的功课了。

"一个制造中学生的工厂"

一个新的环境像一个狞笑的陷阱出现在我面前。我毫不迟疑地走进去。我第一次以自己的劳力换取面包。我的骄傲告诉我在这人间我要找寻的不是幸福，正是苦难。

那是炎热的八月天，我被安置在一间当西晒的小屋子里。隔着一层薄墙壁，那边是电话、电铃和工友的住室。而且在铁纱窗的角上，可怕地满满地爬着黑色的苍蝇。我首先便和那些折磨着威胁着我的敌人，阳光、嘈杂声和苍蝇，开始了争斗。

一个比我先来的同事第一天下午便引我出去游览那周围的风景：

一片接受着从都市流散出的污秽与腐臭的洼地。

洼地的尽头，一道使人想象着海水、沙滩和白帆的长堤出现在夕阳中。在它的身边流着一条臭河。

当我们在堤上散步着，呼吸着不洁的空气，那位同事告诉我这片洼地里从前停放着许多无力埋葬的穷人的棺材；常有野狗去扒开它，偷食着里面的尸首；到了夏天，更常有附近的穷苦人坐在那里，放一把茶壶在棺材上，一边谈天一边喝茶。他又告诉我黄昏时候，这条路上有许多结伴回家地从工厂里出来的小女孩，他常常观察着她们，想象着许多悲惨的故事。

我们感到我们也就是被榨取劳力的工人，因为我所寄身的地方，"与其说那是一个学校，不如说是一家出名的私人营业的现代化的工厂，因为那里制造着中学毕业生"。

在这种生活里我再也不能继续做着一些美丽的温柔的梦，而且安静地用心地描画它们。我沉默了。不过这沉默并不是完全由于为过重的苦难所屈服，所抑制，乃是一种新的工作未开始以前的踌躇。

自然，时间被剥削到没有写作的余裕也是事实。

在月夜，或者在只有星光的天空下，我常和那位同事在一个阔大的空场上缓步着，谈论着许多计划，许多事情。然而我那时对于人间的不合理，仍是带着一种个人主义者的愤怒去非议。我企图着，准备着开始一个较大的工作，写一部长篇小说。我再也不想写所谓散文。我感到只有写长篇小说才能容纳我对于各种问题的见解，才能舒解我精神上的郁结。

但因为没有闲暇，这计划中的工作才做到十分之一便搁下了。在这一年中，我实在惭愧得很，只把过去那些短文章编成了一个薄薄的集子，就是《画梦录》。

关于《画梦录》和那篇代序

从《画梦录》中的首篇到末篇有着两年多的时间上的距离，所以无论在写法上或情调上，那些短文章并不一律，而且严格地说来，有许多篇不能算作散文。比如《墓》，那写得最早的一篇，是在读了一位法国作家的几篇小故事之后写的，我写的时候就不曾想到散文这个名字。又比如《独语》和《梦后》，虽说没有分行排列，显然是我的诗歌写作的继续，因为它们过于紧凑而又缺乏散文中应有的联络。

《岩》才是我有意写散文的起点。一件新的工作的开头总是不顺手的，所以我写得很生硬，很晦涩。渐渐地我驾驭文字的能力增强了，我能够平静地亲切地叙述我的故事，不像开头那样装腔作势，呼吸短促。然而刚才开始走入纯熟之境，我那本小书就完了。我实在写得太少。

如前面所说，我的工作是在为抒情的散文发现一个新的园地。我企图以很少的文字制造出一种情调：有时叙述着一个可以引起许多想象的小故事，有时是一阵伴着深思的情感的波动。正如以前我写诗时一样入迷，我追求着纯粹的柔和，纯粹的美丽。一篇两三千字的文章的完成往往耗费两三天的苦心经营，几乎其中每个字都经过我的精神的手指的抚摩。所以当我在一篇评《画梦录》的文章里读到"然而尽有人如蒙天助，得来全不费力。何其芳先生或许没有经过艰巨的挣扎"，我不胜惊异。幸而还有一个"或许"。从此我才想到，除了几位最亲近的朋友而外，少有人知道我是如何迟钝，如何枯窘。

我并不打算在这里解释过去的自己，尤其对于那些微妙的也就是纤弱的情感、思想和感觉。因为现在我已有了这样一种心境，不知应该说是荒凉还是壮健：虽有旧梦，不愿重温。在一年以前我已诚实地说"有时我厌弃我自己的精致"。"因为这种精致"，如上面提到的那篇评论文章里所说，"当我们从坏处想，只是颓废主义的一种变相"。那句议论很对，而且我觉得竟可以去掉那个条件子句。我虽不会像一个暴露病患者那样夸示自己的颓废，却也不缺乏一点自知之明，很早很早便感到自己是一个拘谨的颓废者。

或者说一个书斋里的悲观论者。因为这种悲观的来源不在于经历了长长的波澜起伏的人生（当你在那里面浮沉并挣扎时是没有闲暇来唱厌倦之歌的），而在于孤独。孤独，是的，是我那时唯一的伴侣。记得那时我偶尔在什么书上读到一位匈牙利思想家的一则语录，大意说世界上有两种人，一种使人无聊，一种自己无聊，前者是不可忍耐的庸俗之辈，后者却大半是思想家，艺术家，使我非常感动。仿佛我从此有了一个决心：

> 甘愿生活在最荒凉的地方，冰天雪地，牧羊十九年，表示我一点忠贞之心。

对于谁呢，这忠贞之心？对于人生。对于人生我实在是充满了热情，充满了渴望，因为孤独的墙壁使我隔绝人世，我才"哭泣着它的寒冷"。

对于人生，现在我更要大声地说，我实在是有所爱恋，有所憎恶。并不像在《画梦录》的代序中所说的，

　　　对于人生我动心的不过是它的表现。

使我轻易地大胆地写出那句话来的是骄傲。那时我在前面描写过的那个制造中学生的工厂里，很久不曾写文章了。一个夜半我突然重又提起笔来，感到非常抑郁，简直想给全世界的人一个白眼。我像写诗一样激动地草成了那篇惊心动魄同时语无伦次的对话。就在不远的后面：

　　　我在车厢内各种不同的乘客的脸上得着一个回答了：那
　　些刻满了厌倦与不幸的皱纹的脸，谁要静静地多望一会，都
　　将哭了起来或者发狂的。

就是另外一个完全相反的对于人生的态度。因为对于人间的幸福和欢乐我很能够以背相向，对于人间的不幸和苦痛我的骄傲却只有低下头来变成了愤怒和同情的眼泪。最近一年，我从流散着污秽与腐臭的都市走到乡下，旷野和清洁的空气和鞭子一样打在我身上的事实使我长得强壮起来，我再也不忧郁地偏起颈子望着天空或者墙壁做梦。现在我最关心的是人间的事情。

关于《还乡杂记》

我到了山东半岛上的一个小县里。

离开了我的第二乡土，北平，独自到这个偏僻的辽远的陌生地方来，

我几乎是带着一种凄凉的被流放的心境。然而正如故事里所说的奇遇，每个环境都有助于我的长成，在这里我竟发现了我的精神上的新大陆。

从前我像一个衰落时期的王国，它的版图日趋缩小。现在我又渐渐地阔大起来。

因为现在我不只是关心着自己。

因为看着无数的人都辗转于饥寒死亡之中，我忘记了个人的哀乐。

乡下的人们的生活是很苦的。我每天对着一些来自田间的诚实的青年热情地谈论，我不能不悲哀地想到横在他们脸面前的未来：贫贱和无休息的工作。同时我又想到居住在都市里的人们，和很有力量可以做事情然而不做的人们：

一方面是庄严的工作，一方面是荒淫与无耻。

这两句话像两条鞭子。但我也想到我自己。在已经逝去了的那样悠长的岁月里，除了彷徨着、找寻着道路之外，我又做了一些什么事情呢？就是现在，我也仅仅能惭愧地记起我那计划中的长篇故事。

这时一位在南方编杂志的朋友来信问我是否可以写一点游记之类的文章。因为暑假中我曾回家一次。这使我突然有了一个很小的暂时的工作计划，想在上课改卷子之余，用几篇散漫的文章描写出我的家乡的一角土地。

这就是《还乡杂记》。一个更偶然的结成的果实。

当我陆续写着，陆续读着它们的时候，我很惊讶。出乎自己的意料之外，我的情感粗起来了。它们和《画梦录》中那些雕饰幻想的东西是多么不同啊。粗起来了也好，我接着对自己说，正不必把感情束得细细的像古代美女的腰肢。于是我继续写下去。但这时我又发现对于家乡我的知识竟也可怜得很，最近这十三天的停留也没有获得多少新的。真要描写出那一角土地的各方面不是我的能力所能达到。我只有抄写过去的记忆。

抄写我那些平平无奇的记忆是索然寡味的，不久我就丧失了开头的热心。我所以仍然要完成它，不是为着快乐，是为着履行对自己约定的允诺。

因此这件小工作竟累赘了我一年。一年是很长的，我那个长篇故事也在我心里长得成熟了，我要让那里面的一位最强的反对自杀的人物终于投海自尽，因为一个诚实的人只有用他自己的手割断他的生命，假若不放弃他的个人主义。

"活着终归是可赞美的"

现在让我重复一遍我开头的话吧，假如十年以前有预言家劝我献身文学，并断言除了伏案写文章而外再没有旁的工作于我更合适，更理想，我一定要大声地非笑他。

十年以后呢？我同样不能想象。

不过，我一定要坚决地勇敢地活下去。活着终归是可赞美的，因为可以工作。

一九三七年

某县见闻

一

我到电报局去发一个电报。我把一张写好电文和号码的信笺从柜台上的小窗户递进去。那坐在办公桌的侧边的职员，一个穿着藏青色西服而且偏分着头发的年轻人，接过它去看了一下，便大声地说道：

"济南已经不通电报啦。"

"怎么就会不通呢，我刚才从那边回来？"

"你看那墙上贴的布告吧。"

我真有点儿不相信。那是一九三七年九月，不但济南没有失陷，就是南京，上海，太原都还在我们的军队的手中。于是我走到墙跟前去读那布告。那上面大意是说湖南，湖北，安徽，河南等省调动军队，官电甚忙，暂停收发人民拍往那儿省的电报。总之，其中没有山东。

"那上面没有说济南不通，"我走回柜台前去这样说。

"济南不是在湖北吗？"

"谁告诉你济南在湖北？"

"你说在哪一省？"

"山东，"我生气的说出这两个字，仿佛不愿再多说了，但接着又补上一句，"假若你不信，你可以拿你那簿子来翻一翻。"

电报终于发了，不过当我走出电报局的大门，走到大街上，我还在想：一个电报局的职员不应该不知道济南在哪一省呀。

二

在一个亲戚家里，在那阴暗的潮湿的小屋里坐着我，我的一个刚在初中毕业的兄弟和两个亲戚。一个已七十多岁了，比我大两辈；一个是平辈，大概比我还年轻一点。

我们谈到一种可怕的东西，白面。虽说我还没有看见过那种东西，但回到县里来听得的消息已很够使我仿佛看见一个暗暗地存在着的可怖的网了。这想象显然与我曾经读过的一本高尔基传记有关系，那上面说旧俄时候的密探势力像一个暗暗地存在着的黑色大蜘蛛网，而沙皇就是那网的中心的大蜘蛛。白面之流入四川据说是最近一两年的事，然而已经造成一个巨大的细密的网了：除了在城市里"不胫而走"外，它已深入到每一个乡场，而且据说有些乡场上已能自己制造。

我的那位年轻的亲戚谈得很起劲。他说他亲眼见过了几十家人因为抽白面而破产，而流落，而倒毙。他说万安桥头晚上站着的那些像上海四马路的野鸡一样的妓女都是抽白面的女人。

我的兄弟的主张是严厉的禁止：完全枪毙。

然而我那位七十多岁的亲戚却提出异议，他说那不过是嗜好罪，不是死罪。

后来我才听说他家里，除了他和他的儿子而外，他的儿媳妇，孙子，孙媳妇，甚至那不过几岁的曾孙都有那种嗜好。

这使我疑惑。严厉的禁毒条例不是贴在城市里和乡场上的墙上吗？

不是还有着负禁毒禁烟的责任的机关吗？于是我又隐隐约约的听见这样的话了：还有人从中渔利，从白面贩身上渔利，像挤羊子身上的奶一样，挤干了又放它出去吃草，吃饱了又捉住它来挤。不过这只是一种隐隐约约的流言而已，没有人大声地说出来过，没有人负责地说出来过。唯一的昭昭在人耳目的事实据说是有一次，一个白面贩从监牢里被带出来枪毙，他走过街上的时候大声喊道："真是不讲理呵，把我的金藤子些拿去了还要枪毙我吗！"

其次是我的一个亲戚告诉我，他有一个远房的侄儿在一个小县里当区长，当了半年就弄了三四千块钱。"怎样弄的呢，一个区区区长？"我问。"那地方出烟，他大概是从私烟贩子身上弄来的，"他像说一件极平常的事情那样安静地说。

三

我时常到书铺去看看，由于寂寞。除了一家常到新书的生意较好的书店而外，大点儿的书铺是商务印书馆，中华书局，名字是一个字也不错，但并不是真的支店，只是不知是用什么方法把那招牌取来而已。这两家是几乎不到新书的，因此都很冷落，但我也时常去看看，看那些旧书，间或也挑选那没有读过的买几本。

有时正在我挑选着书的时候，楼上便飘下了打牌声。

这有什么可怪呢，我认识的人便向我说过，他们有时到商务印书馆或者中华书局去打牌。并且他们还说过书店成为麻将俱乐部的原因，那是一种联络，对教育界人士的联络，为着推销他们的教科书。

但我不能不有一点感慨。

我感慨着这些人既不能热情的工作，而又没有正当的娱乐。我感慨着麻将耗费了中国人的无数时间，无数精力。

当我对成人们不满的时候我常把希望放在下一代人的身上，然而在有着抽白面，抽大烟，打牌，酗酒以及糊里糊涂过日子的成人的家庭里，儿童们能够在身体上精神上都健全的长成起来也实在是难事呀。

有一次我到一个认识的人的家里去，又碰上他和他的朋友们在打牌。为着礼貌，我不能不在那屋里坐一会儿。于是我很觉奇怪的注意到那牌桌子侧边的一个用旧报纸盖着的旧网篮了。那里面是装的什么呢，那也许曾装过书籍，旅行的铺盖卷，食物以及破皮鞋之类的网篮？我正在猜想的时候，一个婴孩的哭声从那里面发出来了。

我感到那是一个很好的象征：那个中国婴孩的"摇篮"。

不过我还得说明一句，它还是极少数的幸福者之中的一个，因为它出生在中产人家，不至于饿死，冻死。

四

有时我在街上碰见了征发出省的壮丁的行列：穿着褴褛的甚至不能蔽体的衣服，每人手中拿着一个土碗，一双竹筷，默默地走着，像一群乞丐。有时手臂上还系着棕索，一串一串的系着，像一群犯人，那种木然的神气仿佛说他们对于他们的新环境和行动和未来都莫名其妙。而且仔细地看一下，那长长的行列里有些人是一点儿不"壮"而且尚未成"丁"。

为着解答我的疑惑，一个从乡下来的朋友这样说：

"我们乡下的壮丁是用钱买来的。大家都不愿当壮丁，所以只有一家出点儿钱，凑起来买那些流氓，弹神，抽白面的去，五块钱一个。"

"五块钱他们就愿意吗？"

"他们还有逃跑的希望。联保主任就教他们逃跑的方法。"

是的，送到城里来后的壮丁就时常有逃跑的。为着填补名额，城里还闹过几天拉壮丁。据说从乡下来的土头土脑的人走到僻静的巷子里便有被拉的危险。

至于旁的乡下的情形是不是都和我那朋友所说的一样呢？也不一样的。我到乡下去过了一趟后才知道各处有各处的办法。比如有一乡抽壮丁的方法是拈阄。这种极古老的方法是可以使简单的农人无怨言的，除了埋怨他自己的运气。

当我从乡下回到城里来，路上经过一个地方，有一个衣服穿得干净一点的农人向几个人大声地吵着什么，仿佛刚才发生了一件什么严重的事情：

"要还驼的！我说他要还驼的！"

我停下来和他谈了一会儿，才知道他是一个保长，刚才发生的事情是去捉壮丁，打了一场才捉住了，不过被捉住的仍然不服气，又哭又吵，说联保主任收过他十块钱，包不抽他当壮丁。所以这位保长说联保主任一定要把钱还出来。

"你们怎么不到区长那里去告他？"我问。

"告他！我们怎么莫有告他！他给区长筛了七百块钱，专员筛了两千块，什么事都没有了。"

他把数目说得那样确定，仿佛他亲自数过一样。

论救救孩子

差不多在二十年前，鲁迅先生已经这样喊过了："救救孩子……"然而直到现在我们还是常常听见孩子的哭声，大人的打骂声。

不知旁人的感觉怎样，我总认为打骂孩子是人的很丑恶的行为，因为那是明明白白地欺负着不能还击，不能自卫，甚至不能为自己辩护的幼小者。至于以为是自己所生的儿女，因此自己很有权力去折磨他们，更是卑劣的想法，虽说这想法有着悠久的伦理观念和社会习惯为它的基础。

去年冬天，《新少年》要我为它写一篇文章，我很迟疑：我到底写一点什么呢，为那以高小和初中程度的孩子为读者的刊物？结果过了许久才寄出了一篇《私塾师》。我当时想，对于现在的孩子们过去的私塾生活是古怪得有趣的，而且他们知道了它，也许还是有益的，因为他们会这样对自己说："感谢我们这时代，和过去比较，我们幸福得多了。让我们努力吧。"但我当时没有想到，虽说现在小学已普遍的设立，虽说小学教师已大都不鞭打他们了，孩子们还是逃不掉家庭里的打骂的。长久生活在学校里，我几乎忘记了中国家庭里的孩子们所受的待遇。

回到四川来我才常有机会坐在道地的中国家庭里做客。每次当我坐在餐桌上，主人们或者主妇一面给我奉菜，劝菜，一面打骂着孩子，我就担心我要得消化不良症。

事实告诉我们孩子仍是大人发泄情感的对象。在这种社会里大人们也多半是不幸地活着，忍受着。即使是不闹"经济恐慌"的家庭吧，大人们也会为牙痛之类的小病，或者为打牌输了一笔钱，或者为老爷受了上司的气而太太又受了老爷的气而打骂孩子的。至于穷苦的家庭更不用提了，大人们和孩子们都过着"非人的生活"。

这是常常使我充满了一种混合着愤怒和难过的复杂情感的，当我走到一条街上，走到一个乡村里，总会看见一些穿着褴褛的衣服，有着黄瘦的污秽的身体，在贫穷，疾病，营养不良和完全没有教育之中生长着的孩子。我常常想这样大声地说：

"人们呵，你们不要再厚颜地夸耀着什么我国人口众多了吧。老鼠是比人更繁殖的。"

同时我想到很多的人就和老鼠一样，在地上挖一个洞，或者不用比譬地说，在社会上占一个栖身之处，然后讨一个太太，生一些孩子，就完了。

我很奇怪人们为什么这样短视，稍微远一点的事就看不见，稍微复杂一点的事就看不清楚，并且为什么这样健忘，自己长成大人了便忽视着，甚至虐待着孩子。

除了在家庭里仍旧挨打挨骂之外，仔细分析起来，孩子们在学校里也未必受着怎么合理的教育。我所接近的是大一点的孩子，也许应该说是少年或者青年，而我借以与他们接近的又是教着所谓国文，让我就从这方面举一些事实来说明吧。

去年九月我到某县的一个师范学校去教三个年级不同的班次，首先横在我面前的是教材问题。因为受了战事的影响，教本无法买，只有自己编选。虽说我不懂什么科学，我却相信着科学和科学方法。我要有一个编选计划。我相信那样对学生有益一点。后来一个学生来找我闲谈，他说有些"古文"他已经读了五六遍，小学时先生选来教过的，初中一年级时先生又选来教，二年级或三年级换了先生时又选上了，翻来覆去是那几篇。那学校的图书馆里几乎可以说没有新文学书籍，而学校指定给他们的暑期读物是《孟子》和《曾国藩家书》。

来到成都我更听见一些奇闻了：从小学到大学的国文教本多半采用《经史百家杂钞》或者《古文辞类纂》；考高中和大学都最好做文言，假若想考上；一些未来的小学教师，一个师范里的学生们讲究着认古字，做古文……

在这种风气之下，我在一个中学里教的一班高中毕业班竟大胆地自动地要求新文学，同时一班初二年级却几乎连学校规定的教本都不接受，因为他们说他们每人都有一部《古文观止》。这些《古文观止》的崇拜者做起文章来呢，有的说"直捣三岛，生擒明治天皇"，有的说"意大利并合奥国后列强始有国际联盟之组织"，甚至一个很用功的文言比较通顺的学生也说"我国三坟五典，经史百家，为世界文学之渊源，泰西各科演变之基础"，读白话则"横梗喉头，若不可消化者"。他是一个瘦弱的规矩的孩子，不过十五六岁。

假若我们希望孩子们在精神上在身体上都健全的长成起来的话，不能不承认这种浓厚的复古空气是有害的。在抗战后的湖南，《全民周刊》某期告诉我们，何健将军提倡的读经教育的恶劣影响大大的暴露出来了，有些高中学生在受测验的时候显示了对时事的十分无知，而且承认最近一年多来没有看过报。这是值得我们注意的。

以上不过是学校教育中的一个枝节问题。在民族解放战争正剧烈地进行着的现在，后方的青年们还有着更大的苦闷，更大的困难：他们渴望着迅速地在精神上在知识上武装起来，并直接地发挥出他们的力量以从事有利于抗战的工作，而他们所受着的教育和训练却不能满足那种渴望。

这是一个整个的战时教育问题，然而是有法解决的。事实上也有着比较适应抗战时期的学校。不过，同样也是事实，有一部分学校仍有着复古的倾向，或抱着形式主义，比如办女学校的还主张着什么三从四德，专门训练着学生包被窝，用洋蜡擦地板，以博得参观者或查学者一句赞语之类。

复古的风气可以使孩子们的脑子麻木，只管表面好看的形式主义虽说可以欺骗胡涂人，在明眼人的面前是掩不住它的狐狸尾巴的。就在今年的儿童节，广安的一个小学要学生们表演游击战，结果当场炸断了一个女孩子的胳膊。炸断胳膊是很惨的，大家都知道责备那小学的负责人。一个人的脑子比胳膊还重要，使人麻木的工作却是暗暗地缓缓地进行，于是便为大家所不注意了。

我要重复地喊道：“救救孩子！”

然而我的声音是十分细小的，即使达到了有些人的耳朵内也许还使他们不舒服，因为我这像蚊子一样的声音扰乱了他们的圆满的复古梦，或者完成个人的富贵的成功梦，或者不过仅仅坐在牌桌子上的三番梦。可不是吗，我在一封友人寄来的信上读到这样的话了：

　　……省师的教职员见着你在《工作》上写的文章，很不满，对学生指责你的错处。但从你走了后，学生不要那继任的教员，再聘一个虽接受了也不好。最近学生为什么事情挨了训育一个耳巴，引起全体反对，四五天来都没有解决。女中跑了几个到陕北，从此女生出街就常有人跟着看管。某校跑得很多，

73

论救救孩子

某中亦跑了几个。近来各校长都以学生不守规矩归罪于受军训，说是那样训坏了的，因而一有了事就跑到县府请示。某校请专员去斥退了十多个人，先不走，后来被军队吓走。前头召了个校长会议，议决对学生要严加管束，少加入什么团体活动。如是而已。……

我简直有点儿怀疑这件事的真实，因为我才离开那里两个多月，想不到就闹出了这样多的花样。然而信是明明白白地摆在我面前。事实是残酷的。

一九三八年

论家族主义

我时常到祠堂街去逛书铺。看见了愿意看的新刊物我就买一本，不愿意买的也间或翻一翻，看它到底说些什么。有一次，我翻着一本自称为《民意》的刊物，发见了这样一个题目：《从民众逃难现象看出中国家族主义的伟大》。这题目不但长，而且有些古怪。我是中国人，我身受过家族主义的恩惠，而且逃过难，然而我却想不出它有什么伟大。我们只能以果子来判断树。家族主义所结的果子实在是苦涩的，粗粝的，腐烂的。

于是我站在书摊前来从那篇文章看一看"家族主义的伟大"了。

它所说出的家族主义的好处大致不过这些：抗战发生后，人们有的跑回在后方的老家，有的回在失陷的区域中的老家去当顺民，使难民的数目减少，因此国家也少些麻烦；在平时，家族主义已无形地解决了在西洋成为社会问题的问题，就是疯癫，残废，失业的人可以由家族养老终身，而且父子夫妇之间可以共财，兄弟之间可以分财，亲戚朋友之间可以通财，比西洋以个人主义为出发点的伦理思想强得多。

这使我失望了。假若在敌人占领的区域里人们都做了顺民，诚然会一个难民也没有，也没有一点麻烦，但与其让敌人强迫编制他们为伪军来屠杀我们，让敌人奸淫着他们的妻子、姊妹和女儿，让敌人如报上所说过的用船载走他们的孩子，载去受奴隶训练，谁都会异口同声说，我们宁愿多些难民，我们宁愿家族主义少"伟大"一点。其次，说疯癫，残废，失业的人在我国只有被家庭养着倒是事实，但却限于养得起闲人的家庭。假若所有的人都有一个阔家庭，那就真连在欧美闹得很厉害的失业都不成问题了。可惜我国的家庭和世界各国一样，也是有钱的少，穷苦的多。因此失业等现象还是毫不客气地成为社会问题而存在着。至于最后一种说法也是事实。不过事实有时是有好几个面孔的，而且它不会戴上面具。父子，夫妇，兄弟，亲戚，朋友之间真是在实行着共产主义吗？也不尽然。父亲大概要因为衰老或者死亡而放弃了家长的地位才把财产给予儿子。旧社会的妻子则大多数是丈夫的奴隶。兄弟因为分财往往丧失了手足之情。亲戚朋友若仅通财而不还财，也往往弄到法庭相见。

虽然我没有学过社会科学，我想家族主义大概是原始社会以后的产物。无疑地在历史上它曾尽了它应尽的（或者就算是伟大的吧）力量。然而到现在还来歌颂它，实在太晚了。由于儒家思想配合着专制君主的愚民政策，我国的社会组织在进化的路途中长久地停顿着，家族主义的力量遂延长到现在。对于一般人的懒惰，自私自利，责任感的薄弱，以及家庭中妇女地位的低下，儿童之受着鞭打，摧残，它都不能不负一部分责任。

近几年有一些人想把已经倒塌的过去的伦理思想或者旁的偶像重新竖立起来，而且给它们重换金身。这和破落户的子弟想从灰尘中找出一些古董来作镇家之宝一样，虽说可以找着折足的铜鼎或者上绿锈的铜镜，虽说他们都古色斑斓，有好古癖者会把玩不忍释手，实际是不能拿来使用的，不能拿来代替瓷碗或者玻璃镜子的，而且他们身上还有着不洁的细菌。比较好的办法是不要太留恋过去的繁荣，也不要太羞惭于目前的衰弱，努力地工作，以建立一份新的文化财产。

一九三八年

川陕路上杂记

梓潼之夜

梓潼。一个四川北部的小县城。

没有报纸。没有中级学校。这小县的全县人口约共十七万,而烟民竟约有八千。据说每月县政府要解走公烟卖的钱和灯捐三万多。

旅馆里的客人就可以随便买烟膏来抽。

一天晚上,我睡得很早。上床后听见隔壁房间里有陕西口音的谈话声,呼呼的抽大烟声。继续听下去,还有低下的女人的声音在劝着"吃一口"或者"再吃一口"。

从那女人的一些零碎的话推测起来,似乎她是因为抽大烟而穷困而开始卖淫的。无疑地她现在是被叫来陪烧烟。

那些听不完全的陕西口音谈到了成都的"三益公",那是在成都最热闹的大街春熙路上的一个古怪的营业场所,里面有着戏院,茶馆,理发店和澡堂。"有一次我去那里洗澡,"有一个在这样带笑带骂地大声地叙述,"我说,喊一个擦背的来吧,他妈的,来了一个是女的!"另外一个说到擦背的男孩子,也带着很猥亵的口气。他说某一个阔人的儿子去洗澡,一次给某一个擦背的男孩子六十块钱。

后来那个陪烧烟的女人似乎要走了，在用低小的撒娇的声音争着钱："再给我两角钱。"说了许多告哀怜的话才似乎达到目的了。这时那给钱的人开心地说道："就在这里睡一晚吧，给你五角钱。""不行。"低小的声音这样回答。"六角钱？""不行。""七角钱？""不行。""八角钱？""不行。"……那男子这样开玩笑地像唱一个非常简单而又非常下流的歌似的逗着那女人，结果还是那女人的很低小但听得清楚的声音结束了这对白："给我两块钱吧。"

那女人终于走了。那屋子里的两三个陕西口音的人说了几句话也都不作声了。最后的两句听得很清楚。一个说："真是又可怜又可笑。"一个说："她大概有三十多岁啦。从前两块钱还不行呢。"

夜是凄惨地静。

第二天起来，我好奇地猜测着那两三个陕西人是谁。旅馆里住着好几个陕西人，有的是做生意的，有的穿着漂亮的黄色军服。他们都有着成人的正经的脸。我无法猜测。

白龙江边的两个插曲

白龙江在奔流着。

载着我们和几十箱汽油的汽车驶到这样嘉陵江的支流的岸边停住了。这里叫郭家渡。因为下了几天雨，江水骤然涨高了起来，而且流得很急。

公路得从江面走过去，然而没有桥梁。

四川公路局的先生们是聪明的，他们会用木船来代替桥：汽车坐在船上便可以从江面走来走了了。木船不会自己走动，作为它的人造的脚有着木桨，舵，篙竿和船夫的手臂。在白龙江，还得加上拉纤夫。

由于江水奔流得很急，木船必须先让许多拉纤夫背着纤索拉到上游，然后斜斜地划过对岸去。

今天，一个拉纤夫被白龙江吞食了。当我们的汽车到了宝轮院便碰着这样一个悲惨的消息：今天淹死了一个人。到了江边才知道是一个拉纤夫。

我们下了车，站在江边眺望。江水从左前方的山峡间冲出来，由于山势的控制，突然转了一个九十度的角度的大弯，然后伸直地奔向另一山峡。碰着了挨近江边的或隐或现的石头它便发出阴郁的怒吼。

在对岸，三辆载着故宫博物院的古物的汽车停着，像三只愚笨的甲虫。在挨近对岸的那边，一条狭长的沙坝静静地伸入上游，伸入水中。

今天，那个不幸的拉纤夫就是为了一辆载古物的汽车要过河，就是背着纤索走在那条沙坝上，走着，走着，一下失足落到水深处去了。奔流得急的江水带走了他，没有一点声息。没有捞着尸首。

他还有年老的父母。他还有妻子和一个小孩。不幸的消息到了他家里，他的父亲用脑袋在石头上撞，他的妻子哭着奔到江边，要跳水。

其他的拉纤夫们简单地，零碎地把这些说了出来，似乎心里都填满了悲戚和愤怒。他们一定在想着这种职业的悲惨性。他们每月工资七元至九元。淹死后的抚恤费每人三十元。他们每人穿着一件青布背心，在胸膛的两边现出六个白布做成的字，每边三个："昭化车站船夫"。

一个年轻的小个子粗野地骂着，说他们今天忙得还没有吃晚饭，说那位死者正当他的母亲把午饭送来，他才吃了两口便放下，便去拉纤，便死了。

天色已晚。从远远的山峡间，黄昏像蓝色的薄雾一样慢慢地展开。

我们的汽车还是停在河边。我们到时木船已划过那边了。隔着相当宽阔的河面，我们望见那边的一辆古物汽车像愚笨的甲虫那样蠕动着爬上了木船，那边的一些拉纤夫弯着身子，背着纤索走在那条沙坝上，然后那只木船终于越过疾流和宽阔的河面，斜斜地冲到了这边渡口。

这时我在想着一张旧的成都《新新新闻》上的一条消息。那是关于中英庚款本年度的分配计划的。中间有一项是垫付故宫博物院古物运费六十余万元。

我们的汽车决定开回宝轮院去过夜。宝轮院离郭家渡十里，在申报馆的地图上是"保宁院"。在那里的车站的门前挂着这样一个木牌："四川公路局昭化车站"。但昭化县城还在几十里以外。

白龙江在阴郁地奔流着。

当我正坐在烛光下记着日记，老杨喊我们出去看"啄啄神"。

不远的一家人户的门前已挤满了人。我们从人的肩头间望进去。屋子里摆着两张方桌子；里面的一张上供着一个塑成坐着的姿势的神像，伸着两只胖大的腿和脚，像一个大胖子；外面的一张上点着香烛。桌子的右边，一个男子在做着法事。他穿着蓝布衣服，和普通农民的装束一样，只是头上用红布缠着几片像花冠一样颤动着的白纸。他低着头，躬着背不住地可怕地颤抖着，颤抖着，过了许久，然后用手拍着桌子摇着"师道圈"，然后抱着神的右脚，一边用脸去擦，一边继续颤抖，然后跳了几下，用一种奇异的毫无意义的声音唱了起来。在旁边，另外有一个人在翻译着，说的是病人得病的原因。

我们回到栈房后，一个伙计告诉我们那家的小孩病了，所以请"啄啄神"来医治。"'啄啄神'会检药呢。"他说。"有一次，那个请啄啄神的人正在扶着神的脚检药，一个兵进去看。突然给他一耳光，叫道：'你不扶着，看它还动不动！'结果它哪里会自己动呢。"他说那个人专靠"啄啄神"吃饭。降神一次可以挣几角钱。"啄啄神"是木头做成的，手脚可以活动。

　　这使我想起了伊凡诺夫的《当我是一个托钵僧的时候》。当那小说里的主人公第一次公演吞剑的把戏，当剑插入他的喉头，痛得很厉害，当他的班主向他说，"你怎么不向观众笑呢"，他便忍痛做出笑容。

　　　　　　　　　　　　　　　　　　　　　　一九三八年

我歌唱延安

延安的城门成天开着，成天有从各个方向走来的青年，背着行李，燃烧着希望，走进这城门。学习。歌唱。过着紧张的快活的日子。然后一群一群地，穿着军服，燃烧着热情，走散到各个方向去。

在青年们的嘴里，耳里，想象里，回忆里，延安像一只崇高的名曲的开端，响着洪亮的动人的音调。

这简短的只有两个字音的名字究竟包括着什么呢？

包括着三个山：西山，清凉山，宝塔山。

包括着两条河：延水，南河。

包括着三个山的中间，在两条河的岸上，一个古老的城和它的人民。

包括着历史和传说：韩琦，范仲淹治理过的宋代的边城；明代以前相当繁荣，回回叛乱以后才衰落下来……假若你去访问清凉山上一个六十岁的老人，虽说他卧病床上也会滔滔不绝地从同治年间谈到现在。但是让我只谈现在吧。

包括着陕甘宁边区政府，抗日民族统一战线，共产党，毛泽东同志。

包括着一些学校：抗日军政大学，陕北公学，鲁迅艺术学院……

包括着不断地进步：

两年以前，"红军"未到的时候，这是一个荒凉的穷苦的城，然而人民的背上压着繁重的捐税，每月每家要出几元或者几十元。现在，商业繁荣了起来，有了三万以上的资本的商号。

一年以前，"红军"已改成了八路军的时候，人口还只有四五千；饭铺只有四五家，使用着木头挖成的碟子，弯的树枝做成的筷子；商店没有招牌，买错了东西很难找到原家去换，因为它们有着同样肮脏，同样破旧的面貌；大礼堂没有凳子，舞台上只有一盏煤气灯，十几只洋蜡做成的"脚灯"，简单的舞蹈和"活报"。现在，人口增加成一万多；街上充满了饭铺，饭铺里有了叫"蜜汁咕噜"或者"三不粘"的延安特别菜；所有的商店都换上了蓝底白字的招牌，浅蓝色的铺板，像换上了新的整齐的衣冠；大礼堂演着三幕戏，放映着有声电影，《夏伯阳》或者《十月革命中的列宁》，而且观众要按门票上的号数入座。

两月以前，当我坐着车子，大睁着眼睛走进这个城的时候……在这短短的两个月中也有了许多改变了。代替了一下雨便泥泞难走的土路，一条石板铺成的漂亮的街道从南门一直伸到城中央的鼓楼而且还在向前爬行，不久便会伸到北门前去。

这个活着的城像一个活着的人，不断地生长，不断地改变它的面貌。

"延安有什么可写呢？延安只有三个山……"我们这民族的巨人毛泽东同志穿着蓝布制服，坐在一间窑房里的一条小白木桌前，幽默地客气地微笑着向我们说，当我们告诉他想写延安。但是他接着很正经地，很肯定地，虽说仍是客气地加上："也有一点点儿可写的。"

一点点儿？依据我两个月来的理解，依据我诚实的语音，这个形容词的正确的解释应当是"很多很多"。我充满了印象。我充满了感动。然而我首先要大声地说出来的是延安的空气。

自由的空气。宽大的空气。快活的空气。

我走进这个城后首先就嗅着，呼吸着而且满意着这种空气。

这里没有失学或者失业的现象。没有乞丐。没有妓女。对于外面的深怀成见，专门造谣中伤的人们，这里流行着一个非常宽大的称呼："顽固分子"。

你觉得太宽大了吗？

"是呀，太宽大了！"一位曾经在巴黎生活了十年的女作家大声地叫着说。因为她非常关心延安。因为她听说日本报纸上已登出了这里的后方医院的照片。因为她认为有些不三不四的新闻记者应当加以限制。因为他们有着值一千块钱以上的夜间可以摄影的开麦拉。

但是这对延安并不是什么了不起的损害，敌人直接地或者间接地买去了一张照片。敌人的特务机关布满华北，敌人买去了众多的华北地形的测量图，然而却买不去更众多的华北的人民，在华北许多城市失陷以后，我们还是陆续地建立起来了许多游击根据地。

你还是认为对外面来的人应当加以限制吗？

"不，我们不愿加一点儿限制，"一位高级工作同志在一个集会里说。"我们认为到延安来的知识分子都是中华民族的精华。假若有一万个科学家，工程师要到延安来，我们就挖五千个窑洞给他们住。"他说到抗大的名额满后在从这里到西安的沿途的电线杆上都贴着"抗大停止招生""抗大停止招生"，但还是有许多青年徒步走来，而且来后还是得到了学习或工作的机会，没有一个人被拒绝回去。他说到认识人不能单看缺点，而且从缺点也可以看出长处：骄傲的人有自信心，可以把计划好的工作交他去做；怯懦的人谨慎，可以当会计；吊儿郎当的人会交际；而普通认为背景复杂的人多半经验丰富，知道许多理论，总会接近真理，承认真理……

但是，但是这种自由的宽大的空气不会影响到工作的紧张，生活的严肃吗？

"是的，边区讲民主，又讲集中，"一个从友区来的参观者向我们的陕北公学校长成仿吾同志发问了。"但为什么我们的学校一实行民主便弄得乱七八糟，不能集中呢？"

"是的，边区增进工作效率的方法有突击，竞赛，"另一个参观者，一个友军里的高级政治工作人员，也发问了，"但为什么敝军里采用这些方法不能收到效果，而且大家认为什么飞机，乌龟是骗小孩儿的呢？"

"这大概，这大概，"穿着布制服，麻草鞋，端坐在一条木桌前的成仿吾同志回答，"因为边区有着共产党的存在。有一个号召，党员首先便做起来，便没有问题了。"

为着证实这个解释的正确性，一个同志告诉我这样一个小故事：

今年秋天。天气已冷起来了，正在修筑着的汽车路要通过一条小河流。工人们站在河边，望着澄静的寒冷的水，有点儿迟疑，政治委员首先赤脚跳下去，大步走着，说"不冷"。于是大家都跳下去。于是大家在淹没脚胫的水中工作，直到起来时有些人的脚上的皮肤裂开了，出着血。

这是一个动人的例子。然而一般地说来，在工作的困难的岸边，并不是一定要共产党员先跳下去然后大家才跳。许多非共产党员也一样紧张地工作着。

那么缺点呢？缺点呢？难道一点儿缺点也没有吗？

"说到缺点我却还没有发见。我才到两天。呼吸着这里的空气我只感到快活。仿佛我曾经常常想象着一个好的社会，好的地方，而现在我就像生活在我的那种想象里了。"

两个月以前，当我在鲁迅艺术学院的一个座谈会上这样结束了我的拙劣的谈话，一位曾经学过两年海军的文学系的同志站起来了：

"我们的生活也并不是毫无困难。我们写东西的时候没有桌子，只有一块放在膝头上的木板。下雨的天气，从窑洞里走下山来路非常滑，常常一个一个地跌倒，满身是泥。冬夜里钢笔尖都冻结了，要放在嘴里呵几口气才能写字……"

两个月以后，当我这样素朴地歌唱着延安，我承认我们的生活并不是毫无困难。但比较一年以前，一般的物质生活已有了很大的进步，而且我们成天紧张地快活地工作着，很少的很细微的物质生活上的困难像放在三床鸭绒被下面的几粒豌豆，恐怕真要传说里的公主睡在那上面才会辗转不安。

所以这不能算作延安的缺点。这一点儿也不能使那些深有成见，专门造谣中伤的"顽固分子"满意。因为他们不相信眼睛,不相信理智，却相信着怪诞的幻想。当八路军在华北建立着，巩固着发展着许多游击根据地的时候，当八路军的兵士们在前线流着血的时候，他们在后方互相做着鬼脸地冷冷地说:"八路军游而不击。"他们的神经非常锐敏，听到"八路军"便联想到"共产"，便想到他们的银行存折。

那么错误呢？错误呢？难道每一个人都没有犯过错误吗？

"错误在延安不能长成起来，"一位诗人同志告诉我。"今年春天。抗大的一个小队里竞赛着内务的整齐。因为被窝厚，不容易折成现直角的方形，有人发明了用牙齿把折痕咬成一条直线的方法。而且有人仿效。这把我气着了，我给毛主席去一封信，我说，假若延安出了几个用牙齿咬被窝的斯塔哈诺夫，不但是中国的笑话，而且是世界的笑话。很快地这种错误便被纠正了。"

所以我说延安这个名字包括着不断地进步。

所以我们成天工作着，笑着，而且歌唱着。

所以一个青年电机工程师不满意地说："这些人花费太多的时间在唱歌上，但现在还不是唱歌的时候呀。"一年以前，我在外面，我在一本谈延安的小册子上碰见了这样一个老实人，我笑了，我喜欢他。同时我想，延安的人们那样爱唱歌，大概由于生活太苦。然而我错了，刚刚相反地，是由于生活太快乐。

一九三八年

七一五团在大青山

我将叙述人的温度怎样征服了寒冷。我将叙述荒凉的山群和散漫的落后的人民怎样在人力之下变成了坚硬的堡垒。我将叙述战斗和死亡。

我不是叙述几个新的英雄的探险事业，而是叙述一千几百个人完成了个政治上的任务，建立大青山抗日根据地。

在我开始我的叙述之前，我亲切地想起了你，七一五团。代替你的正式的番号，我愿意叫你为"年轻的团"。这不是说你的年龄还幼小。我知道你是走过雪山，草地，你经历过许多岁月和战斗。这由于在一九三九年二月，在河北河间代刘庄，我和你在一起过了一礼拜，而你给了我这样一个印象：你很年轻。你像早晨一样年轻。你像一个十九岁的男孩子一样年轻。你快活，勇敢而且强壮。只有一个年轻的人才能带着欢笑和好脾气去从事困难的工作。

而且我想起了你，王尚荣同志。你这个二十四岁的团长，你开始献身革命的时候你还是一个小鬼，你还要别人把你抱上马背去。现在你却有着高大的个子，洪亮的声音，充满了健康的血色的脸面。我很奇怪为什么残酷的战斗和艰苦的物质生活都一点儿不能妨害你的生长，你的发育，你的青春的开放。你这个年轻的漂亮的团长，假若把你放在法国的爱情小说里面，放在华丽的宴会中间，你一定要引起许多贵妇人的倾心呢。然而我们不是活在那些无聊的小说里而是活在抗日战争中的中国。而且我们活着不是为了那些卖弄风情的贵妇人而是为了无数苦痛的，不幸的中国的人民。我们还是这样更好一些。为着要像一个真正的人一样活着，我们在目前还是更愿意吃着小米饭，进行着战斗，而且甚至于缺乏着充分的安稳的睡眠。是的，王尚荣同志，你眼皮有一点儿肿，你眼角有一点儿发红，你昨夜一定没有睡得好。昨夜，在两支白洋蜡的光下，你和几位同志对我谈着大青山的情形，一直谈到十二点。而现在，在这早晨，你又在忙着接电话。你在倾听师部参谋长的指示，而且跟着又得把这个指示传给你的一个营。

而且我想起了你，朱辉照同志。你从前是一个矿工而现在是团政治委员。和我谈了一半夜还不厌烦，在这早晨，你还要把十万分之一的军事地图铺在炕席上，让我看一看纸上的大青山，让我看一看哪儿是萨拉齐，哪儿是察素齐，让我看一看那些表示山峦突起的密密的黑线圈间写着的高度，海拔2615公尺或者2539公尺。你一边指点，一边说，"在包头东北的高山上，可以望见黄河，可以望见黄河南岸的灯火。"

而且我想起了你，你常常低吹着口哨的快活的教育股长，吴融锋同志。我不能忘记那些你对我谈雪山，草地和西康蛮子的夜晚。你说雪山上面积着万年雪，身体不好的人爬到山顶便会呼吸困难，全身发抖，而且倒下死去。你说草地都是山上的平原，里面有着一块一块长着青草的烂泥地，失足到里面便会渐渐陷下去，无法出来。你说男女蛮子都穿着白色或者黑色的羊毛布长袍，吃着青稞面和茶和酥油做成的糌粑，晚上围着屋子中央的火盆睡。你说他们很珍视珊瑚：一颗珊瑚珠可以换得许多食品。你说女蛮子的牙齿并不刷洗，然而却雪一样白。

而且我想起了你，一营营长傅传作同志。在一个清晨，在村口的一个空场上，全营的干部和战士背着枪和手榴弹和蒿草做的伪装，在你面前站成一个整齐的讲话队形，而你是怎样大声地，有力地对他们讲着话啊。你们将去完成一个紧急的秘密的战斗任务。你们那样坚决，那样镇定。你们很迅速地开走了，在我的注视之下，在爬在树上，站在屋顶上的老百姓们的注视之下。后来不久，和着胜利的消息一起，传来了你带伤的消息。

而且，最后，我想起了你，我忘记问你的姓名的排长。在深县战斗之后，你失掉了联络。然而经过了十七天，你终于辗转地找到了转移后的部队，终于回到二营里来了，带着七八个同样失掉了联络的弟兄，带着各人的武器。当二营营长问询了你一会儿，拍着你的肩膀叫你赶快去吃饭，你把你身上的盒子和子弹袋解下来放在炕上，而且数着子弹的数目，表示一粒也没有遗失。

我将叙述你们在大青山的故事。我希望我的重述一点儿也不违背你们嘴里所说出的真实。

经过了几天的休息和整顿，经过几夜的充分的睡眠，驻扎在平鲁以西的贾家堡一带的七一五团开始了第二次向北方的进军。

坚强的进军。浩浩荡荡的进军。伪装，马匹，武器和人在山谷间流动着，像一条河。一个正确的命令实现为一个雄壮的行动。普遍的政治动员克服了情绪不高和逃亡。

也许有人想起了第一次进军的经过：在凉城厂汉营遭遇了敌人的九路围攻，全团从一个很小的缺口突围出来，继续行军一天一夜，没有吃一顿饭；在厂汉营北边的马营村又遭遇了敌人的七路围攻，而且遭遇了一整夜的大雨，突围出来后全团在有着半人深的水的河里走着，湿透了所有的衣服；后来，为了迷惑敌人，才向西转移，向南转移，回到了原来的驻扎地。

也许有人想起了第一次进军前的个别分子的动摇：寒冷的传说是怎样苦恼着他们啊，当他们听说在绥远，在冬天，人的鼻子耳朵会冻掉，大地会冻裂到一尺多宽，口沫落地马上就凝结成冰，戴皮手套必须握成拳头，下大雪后积雪会把门完全封住，早晨起来必须用锄头挖出门来，而且刮着绥远人叫为"白毛旋风"的旋雪的时候，没有了太阳，没有了村子，没有了道路，谁都不能出门行走。

然而这些都已经过去了。这些记忆应该让位给信心和希望。

三个经常保证着部队的胜利的条件，坚决，秘密和迅速，保证着这次进军的胜利。

敌人的眼睛是老鼠的眼睛。敌人的行动是乌龟的行动。

经过了几天的白昼行军，经过了一整晚的夜行军，他们通过了平绥路。

告别了山西，告别了暖和的八月，九月一日，一九三八，他们到达了目的地。

这里是大青山了。连绵的山群。起伏不已的山群。牛车路蜿蜒在山沟里，爬行在水旁的沙滩上，而且曲折地盘旋到山顶。马群，羊群牧放在长着青草的山坡间。黄色的莜麦在开垦不久的肥沃的土地里等待着收割。

这里是大青山了。这是大青山的人民，他们吃着莜面，穿着羊皮，住着土房子或者窑洞（在蒙人的屋子的门外常常放着一个蒙古包，表示他们没有忘记他们是游牧民族的子孙）。寥阔的土地。稀疏的人口。这新来的一团人，这在天亮时突然出现使人不知是从哪儿来的一团人，必须分散地住到三四十里以外，才能全部都找到了屋子、炕和饮食。

这里的人民好久没有看见过祖国的正规军了，自从傅作义将军退出了绥远，自从这块寒冷的然而肥沃的土地上有了"皇军"，"西北边防自治军"和"蒙古联盟自治政府"。他们，蒙人和汉人，必须在账簿上，书信上，或者货物的发单上写着古怪的新的年号，"成吉思汗七百七十三年"。他们，蒙人和汉人，在日本特务机关的挑拨之下，增加了种族间的隔膜：他们经常地听到那些卑污的阴谋者说着八月十五汉人杀鞑子的故事，说着这样一句古怪的话："现在不是中华民国的天下，是成吉思汗的天下。"

然而他们知道随着这些变迁而来的是些什么。他们知道"皇军"到一个地方就要"花姑娘"。他们知道身上增加了负担：现在连喂马都要上税。他们知道碰见了"皇军"必须行鞠躬礼，而且有时会被他们当作马，被骑在自己的背上，让他们笑。他们知道包头或者归绥的城内，日本浪人常常把一些商店的主人赶走，把屋子占据去开赌场，澡堂和妓院，而那些"西北边防自治军"常常这样实行着"自治"，睁着眼睛说一只铜戒指是金的，向街上的商店押十块钱，二十块钱。

他们知道土匪比从前更多，更猖獗，常常"请财神"；使用残酷的刑罚，而且一牛车一牛车地拉走妇女。

现在他们实在欢迎着这支祖国的军队，这支说话和气，买东西给钱而且耐烦地讲着抗日道理的军队。他们实在还没有看见过这样的军队：住在他们家里像亲人一样亲切，像客人一样客气，而且走的时候把院子，屋子和炕都打扫得干干净净。他们实在还没有听见这些道理：祖国还有广大的土地，众多的强壮的军队，而"皇军"像一条可怜的牛，前面头碰到坚硬的墙壁上，后面被拉住了尾巴，不管怎样发急，怎样拼死拼活，最后它只有白送上一条命（然而他们和那些甘心给他们做奴才的中国人从前都说，"中国完啦""中国只有两架破飞机啦"）。

不久之后，他们更崇拜起这支军队来了。

九月三日晚上，就在他们到后的第三天，七一五团攻下了陶林。九月十日晚上，他们攻下了那个有着宽阔的街道和漂亮的商店的乌兰花。跟着来的，不管对日军，对伪军，对土匪，都是一些光荣的胜利的战斗：后窑子战斗，榆林滩战斗，不拐战斗，苏波盖战斗，陶思浩战斗……

他们传说着二连的战士们都是连长当的，当这一连紧接着了三次硬仗之后。

伪军们更传说着是"神兵"，要在子弹头上涂了黑狗血才可以打得进，传说着八路军作战前先要吞符水……

然而这支军队仍然不过是人。他们仍然会死伤，会肚子饿，会感觉寒冷。当他们走进这寒冷的地域，这寒冷的季节，他们身上还穿着单衣，脚上还穿着草鞋。九月十三日，大青山就飞了第一次雪。他们只有和寒冷斗争。他们还得在寒夜里去攻打敌人。陆续地经过了两个月，由于人民的同情和拥护，由于"动委会"的帮助和动员，全团的人才都穿上了皮衣（用他们自己的话，"一身都是毛了"）。

除了这些新或者旧，好或者坏的羊皮，还有另外许多东西使他们温暖。革命的传统，抗日的理论……而最主要的是建立根据地的艰苦的工作。

首先，以归绥到武川的那条路线为界，这长约千里，宽约三百里的区域被分作两半。团长王尚荣带一些干部和战士到东部，团政委朱辉照带一些到西部。东部的主要根据地是陶林，武川间的大滩（就在这里他们建立了一个抗日政权，武川县政府），其次是四个工作区：归绥东北部，陶林西南的索拉特，武川、陶林间的土城子，平绥路南的满汉山。西部的主要根据地是萨拉齐，固阳，武川的交界处，其次是三个工作区：武川西北部，固阳东部，萨拉齐、固阳和包头间。

对于蒙人，他们提出了"蒙汉联合，共同抗日"的口号，揭破了日本特务机关的阴谋，而且和蒙人武装订立着互不侵犯条约。从蒙人也就一样地得到了拥护和帮助。他们给军队送马匹。他们为军队到包头或者归绥城内去买药品，当寄养伤兵在他们家里，而且遭遇到敌人的搜查，他们说是他们家里的人。而那个管东公旗武装的五十三岁的赵太保官府更是怎样快活地，亲切地招待着一个被派去和他接洽的政治工作人员啊：他说他到过北平，南京；敌人请他去做师长他不去；他清楚国际的情势，中日力量的对比；他知道伪自治政府有名无实；他问到八路军从前的经历，而在最后，他承认八路军到了他的区域内，由他供给粮食。

对于土匪他们主要的是争取。对于这些情形复杂的土匪，有的几代人都是以抢劫为生，有的大部分抽大烟而且带着女人，有的上级还好而下级却难于说服。争取是很困难的工作，而且由于物质条件的限制，即使他们都愿意接受收编也无法供给他们的服装，武器和军费。他们只有逼迫土匪到敌人所在的区域去活动，去和敌人作战。

对于由过去的保安队和土匪合编成的伪军，对于这些常常说他们并未忘记祖国，不过反正的时机还没有来到的伪军，七一五团除了必要时的战斗而外，也个别地和他们通信。这收到了显著的成效。敌人来围攻时他们预先通信。敌人命令他们讲攻时他们并不认真打。而且，当一个伪军里的旅接到了七一五团的信，他们晚上召集团长以上的人关着门读着，商量着，一直考虑了两夜。第三天，一个五十六岁的蓄着长胡子的参谋被派来了。他叫魏世泰。他从前是归绥城里的中学教员；在伪军里仍然秘密地做着救亡工作；因为收编了不少的土匪，他得到日本特务机关的信任。他谈得那样清楚，那样坚决（"他谈抗战问题比我还强，"朱辉照后来提到他时总喜欢这样说）。他说他们的部队一定要反正过来。他回去不久之后，那一旅的两个团终于反正了：打死了十几个日本人，冲破了敌人的包围，而这个动人的秘密工作者，这个爱国的老战士，就在这次战役中献出了他的生命。

至于敌人——这些侵入亚细亚大陆的海盗们的窘状还需要提到吗？在大青山，在七一五团到了以后，谁不知道他们只不过守着几个城，守着平绥路上的几个车站？

他们的数目很少很少的。他们的可怜的或者可笑的故事却很多很多。

然而我不想在这里叙述。

因为我要叙述的是七一五团和大青山，是七一五团怎样从敌人的统治下夺回了大青山，是大青山的荒凉的山群和散漫的落后人民怎样能结合成了一个坚硬的堡垒，或者说这一块长约千里，宽约三百里的土地，东到陶林，西到包头，固阳，南到平绥路，北到乌兰花，怎样变成了一块不能消化的石头梗塞在日本军阀的喉间。

十二月十九日，七一五团离开了这块土地，然而他留下了二十几次的胜利的战斗的影响，留下了一个抗日根据地的雏形，留下了它的一营，和它在这里新扩大的一千多骑兵，和十个游击队。

我徒然吃力地叙述了我的故事，我徒然让我的想象追随我所听来的事实奔驰了一个寥廓的区域，一个季节，因为我几乎一点儿也没有叙述出你，年轻的快活的七一五团，在那个有着浓厚的色彩的地方，完成着一个伟大的艰苦的任务时所经历的动人的战斗，事件和日常生活。我才知道比较于实际的行动，历史是多么贫乏无味。我才知道比较于活的事实，传说是多么拙笨。我才知道比较于生活本身，想象和推论是多么没有颜色。我才知道与其做一个成功的故事重述者，我还是宁愿做一个生活中的失败的人物。

当我随着你的师部从山西到河北，当你的兄弟七一六团到了那个大平原上便连接地进行了几次残酷的战斗，需要着休息，当你的长官贺将军叹息着说，"假若我现在身边有两旅人……"（随着他到河北的作战部队只有七一六团和一个游击支队），我便想到了你，七一五团，我知道你将来。然而我不知道将在哪一天。二月十日，一九三九，我和政治部在武强东唐旺而师部在半里外的任家庄，拂晓便得到了"战斗准备"的命令。那天炮声是怎样像雷一样不断地响着呵，而且机关枪声都听得很清楚，而且敌机就在我们的村子的上空回旋，扫射。我们的村子外边在挖着散兵壕。土墙上在挖着枪眼，政治工作人员和小鬼都背上了手榴弹。因为几里地外战争就在进行着，而且大家知道在那里抵御着敌人的只有一个作战能力不大强的河北本地的游击队，然而敌人并没有攻到我们的村子来。我们仍然在那里睡了安静的一夜。第二天我们才知道敌人的退却是由于你的突然的来到，你的突然的打击。

十五天后，我到你驻扎的村子里去。我才更多知道了一点儿那天的情形，那天早晨你刚从一个多月的长途行军到达了深县北杜庄，刚准备宿营，刚进屋，便发见了敌人的进攻。虽说当时敌情不明，部队又连接着行了三晚的夜行军，一天一夜没有吃饭，你还是英勇地应战了，而且后来敌人增援到两千多人，坦克车装甲车六辆，你还是支持到下午三点才开始脱离战斗。而且脱离战斗的时候，你的一个副班长因为带了伤，独自落在后面，便把一个手榴弹放在胁下，自己拉了引线炸死自己。

一九三九年

一个平常的故事

——答中国青年社的问题："你怎样来到延安的？"

我来到了延安。难道这真需要一点解释吗？

在开出了许多新窑洞的山上，在道路上，在大会中，我可以碰到太多太多的我这样的知识青年。我已经消失在他们里面。虽说每一个来到这里的人都有他的故事，当我和他们一样忙着工作和学习的时候，我为什么要急于来谈说我的？

因为我曾经写了《画梦录》？

这不是一个好理由。那本小书，那本可怜的小书，不过是一个寂寞的孩子为他自己制造的一些玩具。它和延安中间是有着很大的距离的，但并不是没有一条相通的道路。

或者因为我来得比较困难，比较晚？是的，我时常感到比我更年轻一些的人要比我幸福一些。我回顾我的过去：那真是一条太长、太寂寞的道路。我幼年时候的同伴们，那些小地主的儿子，现在多半躺在家里抽着鸦片，吃着遗产，和老鼠一样生着孩子。我中学时候的同学们现在多半在精疲力竭地窥伺着、争夺着或者保持着一个小位置。我在大学里所碰到的那些有志之士，多半喜欢做着过舒服的生活的梦，现在大概还是在往那个方向努力。从这样一些人的中间我走着，走着，我总是在心里喊，"我一定要做个榜样！"我感到异常孤独，异常凄凉。来到延安，我时常听见这样一个习惯语："起模范作用"。有一天，我突然想到它和我自己的那句话的意思差不多。不过大家说着它的时候，不是带着悲凉的心境而是带着快活的，积极的意味。

当我把这一类的感触告诉一个参加"一二·九"运动的同志：

"我们不同，"他说。"我们的道路是很容易的，就像自然而然地走到了这里一样。"

是的，他们是成群结队地、手臂挽着手臂地走到这里来的，而我却是孤独地走了来，而且带着一些阴暗的记忆。

我想我大概并不是一个强于思索和反抗的人，总是由于重复又重复的经历，感受，我才得到一个思想；由于过分沉重的压抑，我才开始反叛。

我时常用寂寞这个字眼，我太熟悉它所代表的那种意味、那种境界和那些东西了，从我有记忆的时候到现在。我怀疑我幼时是一个哑子，我似乎就从来没有和谁谈过一次话，连童话里的小孩子们的那种对动物、对草木的谈话都没有。一直到十二岁我才开始和书本和一些旧小说说起话来。我时常徘徊在邻居的亲戚家的窗子下，不敢叫一声，不敢说出我的希望，为着借一本书。当我苦于无法借得新的读物，我夜里便在梦中获得了它。但当我正欢欣地翻阅了那丰富的回目，开始读它，我就醒来了，它就从我的手指间消失。对于正面的生活，对于人，我都完全没有怀疑过它们，我以为世界就是这样，我不能想象它还可能更好一点。我承认了它。

十三岁的时候，当我又在私塾里读着家里仅有的另一些旧文学书籍，一个叔父告诉我一个他辗转听来的道理：地像一个圆球。我不相信。

我的理由是那样可笑。我心里想："我所读过的书上都没有这样说过。"读着《礼记》上的"曲礼"和"文王世子"，我想做一个儿子真麻烦。但我的思想并没有滑到那些礼节好不好、应不应该有上面去，只是接着想，好在现在大家都不照着书上所说的那样做。当我像一个小孩子那样哭泣着，要求着家里让我去上中学，我已经十四岁了。我并不曾明显地想到新式学校比私塾好，仅仅由于一种朦胧的欲求，一种几乎是自然而然地对新环境的渴慕而已。

　　中国历史上的一个伟大的时代到来了。由于地域的偏僻，中国的第一次大革命并没有给予我多少影响，它留给我的一些较深的印象不过是五色旗被青天白日旗代替，当地驻军的布告上把"讨贼联军"改成了"国民革命军"，和重庆大屠杀后被难学生的家属们寄到我们学校来的红色的传单。我自己另外经历了一点寂寞的事情。这使我像一个小刺猬，被什么东西碰触了一下便蜷缩起来。我用来保护我自己的刺毛是孤独和书籍。汉斯·安徒生的《小女人鱼》是第一个深深地感动了我的故事。我非常喜欢那用来描写那个最年轻的人鱼公主的两个外国字：beautiful 和 thoughful。而且她的悲惨的结果使我第一次懂得了自我牺牲。不知这三个思想（美，思索，为了爱的牺牲）是刚好适宜于我吗还是开启了我，我这个异常贫穷的人从此才似乎有了一些可珍贵的东西。我几乎要说就靠这三个思想我才能够走完我的太长、太寂寞的道路，而在这道路的尽头就是延安。但它们也限制了我，它们使我不喜欢我觉得是嚣张的情感和事物。这就是我长久地对政治和斗争冷淡，而且脱离了人群的原因。我乖僻到不喜欢流行的、大家承认的、甚至于伟大的东西。在上海住了一年，我讨厌体育活动，我没有看过一次电影，而且正因为当时社会科学书很流行，几乎每个同学的案头上都有一两本，我才完全不翻阅它们。在一个夜里，我写了一首短诗，我说我爱渺小的东西而且我甘愿作一个渺小的人。我有点儿惋惜那些少年时期的作品后来被我烧毁了，因为我现在很想看一看我那时是怎样幼稚地说着那种幼稚的思想。那时我十八岁。

这个幼稚的时期继续得相当长久，一直到我二十二岁，也就是一直到我大学二年级。我给我自己制造了一个美丽的、安静的、充满着寂寞的欢欣的小天地，用一些柔和的诗和散文，用带着颓废的色彩的北平城的背景，用幻想，用青春，而且，让我嘲笑一下那时的我吧，用家里差不多按期寄来的并不怎样美丽的汇票。生活在这样的小天地里，我并不感到满足，如我曾经在别处写过的，"每一个夜里我寂寞得与死临近"，而且，"我遗弃了人群而又感到被人群所遗弃的悲哀"。我写着一些短短的诗和散文，我希望和我同样寂寞的孩子也能从它们得到一点快乐和抚慰，如同在酸辛的苦涩的生活里得到一点糖果。我觉得这是我仅能做到的对于人类和世界的一点贡献。我没有更大的志愿，更大的野心，因为我像一个无知的孩子，对于许多事情还没有责任感。

但在这种生活里，新的思想也在开始生长，虽然仍然是不健康的，近乎虚无主义的，在我的思想里它到底是新的。一个阴晦的下午，我独自在一条僻静的街上走着，一个十二三岁的卖报的孩子从我的对面走过来，挂着一个盛报纸的布袋，用可怜的声音叫着一些报纸的名字。我看着他，我忽然想起了我家里的一个小兄弟。一种复杂的思想掠过我的脑子，我想到他和我的那个兄弟一样年幼，为什么他却要在街头求乞似的叫喊着；我想到人类为什么这样自私自利；我想到难道因为他不是我的兄弟，我就毫不注意，毫不难过地让他从我身边走过去。我忽然决心买一份他的报，仿佛这可以给他一点安慰似的。他从布袋里取一份报给我，因为没有零钱，我给他一块钱让他找。当他到街旁的小铺里去兑换，我又忽然想，难道我真还要他把那点钱找还我吗？

于是我跑进胡同里，一直跑回了我住的地方。一种沉重的难过压在我心里，我哭泣了一会儿。当我恢复了平静，我却责备自己是一个傻子，因为我想那个诚实的孩子一定在那条街上寻找着我，焦急地而又疑惧地。我不安了许久。我后来想写一个故事来说明一个新生长起来的思想。一个乖僻的年轻人在一些陌生的地方流浪了许多年，最后在一个城市里得了沉重的肺病。他家里的人得到了消息，远远地跑去看护他，而且偷偷地为他哭泣。但他并不感谢他们，反而被触怒了似地说："正因为每个母亲只爱她的儿子，每个哥哥只帮助他的弟弟，人间才如此寒冷，使我到处遇到残忍和淡漠，使我重病着而且快要死去。"我的生活限制着我的思想更进一步。我不知道人间之所以缺乏着人间爱，基本上由于社会制度的不合理，我不知道唯有完成了社会的改革之后，整个人类的改革才可能进行，而在进行着社会的改革的当中，一部分人类已经改变了他们自己。而且我是那样谦逊，或者说那样怯懦，我没有想到我应该把我所感到的大声叫出来："这个世界不对！"更没有想到我的声音也可以成为力量。

　　但我终于从幼稚走向成熟。我丧失了我的充满着寂寞的欢欣的小天地。我的翅膀断折。我从空中坠落到地上。我晚上的梦也变了颜色：从前，一片发着柔和的光辉的白色的花，一道从青草间流着的溪水，或者一个穿着燕子的羽毛一样颜色的衣衫的少女；而现在，一座空洞的房子，一个愁人的雨天，或者一条长长的灰色的路，我走得非常疲乏而又仍得走着的路。

　　我曾经把我的这个改变比作印度王子的出游。在这两个时期的中间，我的确有过一次旅行。然而现在想来，并不是从那次旅行我才看见了人间的不幸，因为它并没有使我遭遇到什么特殊的事件，还是从小以来的生活经验的堆积使我在这时达到了一个突变。我到底不是一个思想家，我十几年的经历，感受，似乎还比不上人家一天的出游。现实的荆棘从来就不断地刺伤着我，不过因为是比较轻微的刺伤，我这个年幼的堂·吉诃德才能够昂着头走了一些日子。而且在北平的那几年，我接触的现实是那样狭小，一个小职员的家庭，一个被弃的少妇，一些迷失了的知识分子。而更深入地走到我生活里来的不过是带着不幸的阴影，带着眼泪的爱情。我不夸大，也不减轻这第一次爱情给我思想上的影响。爱情，这响着温柔的、幸福的声音的，在现实里并不完全美好。对于一个小小的幻想家，它更几乎是一阵猛烈的摇撼，一阵打击。我像一只受了伤的兽，哭泣着而且带着愤怒，因为我想不出它有着什么意义（直到后来我把人间的不幸的根源找了出来，我才知道在不合理的社会里难于有圆满的爱情）。然而在另一个意义上它的确教育了我。唯有自己遭遇过不幸的人才能够真正地同情别人的不幸，而一个知识分子，我想诚意地说了出来反而并不是可羞耻的，更要不幸降临到他身上他才知道它的沉重。在以前，虽说我感到我随时可以为别人牺牲，我至多至多只是消极地做到不损害人，不自私自利，对于人我仍然是漠不关心的。在这以后，我才如我在别处写过的，"对于人间的快乐和幸福我很能够以背相向，对于人间的苦痛和不幸我的骄傲只有低下头来化作眼泪。"我的偏爱的读物也从象征主义的诗歌、柔和的法兰西风的小说换成了陀思妥耶夫斯基的受难的灵魂们的呻吟。虽说我自己写的东西仍然远离现实，像霍普特曼的《寂寞的人们》中的那个失掉了丈夫的爱情的妻子，一边痛苦到用针尖刺着她自己的手指都不能感到疼痛，一边还对她的婆婆谈说她的幼年的梦想，又像那个为着同情当妻子的人的痛苦而决定放弃爱情的女客人，在黄昏里，对她将要别离的爱人，在钢琴上弹着悲哀的小曲。

我到天津的一个中学去教书。在那教员宿舍里，生活比在大学寄宿舍里还要阴暗。那里充满了愤懑而又软弱无力的牢骚，大家都不满于那种工厂式的管理和剥削，然而又只能止于不满。我开始感到生活的可怕：它有时候会把人压得发狂。一个独身者在吃饭的时候对我叹息说："我们太圣洁了，将来进不了天国的。"他本来可以到旁的地方去做事情，但他又不愿离开这个都市和它所有的电影院，溜冰场，网球场和抽水马桶。因为一个同事病了，一个比较起来还算很强壮的人竟歇斯底里地哭了起来。当他早晨看见阔人们的子弟坐着汽车来上学，他总是对我说："他们一定觉得我们还不如他们家里的汽车夫！"或者，"我们有一天会被他们的汽车压死的！"他是我在那种环境里的唯一的朋友，唯一互相影响又互相鼓励的人。在黄昏中，看着远远的烟囱，看着放工回来的小女工沿着那从都市的中心流出来的污秽的河水的旁边走了过来，我们开始谈说着资本主义的罪恶。在我的班上，一个买办的儿子白天听我讲授着白话文，而晚上回到家里，又从他的家庭教师读古老的经书。我对我的工作和生活渐渐地感到了羞耻。我仿佛看见了我将被毁坏。而在这时候，学生运动起来了。它更使我们处于一个非常难堪的尴尬的地位，在学生和学校的中间，我们是可怜的没有立场的第三者。当"五•二八"那天，游行的队伍一阵暴风雨似地冲到了我们的宿舍外边的操场上，欢迎着我们学校的学生们参加，热烈地开着会，呼着口号，那像一堆突然燃烧了起来的红色的火，照亮了我生活的阴暗，然而我却只能远远地从寒冷的角落望着它，因为虽然我和他们同样年轻，同样热情，我已经不是一个学生而是一个被雇佣者。

我总是带着感谢记起山东半岛上的一个小县，在那里我的反抗思想才像果子一样成熟，我才清楚地想到一个诚实的个人主义者除了自杀便只有放弃他的孤独和冷漠，走向人群，走向斗争。我才肯定地想到人间的不幸多半是人的手制造出来的，因此可能而且应该用人的手去毁掉。在那个有着"模范县"的称号的地方，农民是那样穷苦，几乎要缴纳土地的收入的一半于捐税。那些在农村里生长起来的青年，那些在他们的前面只有小学教师的位置、每月十二块钱的薪水和无望的生活等待着的师范学生，经常吃着小米，四等黑面，番薯，却对于知识那样热心，像一些新的兵士研究着各种武器的性格和使用方法。而且他们那样关心着政治，有几个因为到邻县去做救亡的宣传而被逮捕。和他们在一起，我感到我并不是孤独的。我和他们一样充满了信心和希望。我的情感粗了起来，也就是强壮了起来。当我看见了一些丧失了土地的农民带着一束农具从邻县赶来做收获的零工，清早站在人的市场一样的田野里等待着雇主，晚上为着省一点宿店的钱而睡在我们学校门前的石桥上，又到青岛去看见一排一排的别墅在冬天里空着，锁着，我非常明显地感到了这个对比所代表着的意义。我把我这点感触写了一首短诗，我写着："从此我要叽叽喳喳发议论"，就是说从此我要以我所能运用的文字为武器去斗争，如莱蒙托夫的诗句所说的，让我的歌唱变成鞭筈。

抗战来了。对于我它来得正是时候，因为我不复是一个脸色苍白的梦想者，也不复是一个怯懦的人，我已经像一个成人一样有了责任感，我相信我在任何地方都可以做一些事情。我回到四川。我发现我的家乡仍然那样落后，这十分需要着启蒙的工作。在我教着书的一个县里的学校里，教员们几乎成天打着麻将。当上海失陷、南京失陷的消息出现在报纸上，他们也显得不安而且叹息，但仍然关心他们的职业和薪金更甚于关心抗战。那个五十多岁的半聋的校长，一个从前在日本学工程的，在教员休息室公开地说中国打不赢日本。但是，他接着补救几句，中国还是不会亡。他说从历史上看来，中国没有灭亡过。当大家问他元代和清代算不算异民族统治，他才装着没有听见，停止了他的政论。而且我不喜欢我班上的许多学生那样安静，那样老成。他们对于学校是有着许多意见的，然而他们却很少正面地提出来。我甚至于有一次对快要毕业的那一班说："我看你们比我还世故。"我希望他们多管一些事情，首先从学校里管起。我并不是单责备他们，我没有忘记文化的落后，军阀官僚的统治，革命的低潮，职业和生活对于知识分子的威胁都帮助了某一部分人所施行的训练，那种使年轻人丧失了理想、热情和勇敢的训练。我只是希望能够见到一种蓬勃的气象，一种活跃。后来一件小事情使我感到我需要离开那个环境，我到底不是一个坚苦卓绝的战斗者。我自己还需要伙伴，需要鼓舞和抚慰。一个比较热情的学生写了一篇文章，慨叹着县里的人对于抗战漠不关心，学校里的一位主任劝他不要发表，并且说："你责备别人，应该先从自己做起。"他真的就请假回乡下去做宣传工作，而且不久以后，带着一笔募捐来的钱回到了学校，这时候那个主任对我说到他，就只轻轻的一句："我看他有点神经病。"

我到了成都，我想在大一点的地方或者我可能多做一点事情。我教着书，写着杂文，而且做一个小刊物的发行人。我和一个朋友每期上印刷所去校对；我几十份几十份地把它寄发到外县去，送到许多书店里去；我月底自己带着折子到处去算账。我的文章抨击到浓厚的读经空气，歧视妇女和虐待儿童的封建思想的残余，暗暗地进行着的麻醉年轻人的脑子的工作，知识分子的向上爬的人生观……但当我的笔碰触到那个在北平参加"更生文化座谈会"的周作人，却引起了一些人的不满。一个到希腊去考过古的人，他老早就劝我不要写杂文，还是写"正经的创作"，而且因为我不接受，他后来便嘲笑我将成为一个青年运动家，社会运动家，在这时竟根据我那篇文章断言我一定要短命。我所接近的那些人，连朋友在内，几乎就没有一个赞同我的，不是说我刻薄，就是火气过重。这使我感到异常寂寞，我写了《成都，让我把你摇醒》。像鼓励自己似的，我说：

> 我像盲人的眼睛终于睁开，
> 从黑暗的深处看见光明，
> 那巨大的光明呵，向我走来，
> 向我的国家走来……

这时，一个在旁的地方的朋友，一个从前喜欢周作人的作品的人，却在一篇文章里取消了他对他的好感和敬意，说他愿意把刊物上的那和汉奸、日本人坐在一起的周作人的像擦掉，而且当他提到我的时候，他说我不应该再称呼自己为一个个人主义者（一直到这时候我还间或又喜欢称呼自己为一个个人主义者，罗曼·罗兰所辩护过的那种个人主义者），因为我是有着我的伙伴的，不过在另外一个地方。

是的，我应该到另外一个地方去，我应该到前线去。即使我不能拿起武器和兵士们站在一起射击敌人，我也应该去和他们生活在一起，而且把他们的故事写出来，这样可以减少一点我自己的惭愧，同时也可以使后方过着舒服的生活的先生们思索一下，看他们会不会笑那些随时准备牺牲生命的兵士们也是头脑晕眩或者火气过重。

我来到了延安。

我是想经过它到华北战场去。我还不知道我自己需要从它受教育。我那时是那样狂妄，当我坐着川陕公路上的汽车向这个年轻人的圣城进发，我竟想到了倍纳德·萧离开苏维埃联邦时的一句话："请你们容许我仍然保留批评的自由。"但到了这里,我却充满了感动,充满了印象。我想到应该接受批评的是我自己而不是这个进行着艰苦的伟大的改革的地方。我举起我的手致敬。我写了《我歌唱延安》。

现在,从华北战场回来后,我已经在这里住了十个月。在这里,因为生活里充满着光明和快乐,时间像一支柔和的歌曲一样逝得容易而又迅速,而且我现在以我的工作来歌唱它,以我生活在这里来作为对于它的辩护,而不仅仅以文字。在这里,当我带着热情和梦想谈说着人类和未来,再也不会有人暗暗地嘲笑。在这里,我这个思想迟钝而且感情脆弱的人从环境,从人,从工作学习了许多许多,有了从来不曾有过的迅速的进步,完全告别了我过去的那种不健康不快乐的思想,而且像一个小齿轮在一个巨大的机械里和其他无数的齿轮一样快活地规律地旋转着,旋转着。我已经消失在它们里面。

一九四〇年

两种不同的道路——何其芳散文随笔选

论"土地之盐"

一

旧俄罗斯有这样一个对知识分子的称呼：

"土地之盐"。

我想，这恐怕只是在"到民间去"的民粹主义者们的时代里流行过，而后来，知识分子经过了革命的考验，历史的考验，这个说他们是人民的精华的比喻就慢慢地被忘记了。

现在我们说到知识分子，往往带着一种不好的意味。

我听见过一个知识分子的同志说："我真讨厌知识分子，所以我从来不写他们。"他是写小说的，已经写了好几本短篇小说。

我听见又一个知识分子的同志说："我真惭愧我也是一个知识分子。"他这句感叹的话地说出是当我在前线，当另外两个刚离开学校的年轻的同志在一次行军中疏忽地丢失了行李，他参加部队久一些。他仿佛不愿意和他们共同有一个称呼。

不过也有一个和工人接触过的同志告诉我，工人同志们并不轻视知识分子，并不像知识分子那样轻视知识分子。

二

知识本来是可珍贵的。有了知识本来是很好的事情。我读过高尔基的一篇叫作《书籍》的文章，那简直是一篇颂歌。他总是带着深沉的感谢谈起他的那些先生，从教他识字读书的一个船上的厨子到修改他的作品的珂罗连科。十月革命刚过去以后，他总是那样喜欢打电话麻烦列宁，请求释放某个被捕的教授，或者为某个学者要屋子，要粮食。这个从无产阶级出身的人，这个自言"每一部书是一个梯子，使我从兽类爬到人类"的人，对于知识分子和文化的重视的态度是对的。

但这也是事实，知识分子是一个特殊的，没有独立性的阶层，是一个摇摆于旧的营垒与新的营垒之间的阶层，是一个在某些关头显得软弱无能，容易迷失，甚至于可耻的阶层，所以高尔基又以一种诅咒的态度在小说中描画了他们。

三

中国的知识分子更明显地有一个不好的传统，我想称他为"爬"的传统。

这是一个有名的典故，然不妨重述一次：

梁实秋在韦勃士脱字典上查出了"无产阶级"不过是一些没有职业的，穷苦的，并不高贵的人之后，开始严肃地说道："你们，无产阶级的朋友们，为什么不学好？为什么不求上进？为什么不把学问弄好些？为什么不多赚一些钱，变成阔佬？为什么不好好当工人，然后升为工头，再升为资本家？你们也可以往上爬呀！"

四

比较起来，我们容易鄙弃古老的中国的一些朽腐的东西，而不觉察从欧洲的资本主义时期的思想（虽说对于中国的封建社会的产物而言是有着进步的意义的）也带给了我们一些需要再否定一次的不好的影响。

特别与知识分子有关系的一点是个人主义。

儿童似的自我中心主义。

每个人都感到自己是精神上负着十字架的基督。

总以为自己想得很深沉，迷失于一个自己虚构的迷津。

五

废名在他的小说《桥》里面写那个男主人公小林有一天忽然对那个女主人公琴子说：

"昨夜我做了一个很世俗的梦，醒来我悲哀得很……"

你看他说得多动人，多神秘，多深沉！但读过这部小说，而且还读得细心，而且已经习惯了，理解了他那种含糊的写法的人会知道小林这句话是指的什么。就在前面一章，这个被写得几乎没有人间烟火气的人物和他的一个在塘边洗衣服的嫂子发生了性的关系。

由于艺术家的直觉，或者由于一个人的实际生活的体验，废名不能自止地在那样一个童话似的故事里面插入了这样一个现实的事件。然而他仍然躲避开了，没有在这问题上多停留一会儿，没有想通这道理。他不能肯定人的肉体的自然的要求。他不知道那不能用"世俗"这个字眼来轻轻抹去，那并不是梦，那也没有什么可悲哀。至于说对于他

111

论「土地之盐」

爱着的女子，小林做了一个不好的行为，不忠实的行为，那却都是另外一个问题，作者并没有触到它。

六

我想写出这样一个公式：

单纯——复杂——单纯。

说得详细一点：由原始的单纯，通过应该有的复杂，达到新的圆满的单纯。

这个公式对于思想，对于人，都是适用的。正确的道理总是明确而且简单。经历斗争越多的人越是平易近人。

七

人制造着书籍，而书籍也在某种意义上制造着人。

我们的生活环境决定了我们所能接受的知识，而他们也反过来影响了我们。

现在我们需要更多的有着正确的观点的新的书籍。

现在我们需要对一切的知识投射以辩证唯物主义与历史唯物主义的光辉。

一九四○年

论快乐

"我们生活在延安的人是快乐的。"

当我这样说时，一个同志提出了修正："我们生活在延安应该是快乐的。"

我们是不是还有着不快乐的同志呢？还是有的。一个写小说的同志，一个快要到了中年的同志，有一天下午和我从抗大那个区域经过。看见许多人在活动着，像一群金色的蜜蜂那样生活得辛勤而且和谐，他叹息着对我说："看见他们那样的快活我真难过，我想，为什么我不能像他们一样快活呢？"

但这显然也带着延安的特点：他在为他的不快活而不快活。

他常常向我诉说过去的生活对于他的压榨。当他诉说时，他仿佛在这样逼问我："你看见过那善良的，灰色的，瘦瘦的驴子吗？你看见过那有时因为驮载得过重，走的道路过长而突然跪了下来的驴子吗？"然而，也许由于我自己的船总是航行在平静的河流里面吧，我并不完全同情他。我在想，我们到底并不是驴子而是人。而且世界上有着因为生活的压榨而变得脆弱、狭隘、绝望的人，也有着因之反而更强壮、更阔大、更勇敢的人。只是有一次，我却完全为他所感动了，当他站在我的窑洞的门外，站在暮色里，像一个旧俄罗斯的小说里的人物那样谈说着他的家庭的零落，谈说着他的抽鸦片的哥哥成天躺在床上，他的侄儿们在完全没有教育中长大了，快要被毁坏，他感到对他们有责任而又无力帮助。"我要想法把他们带到这里来，就是来当小鬼也好！"他的声音并不高，但我听着就像他在尖锐地叫喊一样。

每一个人恐怕都有他个人的问题，个人的苦痛。从前在外面，当我和一个朋友谈着这点儿见解，他用他家乡的一句谚语来结束："家家有本难念的经。"在这里，我有一次轻率地猜想一个很年轻的同志大概是快乐的，他写信来辩白，说了一句很动人的话，就像是那些常常被人引用的有名的话，"每个人都有他的故事，而且多半是忧伤的。"

然而，我们生活在延安。我们的生活有了一个很重要的支柱。我们知道我们活着是为了什么。正因为我们认识了个人的幸福的位置，我们才更理解它的意义，也更容易获得它。在明澈的理智之下，我们个人的问题和苦痛在开始消失，如同晨光中的露水，而过去的生活留给我们的阴影也在开始被忘记，如同昨夜的梦。

二

涅克拉索夫有一篇长诗叫《在俄罗斯谁能快乐而自由》，虽说我还没有读到这篇诗，我曾经很喜欢这个题目，而且猜想它是一篇好诗。我猜想在一种充满着哀愁的柔和的阴影里面，有着各种不幸的可爱的人物从那诗里走过，而且在暗暗地一致地说着沙皇制度是最黑暗的制度。

旧俄罗斯的作者们总是很吸引我们。不管有的是鞭打，有的是控诉，有的是伸出抚爱的手，有的软弱到带着叹息和眼泪，他们都是真实地写出了当时的人，也就是真实地写出了当时的社会。因为人总是一定的社会制度之下的人。诗人涅克拉索夫还并不是那种有力的作者。最残酷地写出了当时的社会阴暗和当时的人的灵魂的阴暗的是陀思妥耶夫斯基。我曾经很喜欢过他。那时我住在一个岩穴一样的都市里的小屋子里，窗子挂着芦苇帘子，不让夏季的阳光进来。我的心里也几乎看不见一点光明。我在这样一种双重的阴影之下读着他的作品。我能够从他那种沉重的压得人不能够呼吸的不快乐中感到一种奇异的快乐，一种被虐待或者虐待人的快乐，一种被虐待后又马上得到热烈地拥抱和爱抚或者虐待人后又马上投到他脚边去哭泣的快乐。然而那不过是一种强烈的酒所能给予的兴奋。当我从书本里回到现实的生活，我总是更加忧郁，更加阴沉。

在延安，有一个晚上我读了他的《赌徒》。我发现我已经不喜欢他了。我异常明确地感到人间并不像他所写的那样可怕，而人的灵魂也并不那样黑暗。由于读了它，我更爱白天和阳光，更爱我所生活着的地方和我的工作。我更快活起来了。我再也不想去重读他那些厚厚的小说。

《从苏联回来》的作者纪德却不理解这点道理。在他那本出名的坏书里面，他很惊讶在今日的苏联，在他所旅行着的苏联，陀思妥耶夫斯基已经没有了多少读者。他甚至于怀疑这并不是由于人民自己的选择，而是政府在加以某种禁止和限制。他不知道在今日的中国，在还正经历着分娩的痛苦的中国，陀思妥耶夫斯基已经和我们隔得相当遥远了。

三

在一次谈"文艺工作者的人生观，世界观"的座谈会上，当大家谈论到人的问题就是社会的问题，一个同志发言了：

"你们说的只是人的一方面，社会的人，还有人的另一方面，生活的人呢？"

大家都笑了。

我了解他的意思。他在想着人的问题和苦痛除了由于社会来的而外，还有由于人本身来的。

他不知道把人孤立起来看，离开了社会来看，所谓生物的人可以说并没有什么可以非议的地方。饥饿，畏惧寒冷，自然的衰老和死亡，性的要求，生育，从科学的观点说来，它们本身都是合理的。由于社会制度的不合理，它们才成为了问题。一个空想家可以去想象一种童话里的人类，不吃东西，不睡觉，在空气里飞行，或者像植物一样传延种族，然而我们不需要这种空想。我们还是就自然界和人类本身的最大的可能性来改造我们的世界，我们的生活和我们自己吧！

我并不想在这里来谈论空想。我只要说明对于人的问题和苦痛的来源的认识是一个最基本的认识。真理是很简单的。不过在没有找到它以前，我们可能老在它的旁边绕着圈子，像迷失在一个很复杂的迷津里面。许多过去的作者都经历了，看见了人间的不幸，而且写了出来，然而他们没有找到那来源和解决方法，没有找到那把最后的钥匙，因此多半停滞在一种悲观的思想上。我们，感谢我们这时代吧，找寻我们的道路并不太困难。已经有着无数的人在为真理而燃烧着，使它的光辉升得很高，照得很远。投身在它的光辉里面，我们的心里也就慢慢地充满了光明。

四

为什么我要提出乐观的重要呢？为什么我要做一个快乐的说教

者呢？

如个别的人一样，整个人类也负担着"他"的过去的生活的重压。那悲伤的，沉郁的，绝望的旧世纪。那迷失中的叫喊和病痛中的呻吟。那黑夜。为着更勇敢地去迎接曙光，去开始新的一日的工作，我们所唱的歌应该是快活的、响亮的、阳光一样明朗的调子。

这是很不同于无知的快乐和幼稚的欢欣的。这是由于充满了信心和希望，而且从残酷、艰辛和黑暗当中清楚地看见了美好的未来。

高尔基说列宁是那种明察的、有大智慧的而且大智慧中有大悲苦的人。然而列宁有着那种由衷的笑，大声的笑，单纯的笑，健康的笑。一个没有大的快乐的人是不会有那种笑的。那种笑声现在变成了一个巨大的国土里面的人们的歌声："我们没有见过别的国家可以这样自由呼吸"或者"我们生来要把童话变成现实"。

而我们，现在还需要艰苦地而又快活地工作。艰苦地，而又快活地，这两者并不冲突。因为工作将带给我们以美好的未来，而在工作着的现在，它本身也给予着快乐。有名的颓废派波德莱尔，一边抽着鸦片，说着模糊的象征的语言，也一边宣言唯有工作才能够消除时间加于他的一种可怕的空洞之感的压迫。契诃夫的戏剧里的人物在自杀的枪声未响以前，也常常无力地说着工作。然而那是无可奈何的、无目的的、孤独的工作。因此也就是不快活的。我们的工作带着积极的意义，知道为了什么，而且有着众多的人参加着，那就完全是另外一种性质了。

饥　饿

一

我和一个朋友到少城公园去练习骑自行车。在那种太阳还没有出来的夏天的早晨，街道静静的，两旁的商店都还上着铺板，像在睡早觉。当我们进了公园的门，走到那个大的运动场去，已经有人在骑着车兜圈子了，然而我们却找不到那每天早晨租车子给我们，包我们学会的人。我们去早了一点。

我们到附近的一家茶馆里去，要了两碗不放茶叶的白开水。成都是一个奇怪的地方，这样早就有人坐在茶馆里了。这家茶馆还附设一个射箭场，平常往那旁边过，我总是看见有穿着道地的中式服装的男子或者打扮得像姨太太的女子站在那里拉着弓，让长长的箭飞到那有红色靶子的木板上去。我总是直觉地讨厌这类地方，这类人。现在还好，那场子上是寂静的。我们坐在一个小而矮的茶几的两旁，揭开了那平常挡茶叶的碗盖，喝着水。

一个卖糖糕的小贩从我们的茶座前走过。我叫他停了下来。我记起我们应该吃一点早点了。这种用大米面蒸的糖糕，白色的，圆圆的，而且蒸得顶上裂开了的，在我县城里的小贩们的口中被喊作"白糖碗糕"。当他们用一种清脆的甜的叫卖声喊着从街上跑过，那曾经是怎样诱惑过那时的小孩子的我呵。而现在我却淡然地看着他用筷子把它们从洋铁桶里夹出，一个一个地送到我们桌上的仰翻着的碗盖里。

在这中间，一个糖糕掉了一小块到地上去了。使我很惊讶的是刚好有一个小女孩子走过，她突然弯下腰去，从地上把它拾起来放进嘴里，又很快地走过去了。

她瘦瘦的，不过十岁左右那样，穿着一件洗得很旧，然而相当清洁的浅蓝色的布衣服，左手提着一个旧得颜色发黑的空空的竹篮子，她走得那样快，而且没有回头望我们，仿佛羞涩于做了这样一件事情。那一小块白色的糖糕是很小很小的，比一颗米饭都大不了多少。

我仿佛第一次看见了饥饿，它以这样一个可爱的小女孩子的形象出现，反而更使我感到颤栗。但是我又像看见了一个庄严的景象。我沉默着，什么也没有想，什么也没有对我那个朋友说，虽然在平常我们是很喜欢为一些无论大或小的问题争吵的。

和平的城，有着和平的居民的城呵，在这早晨的静寂的白色的光辉中你睡得很好，你不知道我已经窥见了你的一个可怕的秘密。

二

又是少城公园附近，我和一个朋友坐在一家饭馆的楼下的散座间吃午饭。在成都的那些小饭馆里吃饭，夏天总是有那种流浪在街头的小孩子，穿着褴褛的衣服，拿着一把破蒲扇，突然跑进来站在你背后，用力给你打起扇来。第一次碰到这样的事情我是感到非常难堪的，我拒绝了他们，然而那一顿饭还是吃得非常苦，总是感到他们的饥饿的眼睛盯在我的背上，而我吃着东西就像是做着什么不可饶恕的坏事情一样。过久了一点，我也就习惯于用一两句话拒绝或者给一点钱，要他们走开，而且那种难堪的感觉也跟着就过去，能够欣赏菜的味道，吃得饱饱的了。人有时候就是这样的。

一次我们开头又是这样地遣开了那些野孩子。但在吃完了饭以后，我们从桌子的旁边站起来，准备付钱，有三个那种小孩子突然跑来，猛烈地扑到我们的桌子前。我以为他们是为了争抢。但当他们没有遭遇阻拦地得到了他们所要的东西，他们都马上安静了下来，由一个岁数大一点的把小洋铁桶里的剩饭倒在那些有残菜的盘子里，用筷子拌了一会儿，然后分成平均的三份，大家开始吃起来。

"你们是弟兄吗？"我问他们。

"不是，"那个我估计是哥哥的孩子回答。

我站着不走了。我想多知道一点他们的事情。我又问：

"你家里是做什么的？"

"我爸爸拉车子。"

"他不管你吃饭吗？"

"他自己都还不够吃呢。"

两种不同的道路——何其芳散文随笔选

很快地我想起了有一次我坐着人力车到哪里去，那个车夫在经过一家什么店铺的时候突然把车子放下来，跑进去过了一会儿，然后出来再拉我走。我问他买什么，他说他的大烟瘾发了，去吞了几颗烟泡。我想起了这个诚实的中年人，仿佛他就是这些孩子的父亲。

我温和地看着他们吃完这顿可怜的午餐，使他们一直没有受到堂倌的打扰。当我走出那家饭馆的门，我的心里像被什么堵塞着，又是一句话也没有说。假若说那满满地堵塞着我的心的是一种还没有变成眼泪的哭泣，那就不仅仅是悲悯着人间竟像是一座地狱，而更重要的是仿佛从那种卑微的不幸当中我得到了安慰，因为我看见了饥饿是怎样把人们联合起来，像亲爱的兄弟们一样。

<h1 style="text-align:center">三</h1>

在一个大学的教员宿舍里，大家闲谈着。一个到英国去过的人谈着伦敦的剧院，谈着莎士比亚的"李尔王"在舞台上出现的时候的那种人工的暴风雨。一个刚来到成都的穿着闪闪发光的绸衣的人突然问我们到某条街去过没有，我说没有，而且不知道那条街为什么那样重要。他似乎很惊讶我在成都住了半年连这一条街都不知道。他告诉我那是一条住着最下等的妓女的街，他已经去看过了，而且劝我们似地说："应该去看看。"而且再加上一句："我是天堂的生活也要去看看，地狱的生活也要去看看。"

我突然记起了上面的那两个小事件。我仿佛在想，要控诉人类的社会的不合理还不容易吗？还要到处去找证据吗？而且我不满意于他只是什么也要去看看。

我没有把这些说出来，只是从此我就不喜欢那种穿着光亮的而且发出响声的丝织品的衣服的人，不喜欢那些心安理得地讲克罗采或者教希腊文的教授们，而且不满意我的有些在文学上讲究风格和趣味，而上馆子吃东西也老是选择又选择，觉得这样不好吃那样也不好吃的朋友。我知道他们不应该太受责备，然而我那时是那样过激，就像一个人发现了自己的弱点往往责备得过于苛刻那样地，我写着："与其做那样的人我还不如去当洗衣匠，因为洗衣匠能够把脏的衣服洗得雪白，而这些人却会把纯洁的东西弄污秽。"

四

完全是另外的时候，另外的地方，另外的人。

在通过敌人的封锁线平汉路之前，我随着一支军队停顿在一个小村子里。我和一个在文学事业上是朋友、在革命事业上是同志的人住在一起。这个下午我们到附近的一个镇子上去了回来，他一定要我们绕道经过旁边那一片白杨树林而不走那条直的大车路，他说他很想到那林子里去走一走。

但当我们穿进了那些落尽了叶子，向明净的冬天的天空直直地伸着它们的赤裸而且光滑的身体的白杨树中间，在那冻结得硬硬的，没有野草也没有路径的土地上慢慢地走着，他却又不知道是嘲讽他自己吗还是嘲讽我似地说："你不欣赏这样好的风景吗？但是，我愿意用这样的好风景去换两个烧饼。"

我对这样一个同志也间或有一些小小的不满。当他不愿意吃那种陈旧的或者甚至于带着砂的小米煮出的饭和那种用水煮的又苦又酸的干菜，而情愿饿一顿，我总是照例地一句话也不说地在他面前把它们吃下去。

那时我更喜欢另外一个青年的同志，这个在北平的"一二·九"运动中挨过到他们学校去逮捕人的警察的鞭打，也跟着游行的队伍去撞过北平的城门的人，有一次叹息着对我说："中国人的平均的生活水准实在太低了，我们只应该取这样的一份。"

我是那种并没有经历过最本质地折磨着肉体和精神的饥饿的人，因此有时对于生活的贫穷和艰苦还带着一种非无产阶级的漠视的高傲态度，不像那个同志那样朴素地暴露出他的弱点。其实他那时的愿望，想用烧饼去代替小米饭的愿望，不也就是一个值得同情的并不奢侈的愿望吗?

在前方,生活是比较苦一些,但是我恐怕仍然不能说我已经深深地尝味过了饥饿。有时过封锁线而饿一夜一天,那总是疲乏掩盖了饥饿,而且总是睡了一觉起来,部队里的小米饭就送到我们的炕上来了。我记得我们吃过的最坏的菜是那种完全用青色的葱煮的汤,最难吃的饭是那种紫色的看着颜色不错而放进嘴里去像嚼着泥土一样的高粱蒸的窝窝头。这算得什么呢?

五

我是一个多梦的人。罗曼·罗兰说:"人的精神上有这样大的对于幸福的渴望,当实际上没有可享时,那就一定要想法来创造。"当创造也不可能的时候,人有时就用梦来代替。而且我这并不是一种比喻的说法,我是指那种在黑夜的睡觉里出现的真正的梦。

梦其实也是一种生活和思想意识的反映。假若把我所有的梦分类一下,我就会发现有两类新的梦是从前所没有做过的。一种是政治性的,还有一种是饥饿性的。当我在前方骑马把一只手臂摔得脱了臼,被医生接好了而还需要放在绷带里休养的时候,我梦见了牛奶,我梦见在一个高大的、白色的、有嘴有柄的瑞典瓷罐子里盛着满满的牛奶,而且我执着柄把它倾倒到杯子里去的时候,它是浓浓的,冒着热气,上面还浮着一层薄的油皮。然而还没有开始喝它我就醒了。这一类的梦我是间或又做的。最近我又梦见我经过一间放着许多糕点的屋子,我竟至于不自禁地去拿一些来放进我的衣服的口袋里,而且接着我又仿佛坐在一个筵席上,吃着许多盘美味的菜。这样的关于饮食的梦,嘴馋的梦,是不是有人会笑呢?我想假若我的梦从那种比较特殊的,少数人才会有的梦渐渐地变得接近了大多数的中国人的梦，贫穷者的梦，饥饿者的梦，那一点也没有什么可羞耻。在我们的队伍里，也许还有着那种天使一般带着雪白的翅膀飞来的人吧，而我却总是对于那些卑微的、带着不美丽的苦难的烙印、用粗糙的甚至于流着血的双足从不平坦的道路上一步一步走过来的人感到更亲近，更像同母所生的弟兄，虽然我和这些一边做着关于未来的黄金的梦，一边忍受着当前的最平凡的饥饿和贫穷的人共命运的时间并不太久，而在过去，我长期地感觉到的饥饿是那种另外的，比较起来不足道的，只能作为一种比喻的说法的饥饿——对于人间的爱的饥饿。

一九四一年

杂记三则

一 创作上的反主观主义

反主观主义——在创作上这包含些什么问题呢?

一方面这要反公式主义。你必须知道你所写者。你的主题必须从生活中得来。公式主义的来源是由于作品的主题的教条主义性,而形象不真实乃是其不可避免地在作品中的表现。因为一个真正的主题,从生活中得来的主题,总是有机地包含在形象里面。它是活生生的艺术形象本身所本来含有的动人的真理,并不是从书本上的或者人云亦云的概念演变为故事,人物,场面。只有望文生义者才从"形象化"这个术语把作品创造的过程了解为"化成形象"。这种化成形象主义的实行家描画出来的人总是不像活人,写老百姓满嘴学生腔,而且最后那一点道理也早已被别人讲过好多遍了,在我们对于现实的认识上毫无新的增加,这就是公式主义,这就是创作上的教条主义。它的罪状倒不至于严重到祸国殃民,但传播出去,浪费人力,纸张,并在文学上发生坏影响仍然是难免的。

另一方面还要反创作上的狭隘经验论。创作上的狭隘经验论和我们今天所要求的现实主义还有着相当大的距离。有你所知道者即你所能写者。还有人民大众所要求者即你所应该写者。这矛盾必须在一个创作者身上统一起来。抗战初期，为着写报告，我到前方去走了一趟，但很快地我对于搜集材料起了反感。这反感使我走到另外一个偏向：我认为每个人写出他所看到，他所感到的中国，尽管是一个角落，也就可以证明革命必然会到来，而对于新社会是有利的。而积极地有意地去反映今天的人民大众的斗争这个任务遂被搁置了起来。

想当然的公式主义作品不用提了。对于它们，新的观众说："我们天天在演着轰轰烈烈的戏，还要我们来看这种骗小孩子的玩意吗？"恐怕连土包子它们也俘虏不了。至于那些自以为忠实于生活的作者，或者是写了一些比较细小，比较辽远，而只为少数人所关心的事情，或者是写了新的事物，而又是从小资产阶级知识分子的眼光去看，把它们的意义解释得令人感到真正岂有此理，总之却也没有做到为工农兵。相反地，假若这种作品有了爱好者，拥护者，那倒是说明它们投合了某些暗藏的不健康的思想情感，而且其作用是助长和培养这些于革命有害或无益的东西。为什么人与如何为法这个问题是在这种情况之下严重地被提到了我们的面前。

这是一个需要从长期努力中来解决的问题。然而有了一个明确的方向，我们的一切具体工作就有了一个出发点，也有了一个准绳。正确的理论的光辉照到了哪里，哪里就发出了光亮。如今留给我们来做的不再是摸索道路而是如何开步走。这就是要我们一方面从思想上从行动上来改造我们自己，一方面开始有办法有步骤地来做。比如，一个最初步的事情是可以做起来了，我们应该切实地调查研究一下我们所为的对象，无论是大众，无论是干部，到底他们需要一些什么，能够接受一些什么，而且不同的作品在他们中间到底能够得到一些什么样的不同的反响和效果。

二 我们的艺术趣味

谈话可以帮助思索。古人说，独学而无友，则孤陋而寡闻。其实这还不仅是一个丰富我们的知识的问题，更重要的是互相的辩难，质疑，可以使问题的各方面弄得更尖锐一些，也更周到一些，因而假若得到了结论也就更圆满一些。

最近一个同志来谈，我们差不多谈清楚了我们的艺术趣味问题——这个似乎有些微妙的问题。

我们常常以为我们的艺术趣味高，而人家的低。比如我们能够欣赏契诃夫而群众却不大能够。这真似乎是一个精粗之别。但这高与低，精与粗，到底是一个什么关系呢？假若我们以为两者是两种不同的东西，那就错了。它们不过是一个东西的不同的程度而已。假若两者成了两种东西，而且互相抵触，那就是我们的高和精有了毛病，即不是真正的高和精，而是一种变态的东西了。

那个同志说，和契诃夫的戏比较起来，他连莎士比亚、莫里哀的戏都不喜欢。他以为前者适宜于我们，而后两者却也许适宜于普通干部，普通观众。我说，"你这个'我们'恐怕连我都不能包括在里面，而是非常少非常特殊的人吧。"就像我这样的人，读过许多十九世纪末和现代的作品，即是说受过了那种特殊的训练的人，也还是有两个欣赏者活在我的身上。当我闲暇而且心境和平，那个能够欣赏契诃夫甚至于梅特林克的我就能够召唤得出来。当我忙的时候，当我心里担负着这个时代和人民的苦难的时候，我的欣赏世界就完全归另外一个我所统治。这个欣赏者的要求说起来很简单：戏总要有戏，小说总要有故事，诗总要有抒情分子。这就和老百姓的趣味基本上没有什么不同了。

当然，戏一方面是戏，一方面还要是人生，即是说不违反真实的人生。然而人生中本来就有着戏，有着轰轰烈烈的戏，有着悲欢离合，有着成功与失败，有着紧张的情节与突变，而你们剧作者呵，却要我们在开了一天会，办了一天公，或者进行了一天体力劳动之后，坐在戏院里让你们把一些日常生活的片段或者一些琐细的心灵的颤动放在我们面前，我们哪里有那样多的精力来注意呢？

这个道理其实鲁迅早已在《喝茶》中说过了，我所要做的，不过再来增加一个例子而已。

还是契诃夫。他有一篇小说叫《接吻》，写一个从来没有爱情经验而又不会交际的年轻军官在一个晚上的茶会中，在一间黑暗的屋子里，被一个年轻的太太误会为是她所期待的情人而被拥抱着接了一个吻，从此以后他老想着老想着这件事情，好像他的一生都将被这个回忆所缠绕，这是一个有几十面的长长的短篇。有一次我读它，并没有能够读完，那后半部仿佛像秋天的雨一样，长得使人不耐烦。后来又一个晚上，我大概有点儿无聊，想找闲书来看看，于是我就躺在床上把这篇小说打开来再读。这次我很流利地读完了，而且为他所感动了，而且我觉得就要写得这样长才够味，才充分地写出了这样一个主题，这样一个人物，这样的氛围和情调。这篇作品假若今天发表在我们的《解放日报》上，我想大家都会指出其知识分子的思想情感，而且说，"契诃夫先生，你大概把你自己的缺乏爱情的灵魂放进你的人物身上去了吧？现在有多少更大得多的事情呵，一个人缺乏爱情又算得什么呢？"在这里我并不是菲薄契诃夫，契诃夫无疑的是我们今天还应该来研究而且批判地来学习的一个杰出的旧现实主义的作者，而且他另外有一些作品是比这篇更有意义的。我只是借他这篇作品来说明某一种欣赏趣味而已。我们把英美资产阶级的选本所推荐的契诃夫的作品如《打赌》之类，和苏联所推崇的他的《套子里的人》比较起来，不是可以看出欣赏契诃夫也有两种不同的趣味或者态度吗？事实本来就有这样的不同：古代的许多诗人都喜欢雨，能够对着它低吟"无边丝雨细如愁"或者旁的句子，而我们今天却不一定都能欣赏那种情感了。

但是——还有单纯的技巧问题呢？是的，那天来和我谈的朋友最后也提到了技巧。他说，比如电影手法吧，写人到那里去并不很笨地把火车或者汽船拍照出来，只是一段铁轨的颤动或者一片水流。这技巧是好的，是进步的结果，然而老百姓不懂，怎样办呢？我说，这是容易解决的，先加以说明，然后让他们习惯习惯就行了。比如旧戏里，扬鞭就是上马，双手一掩就是关门，我最初看旧戏不懂，而老百姓却早已毫无问题。

我们不要把老百姓想得很笨。

三 旧文学和民间文学

我们总是有些忽视我们自己的文学遗产。我自己虽说有一个时候相当喜欢读中国旧文学作品，也似乎并没有从它承继什么。我是一个害欧化病很深的人。

有的朋友说中国旧文学贫乏。有的朋友说即使要读它们也不过仅仅是为了增加常识，或者仅仅为了理解旧中国。这些看法都不对。我们这样一个大民族的文学遗产在数量上是很丰富的，在质量上有许多作品也达到了很高的水准，它们可以多方面地给我们以营养，而在目前，对于民族形式的建立更有特殊的重要作用。文学上的民族形式的提出已经三年了。有的人主张利用旧形式，至于利用一些什么与如何利用则并没有进一步去研究，实践。有的人又主张外国的东西可以搬过来，而且说现实主义的口号已经可以解决一切。他不曾想到为什么谈了这样多年的现实主义，而在它的大旗之下仍然不断地偷运着非现实主义的货品。他更不知道我们的新文艺应该更中国化，也就是更大众化，正是现实主义的一个极其重要的问题。

对于这个问题我开头也没有很好地理解其重要性和其针对当前实际的现实性。后来比较能够理解了，也仍然很偏颇。我总以为民族形式主要的是一个内容问题，而对于下面那一半节即我所认为次要的形式问题却总是忽略了。我那时不知道在某种情形之下，在某一个时候，形式问题也可以成为一个重要的问题。要彻底地反主观主义与宗派主义，就必须连它们的巢穴之一的党八股也捣毁。反过来说，我们要正面地建设什么也一样。

我们应该认识，研究旧文学是有助于我们的创作方法的。虽说我还没有认真研究它，我已经有了这样的感觉。前一向我读《醒世恒言》《警世通言》，比较起现代的短篇小说来他们在艺术上可谓粗矣，而且就内容说来，其中真正有较高的思想价值的作品也并不多，然而读着它们，却比读着我们现在的某些写得不好的短篇小说容易读得下去得多。比较那种开头一大片环境描写，然后人物慢吞吞地走进来，然后又是一大片对话或者心理描写或者倒叙，别别扭扭的，啰啰唆唆的，结果形式上颇为复杂多花样，而内容上却往往空虚的作品，我倒是读这些古老的中国的故事还痛快一些，有味道一些。这其中就颇有可以研究和取法的地方吧。

其次，那些还活在民间的传说、故事、歌谣，我们也要算入我们的财产单内。它们也许比那些上了文学史的作品更粗一些吧。然而恐怕也更带着中国人民大众的特点。自从我告别了我的童年，可以说我就告别了中国的农村。然而那些流传在农村的文学现在回想起来仍然是动人的。传说、故事重述起来太长了，只抄几句歌谣吧：

> 洋雀叫唤李贵郎，
> 有钱莫说（娶）后母娘。
> 前娘杀鸡留鸡腿，
> 后娘杀鸡留鸡肠……

在这后面大概还有一些叙述、描写和诉说吧，可惜我已经忘记了。然而就是这样四句也就能够直截了当地打进人的心里去。我们家乡叫杜鹃为洋雀。大家都知道那个书本上的有名的传说，蜀王杜宇亡国后化为杜鹃，每年春天叫着"不如归去"。这个歌谣却和那不同，它包含着另外一个故事，似乎是叙述一个被后母虐待而死的孩子化身为鸟以后的哀鸣。这是卑微的，平凡的，然而却更带着中国的社会和人民的特点，因而比那些经过了文人们按照他们的思想和兴味粉饰过的传说反而动人一些。广泛地收集这类民间文学的工作需要有些学校、机关或者团体有计划地来做，但在实际工作中的爱好文学者也可以做一部分。将来材料多了，除了作旁的参考，作了解中国的社会和历史的参考而外，就是对于我们的文学创作也一样有帮助的，至少我们可以吸取其朴质地中国风地表现生活的特点吧。

正如真理是赤裸裸的，真实的生活也不需要花花绿绿的粉饰。我们今天的作品实在多半有些喜欢耍花样。甚至连报纸上的特写，通讯，也有一部分受了这种风气的影响，不肯老老实实地把重要事情告诉人，却故意弄得错综复杂，或者加上一些所谓噱头。为什么我们就不能创造出一种一方面是新鲜活泼的，一方面又为老百姓所喜闻乐见的中国作风呢？即使这不是很快就能做到的，为什么我们不努力往这个方面做呢？这使我想到了一个古书上的小笑话。从前有一个人到市场上去，看见装着珍珠卖的匣子很漂亮，于是花了很大一笔钱买了来，留下匣子而还掉珍珠。这个笑话就似乎是特别为形式主义者们写的一样。

一九四二年

两种不同的道路

——略谈鲁迅和周作人的思想发展上的分歧点

有这样的两兄弟，一同出生于破落的旧中国，一同经历了辛亥革命，五四运动，而所走的道路却越来越分歧，结果一个投入了无产阶级的营垒里，成为革命文化的旗帜，一个一直住在个人的书斋里，以至成为现代文化界的李陵。

这就是鲁迅和周作人。这难道是偶然的事情吗？是不是在两人的思想发展上，我们可以找到一个一贯的根本的区别来呢？

读着两人早期的文章，我们就总有着不同的感觉。一个使你兴奋起来，一个使你沉静下去。一个使你像晒着太阳，一个使你像闲坐在树荫下。一个沉郁地解剖着黑暗，却能够给予你以希望和勇气，想做事情，一个安静地谈说着人生或其他，却反而使你想离开人生，去闭起眼睛来做梦。这是什么缘故呢？

两人早期都是民族主义者民主主义者，然而又是何等不同的民族主义者民主主义者。两人都曾经是寻路的人，然而又是何等不同的寻找的方法，何等不同的寻找的结果。两人都以文学为其事业，然而又是何等不同的对待文学的态度，何等不同的结出来的果实。这又是为什么呢？

我们生得晚。我们生下来已经是民国的人。我们只能凭历史材料去想象那时候的中国：外面是各个帝国主义者的咄咄逼人的侵略，里面是满洲贵族的昏庸的封建统治。那时候的进步的知识分子而不是民族主义者民主主义者是不可能的。然而，"无论爱什么——饭，异性，国，民族，人类等等——只有纠缠如毒蛇，执着如怨鬼，二六时中，没有已时者有望。"鲁迅自己就是这样一个执着的民族主义者民主主义者。他在日本学医就是为了毕业回来，好以医学服务国家，而又可以促进国人对于维新的信仰。他后来放弃学医，改而想提倡文艺运动，又是为了他悟到医学并非一件要紧事，凡是愚弱的国民，即使体格如何健全，如何苗壮，也还是不中用的，而最重要的是在于改变他们的精神。他那时以为善于改变精神的是文艺。他那时是寂寞的。那时的留学生中，学的是法政，理化以至于警察，工业，却没有人治文学与美术。如他在一九〇七年所叹息的："今索诸中国，为精神界之战士者安在？""而先觉之声，乃又不来破中国之萧条也。"（《摩罗诗力说》）所以他当时的主张是"掊物质而张灵明，任个人而排众数。"（《文化偏至论》）从今天的观点看来，我们说他当时是唯心论者也罢，是个性主义者也罢，他的出发点却是为了"立人"，为了以救"中国之沉沦"。比较当时着眼于西欧各国的铁路矿事，制度文物之末者，他所见到的乃是文化思想的重要。虽说他当时还不知道文化思想的最后基础是什么，他仍然是一个先驱者。他所经历的寂寞乃是先驱者与当时的广大的群众有些脱离的寂寞。后来又经历了辛亥革命，袁世凯称帝，张勋复辟，许多使人失望的事情使他消沉起来。到了五四运动的起来他才又出现而为一个精神界之战士。从《呐喊自序》的叙述，我们可以看出他当时思想里的怀疑与肯定的矛盾。他比喻当时的中国为一个绝无窗户而万难破灭的铁屋子。但当钱玄同说到了希望，他就改变了他想法了："说到希望，却是不能抹杀的，因为希望是存在于将来，决不能以我之必无的证明，来折服了他之所谓可有……"在旁的文章里他不止一次地引用着匈牙利诗人裴多菲的话："绝望之为虚妄，正与希望相同。"

这希望乃是当时中国的希望，乃是从黑沉沉的半夜悬想黎明的希望。鲁迅所寻找的路是当时进步的知识分子的路，也是当时中国的路。民国成立了，然而民国呵，你将往何处去？鲁迅的回答虽说有些茫然，却是肯定的。"我想，希望是本无所谓有，无所谓无的。这正如地上的路，其实地上本没有路；走的人多了，也便成了路。"（《故乡》）"什么是路？就是从没有路的地方踏出来的，从只有荆棘的地方开辟出来的。从前早有路了，以后也该永远有路。"（《生命之路》）他更具体地告诉了当时的青年以他的办法："走人生的长途，最易遇到的有两大难关。其一是歧路。倘若墨翟先生，相传是恸哭而返的，但我不哭也不返，先在歧路头坐下，歇一会，或者睡一觉，于是选一条似乎可走的路再走……其二便是穷途了，听说阮籍先生也大哭而回，我却也像在歧路上的办法一样，还是跨进去，在刺丛里姑且走走。但我也并未遇到全是荆棘，毫无可走的地方过。"（《两地书》第一集）

鲁迅是这样顽强地，有信心地，而又极其踏踏实实地走着的。他一边走着，一边也为未来的中国在扫除着道路。他的工作乃是伟大的"做泥土"的工作。他重又提起笔了。他一发而不可收了。他抱着他十多年前的启蒙主义，文学必须是为人生，而且要改良人生。他把文艺看作国民精神所发的火光，同时又是引导国民精神前途的灯火。他认为"为艺术而艺术"不过是"消闲"的新式的别号。他不满意于当时有一个批评者把他称为"文体家"。事实上他也绝对不是！他的呐喊，他的"救救孩子"的呼声是震动了当时的中国的。他的小说也好，杂文也好，都给当时的周围的寒冷空气带来了火与热。他把希望放在年轻的一代。

他总是和他们站在一起，爱护他们，教育他们。因为他是从旧中国的黑土里生长起来的，他的解剖刀乃深入于其黑暗处。正因为其爱之深，望之切，故其批判弱点很尖锐，其言沉痛而有力。他是那样熟悉落后的中国与中国人。他说中国太难改变，即是搬动一张桌子，改装一个火炉，几乎也要血；而且即使有了血，也未必一定能搬动，能改装。然而他又相信着总有很大的鞭子将要打到中国的背上，而中国将要动起来（《娜拉走后怎样》）。在今天看来，这已经成了预言。思想上的先驱者往往同时也就是预言的诗人。与古老的中国的恶势力搏斗，失败的一面总是急性的改革者。而他在那时就已经有了正确的战略。他一方面反中庸，反"费厄泼赖"，反不打落水狗，一方面又提倡韧性的战斗，提倡壕堑战。当他与当时进步的年轻的一代站在一起，当他的战斗不断地进行下去，他就成为更积极的更有威力的战斗者了。任何战士，总是从行动中坚强了自己，从与群众结合中壮大了自己的。他有"在可诅咒的地方击退了可诅咒的时代"的信心。而他的每一次攻打都不是白费。就是当他的投枪瞄准向当时的陈西滢之流，虽说他显露出他自己的知识分子的脾气，即他自己后来所说的"时时说些自己的事情"，他的战斗本身却有着很大的正面的意义。这一点瞿秋白同志解释得很好：他揭发出来了社会上的某种典型，蒙着"绅士""学者""正人君子"之皮的统治者的走狗。这一类的先生们从此就再也不大能够吓唬青年了。当他一九二六年离开北平，和女师大的同学们谈话，他已经说出这样明确的、完全是新的精神的话了：

"希望是附丽于存在的，有存在，便有希望，有希望，便有光明。如果历史家的话不是诳话，则世界上的事物可还没有因为黑暗而长存的先例。黑暗只能附丽于将就灭亡的事物，一灭亡，黑暗也就一同灭亡了。它不永久。然而将来是永远要有的。并且总要光明起来；只要

不做黑暗的附着物，为光明而灭亡，则我们一定有悠久的将来，并且一定是光明的将来。"（培良：《记谈话》）

在这以后，虽说又经历了中国第一次大革命的失败，新的血，更多的血吓得他"目瞪口呆"了一下，很快地他就从进化论走到了阶级论。他认识到进步与反动不能以青年与老人来分，只有以阶级来分。而且只有在无产阶级身上才看得出中国的希望。他以后的战斗更明显地是无产阶级的事业的一部分，用不着说明了。

"路漫漫其修远兮，吾将上下而求索。"再不是屈原，这个新中国的伟大的诗人是由寻路而得路了。

他的兄弟周作人却是走着另外一条完全不同的路。虽说最初也是从民族主义民主主义出发，他却越走越入歧途，以至于最后成了日本法西斯的工具。在一九二五年的《元旦试笔》中，周作人自述了他的思想变迁的大概。他说他最初是尊王攘夷的思想，后来变为排满与复古，持民族主义计有十年之久，到了民国元年他才软化。五四时代他又梦想世界主义，后来修改为亚洲主义。到了写"试笔"的那年元旦，他却又觉得民国根本还未稳固，还得从民族主义做起。他那前十年的民族主义，因为手边缺乏材料无从考察，只知道他曾经介绍了一些弱小民族的文学作品。五四运动当中，他自然也在文学方面有一些积极的活动。然而在五四运动的高潮过去了以后，我们却可以看得见他的民族主义民主主义到底是怎样的了。对于民族，老实说，他那时就已经是一个并不热情，并不忠贞的恋爱者。他的拥抱是那样无力，而且渐渐地他是完全抛开了它。他的第一个文集《自己的园地》就鲜明地宣布了他的个人主义，趣味主义。民族主义也好，世界主义也好，那是可以变来变去的，而且个人主义，趣味主义，却从此贯穿下来，成为他的思想的本质。他为什么要从事文学活动呢？对文学抱着一种什么主张呢？听他自己说吧："我并非厌薄别种活动而不屑为——我平常承认各种活动于生活都是必要；实在小半由于没有这样才能，大半由于缺少这样的趣味，所以不得不在这中间定一个去就。"他认为这是尊重个性的正当办法。如有蔑视这些的社会，那便是白痴的，只有形体而没有精神生活的社会，没有管它的必要。他认为无论用什么名义强迫人去侍奉社会，都不行。因此，在艺术见解上他说，"为艺术而艺术"固然不很妥当，而"为人生艺术"以艺术附属于人生，将艺术当作改造生活的工具而非终极，也是把艺术与人生分开，也不对。他强调艺术有它自己的目的，那就是表现个人的情思。他是反复地这样主张着的。或者说："为艺术派以个人为艺术的工匠，为人生派以艺术为人生的仆役；现在却以个人为主人，表现情思而成艺术，即为其生活之一部，初不为福利他人而作，而他人接触这艺术，得到一种共鸣与感兴，使其精神生活充实而丰富。"（《自己的园地》）或者说："文艺以自己表现为主体，以感染他人为作用。"（《文艺上的宽容》）或者说："有益社会并非著者的义务，只因为他是这样想，要这样说，这才是一切文艺存在的根据。"（《自己的园地·序》）他概括他这种见解为这样几句话：艺术是独立的，又原来是人性的；是人生的，但不是为人生的；是个人的，亦即为人类的。他反对艺术上的功利主义。他认为功利的批评过于重视艺术的社会意义，忽略原来的文艺性质，这种批评家虽声言叫文学家做指导社会的先驱者，实际上容易驱使他们去做侍奉民众的乐人（《诗的效用》）。他反对艺术上的多数主义。他认为一个人的苦乐与千人的苦乐，其差别只是量的问题，不是质的问题。个人所感到的愉快或苦闷，只要是纯真迫切的，便是普遍的感情，即使超越群众的一时的感受以外，也终不损其为普遍（《文艺的统一》）。在文艺批评上他反对有客观的真理而赞成法朗士的印象主义的批评。他认为君师的统一思想，定于一尊，固然应该反对；民众的统一思想，定于一尊，也应该反对（《文艺批评杂话》《诗的效用》）。

不管他说得如何自信，仿佛在为人生与为艺术之间真还可以有他这样一种骑墙派，我们今天很容易看出，这仍然不过是"为艺术而艺术"的流派之一种而已。而他自己就实行着这种主张。在《自己的园地》的序上，他说他写作的动机是："我平常喜欢寻求友人谈话，现在也就寻求想象的友人请他听我的无聊的闲谈。""我只想表现凡庸的自己的一部分，此外并无别的目的。""我因寂寞，在文学上寻求慰安。"在《雨天的书·自序一》里，他说他为什么写出那些文章呢？是因为那年冬天特别多雨，在那种天气非常阴沉，使人十分气闷的时候，他常空想"如在江村小屋，靠玻璃窗，烘着白炭火钵，喝清茶，同友人谈闲话，那是颇为愉快的事"，而这种空想不能实现，所以就写文章。后来天虽不下雨了，"但是在这晴雪明朗的时候，人们心里也会有雨天，而且阴沉的期间或者更长久些"，因此他的文章就常有续写的机会。在《雨天的书·自序二》里，他很不满意他自己的文章有道德的色彩，而总做不出为文章的文章，并且很叹息中国这个国家，当时那个时代，使他难于做出平和冲淡的文章，而祈祷他的心境不要再粗糙下去，荒芜下去。因为他是极慕平淡自然的田园诗的境界的。

这就是为什么他的散文总喜欢谈一些"苍蝇""故乡的野菜""穷裤""香园"的缘故。这就是为什么他删去了《真谈虎集》，即写了一些骂陈西滢等人的文章而又不愿收为文集的缘故。这就是为什么他后来标出"载道派""言志派"的名称来反对左翼的文学，反而与现代评论派精神相通，行动联合的缘故。而且这也说明了就是在还没有被日本人利用为文化傀儡以前，甚至就是在五四运动的高潮刚过去以后，他已经是一个不大忠实的民族主义者民主主义者了。

他坐在他的苦雨斋里寻路。他早已经寻到了他的路了，在喝苦茶中，在生活之艺术即酒要一口一口地啜中，在一些书籍中，在一个极端脱离群众的小圈子中。他没有大的苦闷，他是冷静而且满足的。早在一九二四年，在《一年的长进》里，他就说："这一年里我唯一的长进是知道自己之无所知。"然而他又说："自知无所知，却是我们第一个真知也。"一九二五年，在《元旦试笔》中，他又说："古人云，四十而不惑，这是古人学道有得的地方，我们不能如此。就我个人说来，乃是三十而立（这是说立起什么主张来），四十而惑，五十而志于学吧。"一九三二年，他更做了《知堂说》，引用了孔子荀子的话："知之为知之，不知为不知，是知也。""言而当，知也；默而当，亦知也。"而且取别号为"知堂"。而他这点自以为知的"知"，其实不过一个非常可怜的陈腐的怀疑派思想而已。他的怀疑派思想说得最明白的是一九二九年的《伟大的捕风》。他开头就说他最喜欢《旧约》里的"传道书"，而且接着就引用那个传道者的话："虚空的虚空。已有的事后必再有，已行的事后必再行。日光之下并无新事。"中间引用吕滂的见解，觉得民族的精神遗传之可怕。虽说后来他说他和传道者的意见还是有些分歧，"对于虚空的办法其实还只有虚空之追迹，而对于狂妄与愚昧之察明乃是这虚无的世间的第一有趣味的事"，"积极的人可以当一种重大的工作，在消极的也不失为一种有趣味的消遣"，很明显地他自己是属于后一种。他的"伟大的捕风"喜欢用在落后的中国的关于性的迷信方面，对于更大的事情，更多的事情，他实在还是所知很少，兴趣也很少的。唯有肯定人生是实在的，不是虚空，而且肯定人类是进步的，不是历史循环，然后我们的信心是坚定的，我们的勇气是不断增长的，我们的工作是有力而又有效果的。不然，像周作人这种建筑在怀疑与悲观的基础之上的对于人生的肯定，那只要走出书斋之门，到实际里去碰了几次钉子，就会把怀疑与悲观的外衣裹得更紧，变成一个"套子里的人"的。鲁迅在这点和他刚刚相反。鲁迅还没有走到无产阶级的队伍里以前，他早就这样认定："现在的地上应该是执着现在，执着地上的人所居住的。"（《杂感》）而且："我并不说古来如此，现在遂无可为，劝人们对于过去生敬畏心，以为它已经铸定我们的运命，LeBon（吕滂）先生说，死人之力比生人大，诚然也有一理的，然而人类究竟进化着。"所以，周作人读史是读得怀疑起来，悲观起来，而鲁迅却是："总之：读史，就可以觉悟中国改革之不可缓了。"（《这个与那个》）周作人就是这样渐渐地以至于完全地对于民族丧失了信心。一九二七年大革命失败以后，他更消极到写"闭户读书论"，谈"草木虫鱼"。虽说这有着一种对当时反动统治的讽刺意味，那已经是何等无力的讽刺！而后来，恐怕连这一点讽刺之意也就自己忘掉，以为这种闭户读书，抄书为文，就是他的胜业了。他在《燕知草跋》中公开说当时的中国似乎正是明末的样子，而他也似乎就以明末的读书人自居。国并未亡，而他已经有了亡国士大夫的情绪。七七事变后，他留在北平为敌人所利用，这难道是一件偶然的事情吗？在这以后，上海的一个什么刊物上还登出过他的一封北平寄出来的信。他希望大家把他看作苏武，不要看作李陵。但是，他将怎样回答呢，假若我们问他，"苏武是汉朝派到匈奴去的，你是中国派你到日本人那边去的吗？而且，苏武并没有作匈奴的官呀！"

这就是鲁迅和周作人的不同的道路。从这，不是明显地可以看出贯穿在他们早期思想中的两种不同的因素，一个是为集体的战斗精神和一个是从个人出发的趣味主义吗？一个是以集体为主，故是勇猛的战士，故是清醒的现实主义者，故能从失望中看出希望，故在艺术上是革命的功利主义者，故被有些人认为偏激，故即使谈小事物（如《看镜有感》）也有大见解，而其结果由寻路到得路，从民族主义民主主义走到了共产主义。一个是以从个人出发为主，故是掩藏在高雅之极的外衣里的闲谈家，故小处聪明而大处糊涂，故从积极而怀疑而悲观，故在艺术上实质是一个为艺术派，故自认为是中庸主义者或有绅士气，故喜欢谈小事物，其中又多半只见趣味，而其结果从寻路到迷路，从民族主义民主主义走到了日本法西斯的手掌里，成为民族的罪人。这两种道路的形成虽还有其他具体的条件，而主要的轨迹不是已经可以从上面那样一个概略的叙述就可以描画出来吗？

比较欧洲的国家，中国的道路是一条特殊的道路。它要在几十年中走完欧洲几世纪的旅程。所以中国人的觉醒不能停滞于个人的觉醒或者个性解放。而且实质上中国人的个人的觉醒与民族的觉醒，阶级的觉醒，中国人的个性解放与民族解放，阶级解放，乃是不可分开的。一同经历了辛亥革命与五四运动的两个兄弟后来有如此不同的分歧，这个大的历史条件是很重要的。这就是为什么鲁迅是一个执着的民族主义者，民主主义者，其结果就不但冲破了封建的旧礼数，而且也从资产阶级的个性主义走了出来，成为共产主义者；这就是为什么周作人是一个道地的个性主义者，其结果就只有对旧社会妥协，屈服，以至于最后成为日本法西斯的工具。他曾经引用人家说蔼理斯的话，说蔼理斯里面有一个叛徒与隐士，他希望他的趣味之文里也还有叛徒活着。但在现代的中国，叛徒与隐士就不可得兼，而且说得更透彻一点，就不可能有什么隐士。所谓田园诗的境界，所谓表现个人的情思，这些在过去似乎都是颇为有诗意的，在现在，则实在是应该批判的陈腐事物了。个人与集体不但是一个量的问题，而且是一个质的问题。今天的文学家，必须把自己的文学事业和人民群众的解放事业结合起来，不应单纯地歌咏自然风景或者个人哀乐。周作人过去的那种艺术见解，那种生活趣味，如我们在上面所叙述的，是不是颇为适合某些小资产阶级的知识分子吗？是不是还会有人一方面从理智上能够批判他，一方面在感情上还感到有些被牵引呢？

事实告诉我们，从那种颇为"幽雅"的消极的个人主义，趣味主义出发，一个知识分子可能堕落到什么地步。正如下坡的石头，不滚落到最低的地方不会停止。相反地一个执着地为集体的战斗者他总会和集体一同前进，而因为他所隶属的集体有着悠久的将来，光明的将来，他也就有了他的不朽了。

一九四二年

《夜歌和白天的歌》初版后记

这是我的第二个诗集。抗战以来所写的短诗大部分都在这里面了。其所以还有少数未能收入者，因为全部原稿并不在手边，这是根据大后方的朋友们替我保存的作品编起来的。

我的第一个诗集即《预言》。那是一九三一年到一九三七年写的。那个集子其实应该另外取个名字，叫做《云》。因为那些诗差不多都是歌在空中的东西，也因为《云》是那里面的最后一篇。在那篇诗里面，我说我曾经自以为是波德莱尔散文诗中那个说着"我爱云，我爱那飘忽的云"的远方人，但后来由于看见了农村和都市的不平，看见了农民的没有土地，我却下了这样的决心：

> 从此我要叽叽喳喳发议论：
> 我情愿有一个茅草的屋顶，
> 不爱云，不爱月亮，
> 也不爱星星。

不久抗战爆发了。我写着杂文和报告。我差不多放弃了写诗（《成都，让我把你摇醒》是一个偶然的例外）。但后来，主要是一九四〇年，我又写起诗来了。我写得很容易，很快，往往是白天忙于一些旁的事情，而在晚上或清晨有所感触，即挥笔写成。这个集子中的大部分诗都是在这种情形下写的。

这个集子的全名应该是《夜歌和白天的歌》。这除了表示有些是晚上写的，有些是白天写的而外，还可以说明其中有一个旧我与一个新我在矛盾着，争吵着，排挤着。

创作者不一定发表他的理论，但是他总有一个理论在支持着他的写作，这个创作理论的正确或错误直接影响到他的实践与成就。抗战以前，我写我那些《云》的时候，我的见解是文艺什么也不为，只为了抒写自己，抒写自己的幻想、感觉、情感。后来由于现实的教训，我才知道人不应该也不可能那样盲目地，自私地活着，我就否定了那种为个人而艺术的错误见解。抗战以后，我也的确有过用文艺去服务民族解放战争的决心与尝试。但由于我有些根本问题在思想上尚未得到解决，一碰到困难我就动摇了，打折扣了，以致后来变相地为个人而艺术的倾向又抬头了。那是我在前方跑了一阵，打算专门写报告的计划失败之后。那时我在创作上又碰到了苦闷。报告写得自己不满意，而又回到一个学校里教书，似乎没有什么可报告的了。在这种情形下我才又考虑到写诗。记得当时也还有一点自知之明，我明白我的感情还相当旧，对于新的生活又不深知，写诗也仍然有困难。但接着我又退让了一步。我说，就写我自己这种新旧矛盾的情感也还是有意义的。这样一来，就又回复到主要是抒写个人的倾向了。

《夜歌》就是在这理论的支持之下写起来的。所以里面流露出许多伤感、脆弱、空想的情感。现在时过境迁，更主要的是我经过了最近两年来思想上的变化，这些夜歌和白天的歌又和我隔得相当辽远了。当我这次把它们编成集子，重读一遍时，我的感觉是这样的：

这个时代，这个国家，所发生过的各种事情，人民，和他们的受难，觉醒，斗争，所完成着的各种英雄主义的业绩，保留在我的诗里面的为什么这样少呵。这是一个轰轰烈烈的世界，而我的歌声在这个世界里却显得何等的无力，何等的不和谐！

——《谈写诗》

而且当时为什么要那样反复地说着那些感伤、脆弱、空想的话啊。有什么了不得的事情值得那样缠绵悱恻，一唱三叹呵。现在自己读来不但不大同情，而且有些感到厌烦与可羞了。

现在看来，这真似乎是毫无道理的，在愤慨于成都还是沉沉地睡着的时候，我一方面说要把它摇醒，一方面却又还在想着马雅可夫斯基对叶赛宁的自杀的非难，"死是容易的，活着却更难"。这是何等明显地表示出旧的知识分子的矛盾、可笑。这篇诗固然是我参加革命以前写的，但在以后写的诗里面，类似这种矛盾、可笑的地方也还是不少。

正因为还有着很多的感伤、脆弱，我才那样反复地强调温情与快乐。想到列宁的时候，也是想到其最适合于当时的我的地方，"心境并不是小事情呀"，或者"我们必须梦想"。整个的列宁，当然并不只是这样的。明知要求着温情是可羞的，然而又说不能抛弃这种想法。为什么不能抛弃呢？正是说明自己还没有经过认真的锻炼和改造。

我所强调的快乐也是相当空洞的。对于一个从旧社会里走到革命队伍中来的知识分子，最重要的是思想上的教育与行动上的实践，使他的思想情感得到改造，达到和劳动群众打成一片，那他就会忧国忧民，而不忧己忧私了。只是强调乐观的重要，或者发挥所谓通过痛苦的快乐，那是什么问题也不能解决的。

空洞地抽象地谈着快乐，美丽，纯洁，光明，人类，善良的人，等等，这也是我这些诗的一个特点。这主要的是由于还没有真正看见并理解新的生活，新的人的缘故。过去的书本的影响还浓厚地笼罩着当时的我。其实新的劳动人民的美德和伟大，早已超过了那些过去的作者们所想象与所赞美的了。而我还在重复着那些老话，那些琐碎的或者并不很正确的老话。当劳动人民及其先锋队在战场，在农村，在工厂，在其他种种岗位上创造着新的世界，新的历史的时候，我想象的"我那些兄弟们"还是旧的人民，"汗流满面"才得糊口，或者"睡在那低矮的屋檐下"。

这些，都说明我还没有在思想上与在生活上真正和劳动人民打成一片。虽说我已走到劳动人民的队伍中，愿意与他们同甘苦，共命运，一起为着理想的社会而奋斗，我的思想中还保存着浓厚的旧日的生活与教育给予的影响，我不知道还有许多东西应该抛弃，我不知道应该用什么来代替它们。相反地，我当时把它们理想化，以为它们与劳动人民的思想情感并无不合之处。现在好在有这本诗集为证，所谓事实胜于雄辩了。

在一九四二年春天以后，我就没有再写诗了。有许多比写诗更重要的事情要去做，而其中最主要的是从一些具体问题与具体工作去学习理论，检讨与改造自己。我们民族的灾难是如此深重，她的每一个忠实的儿女都应该担负起双倍的担子。一个人不能成天只是唱歌。许多事情我都要去学习做。我过去的生活、知识、能力、经验，都实在太狭隘了。而在一切事情之中，有一个最紧急的事情则是思想上武装自己。就是写诗吧，要使你的歌唱不是一种浪费或多余，而与劳动人民的事业血肉相连，成为其中的一个部分，也非从学习理论与参加实践着手不可。

在写这些短诗的中间，我还计划写一篇较长的诗，并写了几个断片，即《北中国在燃烧》。那是企图把我在一九三八年到一九三九年从四川到陕西、山西、河北所看到的、感到的写出来，其中贯穿以一个知识分子的思想情感的矛盾与变化。因为缺乏充分的写作时间，动手写了两次，都只写了很少几节。第一次是刚从前方回来不久，只是打算记录一些印象。第二次却计划扩大了，风格也不同了一些。这篇诗我却写得比较吃力，比较慢。后来停顿了下来，也是因为不满意于其内容上旧知识分子气太浓厚，而且在形式上也发生了疑惑与动摇。我担心那种欧化的形式无法达到比较广大的读者中间去。但用一种什么样的形式来代替它，则到现在这还是一个未能很好地解决的问题。

正因为这些诗发泄了旧的知识分子的伤感、脆弱与空想的情感，而又带有一种否定这些情感并要求再进一步的倾向（虽说这种否定是无力的，这种要求是空洞的），它们在知识青年中得到了一些同感者、爱好者。最近还有一个热心的多次朗诵过我的诗的人从远地给我来了一封信，说我的作品引着一些青年走上了"生活的正路"。在过去，我得到这样的信是往往当作一种鼓励来接受的。现在，我却是既有些怀疑，又有些忧虑。这样的东西难道还能引人走上生活的正路吗？我想，也许对于一些还未振奋起来的人，这些诗也并不是毫无一点鼓动的作用。但可忧虑者，则是在鼓动他们的时候我又给予了他们一些不健康的有害的思想情感的感染。我自己就深深地感到过去的文学作品一方面帮助了我，一方面又给予了我许多累赘。这也是一个沉痛的经验教训。

但愿读我这个集子者，带着一种严格的批判的态度来读；而偏爱我的作品者，超越过这本书，超越过两年以前的我，走向前去！

一九四四年

《夜歌和白天的歌》初版后记

"自由太多"屋丛话

序

据说今日之文艺作者已经"自由太多"。为了表示不敢有异议，特以名吾屋。行动限于斗室之中，言论不出文艺以外，而又从古人与外国人谈起，庶几其与军事、政治、外交、役政、粮政等等无关乎。是为序。

文学无用论

王国维先生一代名学者。早年所作文学论文，亦颇为世人所称道。但近读《静庵文集》，其文艺思想似并不高明。《论哲学家与美术家的天职》一文中，他开头即说："天下有最神圣最高贵而无与于当世之用者，哲学与美术是也。天下之人嚣然谓之曰无用，无损于哲学美术之价值也。至为此学者自忘其神圣之位置，而求合当世之用，于是二者之价值失。"后面说中国的哲学家如孔墨孟荀都想兼为政治家，诗人如杜甫、韩愈、陆游都有经世济民之抱负，而此为我国哲学美术不发达之一原因。哲学的事情我不大懂得。杜甫则是我佩服的大诗人，我要为他说几句话。

从《自京赴奉先县咏怀》一诗即可以见杜甫的精神。其中有这样两句："穷年忧黎元，叹息肠内热。"这说明他是关怀当时老百姓的痛苦的。后面还说到唐明皇君臣的奢侈荒淫："彤廷所分帛，本自寒女出。鞭挞其夫家，聚敛贡城阙。""朱门酒肉臭，路有冻死骨。荣枯咫尺异，惆怅难再述。"则这位老先生不但愤慨地暴露了当时的专制君主及其官僚们的罪恶，且又能看出世界上有两种人，一是以劳动创造财富反而饥寒者，一是掠夺他人以供其享受浪费者，而他因此痛感不平。他写出了历史的真实。他为当时的老百姓说话。他还写了另外许多沉痛的社会诗。这岂不正是杜甫成为一个大诗人的最主要的原因吗？

是的，杜甫诗中还常流露出一种"忠君"的思想。这点也似并不高明。但这是历史的限制。而且杜甫的思想并不仅只是"忠君"。在"生逢尧舜君，不忍便永诀"之外，他却"默思失业徒，因念远戍卒，忧端齐终南，澒洞不可掇"。另外如《石壕吏》《新婚别》《兵车行》等诗，我们现在读时也还能感到他的愤怒与战栗。

但是，是否也可以用"历史的限制"来为王国维的文学无用论辩解呢？我觉得不行。因为他写这些文章的时候已在戊戌政变以后，正我中华民族中的优秀分子奋起救亡之时。他不但赶不上当时那些救亡分子的政治思想水平，而且在《论近年之学术界》一文中菲薄当时的康有为、谭嗣同、梁启超，说他们的著作没有什么价值。这岂不是清楚地说明了他的这种文艺思想并不能由他的时代负责吗？

有些人常借神圣或尊严之名以反对文学有用论。其实，人间尚有什么事情比自觉地用各种武器来为大多数人的翻身与历史的前进而战者更为神圣，更为尊严呢？这些人其亦没有多用脑筋也夫。

当然，必须进一步说明者，文学有用也还要分对什么人有用，有什么样的用。据说法西斯主义者们也是反对文学无用论的，然而与我们不同者，他们是主张文学为他们少数坏蛋而用，当他们张开嘴吃人时文学应该在旁边赞叹道："你看我们老爷多么好，他在和下等人接吻呢！"或者就干脆吼道："这些人应该被吃掉！为什么吗，因为他反对我们老爷吃他！为什么反对我们老爷吃他而他就该吃呢，因为我们老爷是代表国家民族要吃他！"总之，这种文学之用是拍马屁，说假话，装疯卖傻，助纣为虐之用。我们不同意违背事实的文学无用论，但更反对这种积极帮凶的文学有用论。

我们的文学有用论是主张文学为大多数被压迫者而用，为"唤起民众"而用。这就是越能说出历史与社会之真实者越有用；越能说得艺术手腕高，即越善于表达与感人者越有用。以此这种用与现实与艺术性三者并无矛盾，而实相依相成。

尽信书，不如无书

书帮助了我们，也害了我们。

这话又怎样讲？

详细一点说，有的书，说了一些真话的书，帮助我们认识这个世界，推动我们走向人生之正途；而有的书，那些说假话的书，则使我们头脑糊涂，眼睛不亮，做了许多傻事，走了许多冤枉路也。

说来话长。姑举一例以明之。

有相当长一个时期我对拜伦没有好感。其实我并没有好好念过他的诗，而却有了成见，你说怪不怪呢？这完全是法国的有名的传记作家兼资本家安德烈·莫洛亚的《拜伦传》害了我的。莫洛亚先生的文章是蛮轻松的，我读了他的雪莱传（即《爱俪儿》），就又去找他的《拜伦传》来读。那已经是一九三四年左右的事情了。现在还大约记得的，是他写拜伦与其异母姐姐有恋爱关系、同居关系；而且他不断地和这个女的好又接着和那个女的好；在意大利时，他过着很奢侈的生活，他一出游后面就跟着载鳄鱼、猎犬、女人的车子。总之把他写得很荒淫的样子。过去关于拜伦的一点知识抵抗不了这种影响，于是在我脑子里他就成了一个单纯的"堂·璜"了。

一直到抗战以后，读了勃兰兑斯的《十九世纪文学之主潮》中讲拜伦的那一章，我脑子里的拜伦才变成了另外一个人：才活生生地感到他是一个为自由与民主而战的猛士，一个狂暴地震动了英国当时的统治阶层，因而受到压制、迫害与诽谤的反叛者。而这正是他成为大诗人的主要原因。

爱伦堡有一篇文章，其中说到莫洛亚是个工厂的老板，而他开舞会介绍他的小姐到社交界之奢华铺张，光怪陆离，刚好说明他自己正是一个荒淫者。他之所以讨厌拜伦，并把拜伦写成一个讨厌的人物，岂不就很容易理解了吗。

尽信书，则不如无书。

孟夫子这句话有些道理。但是他这句话也不可尽信。问题在看是什么样的书：说假话的书抑或说真话的书。如何辨别这两类书，与辨别真假都有的第三类书中的真话和假话，除了必要的知识之外，主要还是靠我们读书时有一种思索的批评的态度。

历史与现实

作古今比较论者不外乎三种。或曰：今不如古，真是一代不如一代。或曰：古今差不多，日光之下并无新事。第三说则曰：人类社会是发展着，进步着的；历史已经跨过了几个大阶段，将要走到永久的和平、自由与幸福的社会去；今不如古论和古今差不多论皆非也。

我是相信最后一说的。这已经为过去和现在的事实所证明，还要为将来的事实所证明，用不着我来解释了。

我要来做一点翻案文章的乃是关于前两种说法。今不如古论和古今差不多论虽然作为整个的历史观是错误的，荒谬的，但若就某些局部的现象而言，则它们还是有其片面的道理。

古来的皇帝要挽救其垂危的统治时往往下罪己诏。比如唐末，唐德宗就发表过一个诏，说什么"力役不息，田莱多荒，暴令峻于诛求，疲民空于抒轴，转死沟壑，离去乡里，邑里丘墟，人烟断绝。天谴于上而朕不寤，人怨于下而朕不知"。明末，崇祯帝也发表过一个，也是说什么"今出仕专为身谋，居官有同贸易。催钱粮先比火耗，完正额又欲羡余……嗟此小民，谁能安枕！"民国以来，则仅仅做了三个月皇帝的袁世凯，在全国反对他称帝时，也有过"撤销承认帝位一案之申令"，说什么"苦我生灵，劳我将士，以致群情惶惑，商业凋零，抚衷内省，良用蹙然"，因此撤销承认帝位一案，并将各省区的《推戴书》销毁，所有筹备事宜立即停止，这样来"庶希古人罪己之诚，以迓上天好生之德"。然而时至今日，已经完蛋的墨索里尼和快要完蛋的希特勒，却没有听说下过罪己诏。这岂不是真有点今不如古吗？

依我的看法，这倒并不是古来的皇帝心肠软一些，而是今日的法西斯暴君的统治更岌岌可危，连骂自己几句的勇气和魄力都没有之故吧。

又，从上面的罪己诏还可看出那些皇帝有几个共同点。即第一，把祸国殃民的责任都推到他下面的人身上去；第二，许多坏事情假装过去不知道；第三，即使有时不得不猫哭耗子一下，也不过因为眼泪并不是钱而已，实际的压迫与剥削并不会放松。这又似乎真是古今差不多。虽说我不能充分证明希特勒之辈也这样做过，但一二类似的事情还是举得出来的。希特勒不是把战败之罪推到别人身上，曾经处罚过东线的将官吗？

所以我说今不如古论和古今差不多论虽然作为历史观来看是百分之百的不对，但若只就某些事情来比较，也还是说得通的。只有今之蠢材才会说这种蠢话："他们之间，有的拿南宋末年和现在作比，有的拿距今三百年前的甲申（明末）和现在作比。我们愿意问一问：照他们这样说，中国的历史该重演了？中国的命运该下坡了？"

杨应雷先生曰：请放心，中国的历史不会重演，中国也不会走下坡路。伟大的民族抗战已经由人民发动了，已经由人民坚持了下来，也将由人民来完成，来取得最后胜利。早在抗战初期，已经有伟大的政治家做过这样的分析了："我们今天的抗日战争不同于中国一切历史时期的战争……不但战争本身的性质是进步的，而且这个战争是在中国前所未有的进步基础之上进行的……我们有了比之任何历史时期不相同的进步的人民、进步的政党与进步的军队。"这的确是不能以过去来相比拟的。但是，某些事情会不会重演，某些人是不是会走下坡路呢？则我也可以断定：这倒是和过去相同的，阻碍历史前进的腐朽部分一定会死亡，妨害中国命运的民族败类一定会被丢到垃圾堆里去！

学习社会

奇怪得很，高尔基在一九二八年写的《论青年作家》中，指出当时苏联的青年作家有这种现象："诗人觉得阅读散文是多余的，散文家也不阅读诗歌。"

或者这也并不奇怪。刚刚爱上了写作的人往往是热情然而主观，专心然而狭窄的。他们真像在昏头昏脑地恋爱呢。

高尔基责备他们求知欲不强，读得太少。

其实就是读得很多，假若只是读文学书，假若只是读书本（就是说即使不只是读文学书），也不一定要算得求知欲强。

还有书本以外的活的知识。那更丰富，更生动，而且有许多甚至是更必要的。

没有读过普式庚，拜伦或者歌德，弄文学的人大概会觉得不应该，写诗的人大概尤其会觉得不应该。然而活在今日之中国，大之如抗战为什么要这样久，到底是谁坚持下来的，怎样才能胜利，每个人应该怎样来争取这胜利，次之如吃的饭，穿的衣，到底经过了怎样的过程，而造饭造衣者们的生活又是怎样，等等问题，我们却往往不大注意，或知而不深。事之不平，有如此者。

设想有这样的人，读的是文学作品，交的是文学朋友，谈的也是文学问题，这是何等圈子狭呀。而我们却往往落在这样的小圈子中并不觉得天地太小，诚所谓当局者迷也。

自然，客观环境给我们筑了许多围墙，又挖了许多陷阱。我们受了多种的束缚，限制。但是，多数的人都还是在生活之海里呀，并未成为池中物，为什么不放开手游泳呢？就是已经被社会把他装进名叫"作家"的池子里的人，虽说他的不利条件更多，然而人到底不是鱼鳖，也还可以把生活，趣味，朋友的圈子扩大一些。

说这些，并不是因为我已经解决了这问题，不过是因为我正感到了这问题而已。最近有机会听一位牙科医生谈天，他对于中国社会知道得很多，他的话也很有风趣，不是书本上的语言，而是活生生的语言。这引起我不少感慨。我给一个朋友写信就也感叹了一番。我说："他们自以为我们从事的工作是说明世界又改造世界，而其实我们对于这个世界知道得可怜地少，连一位工作范围只限于人的牙齿的专门家都不如，岂不哀哉！"

当然，这里有着一个矛盾：学习社会多而久，则也许暂时的写作成就会少而慢。急于有成就者或许觉得这并非捷径。但是，这个问题，高尔基的那篇文章里也接触到了。对于那些急于"出人头地"者，高尔基说：

"我觉得，是知道的时候了，人们在群众间，不是突然崛起的，而是循着观察，比较，研究的道路走出来的。"

用我们今天的话说明一下吧：是循着不断地向群众学习的道路才能做群众的教师的，不管你打算做哪一方面的教师。

一九四四年

回忆延安

引　子

常常容易回忆起延安来。

有一天清早，我从江苏同乡会旁边的小巷子里走出来。在路边，在屋檐底下，有一个人蜷曲地躺在那里，上面盖着一块破麻袋。我看了一下，并不是死尸。原来是一个无家可归的人在这里过夜。在这潮湿的地上。对于我这个初来重庆的人，这件平常的事情却给予了一种不平常的印象。这时候我就想起了延安。延安没有这样的事情。

又有一天，我路过中山公园。在石梯的转拐处，一个褴褛的瘦削的人坐在那里，低垂着头。面前是几行用粉笔在石板上写的字。字迹很端整。文理也蛮通顺。是一个曾经做过公务员的人在那里哀求施舍。总之，也是这个大都市里的一种乞丐。不过不是用残废，用叫喊，或者用伸出的手来讨钱，而是用文字，用履历，用羞惭的表情。这时候我就想起了延安。延安没有这样的事情。

当你走在人行道上，当你坐在小饭馆里，当你在汽车站或者马车站里等车，总有胸前挂着一个匣子的赤脚的小孩子向你喊："擦皮鞋！擦皮鞋！"这是一种听来很使人难受的声音。这时候我就想起了延安。

延安的农家的孩子们也参加劳动。然而不是这种劳动。

一个朋友去世了。我去送葬。卡车载着灵柩缓慢地在大街上开行着。后面跟随着送葬的车辆的行列。在这种沉默的悲哀的空气里，我望着同车的几个抬丧的力夫的脸。我突然有了一种感触。都是干瘪的，多角的，像被什么压得变了样的脸。和这个都市里的另外一些市民比较起来，他们是多么不同呵。这真是好像一个民族里有着两个民族。他们的脸不同。他们的衣着不同。他们吃的、住的、想的，都不同。这不同是人类化分为不同的阶级以后的自然结果。但这结果又反过来使许多中等阶级以上的人习惯于这不合理，习惯于轻视劳动者，把他们当作同民族中的异民族。这时候我就想起了延安。虽说延安也仍然有工农与非工农之分，然而从物质生活到精神生活，他们都没有这样大的距离。

许多许多事情，都使我常常容易回忆起延安来。

差　别

今年一月，我从重庆回延安去。车子开进边区以后，一位押车的武装同志向车上的人说："你们进边区后，看见有什么不同吗？"还没有人回答他，他又说："你们看，在边区以外，你们哪里看见老百姓有这样多牲口呵。猪呀，鸡呀，都被他们的军队吃光了，但是咱们边区，你们看，牛、羊、猪、鸡，到处都有。"

的确，草野里是白色的羊群。牛在草窑外面，猪在院子里。鸡在村庄里跑着，有的站在窑顶上。

今年九月，我又从延安出来。车子开出边区以后，一个女同志向车上的人说："你们出边区后，看见有什么不同吗？"还没有人回答她，她又说："你们看，这两边都是荒山。在咱们边区，哪里看得到一块荒地呵。"

的确，我又在我的想象里看见了那些我曾经歌颂过的"像装满奶汁的乳房"一样的开垦过的黄色山头。

寻牛寻马

这里有几张旧《解放日报》。一张上面登有这样一个《寻牛启事》：

> 敝社于前日午时左右，突圈走出黄色大犍牛一头，黑色大犍牛一头，黄色母牛一头，如有拾得或知其下落者，请告知去领，当致薄酬。
>
> 《解放日报》社总务处

另外一张则同时有两个启事：一个《寻驴》，一个《寻马》。

我还在延安门口看见过一个红纸招帖，是寻找走失了的猪的。

这是不是真能寻到呢？

当然是能寻到的，不然，为什么报纸上常常出现这种启事。

还有我的亲身经验证明。我掉过好几次马，还没有在报纸上登过启事就都找到了。

一次是陕公大礼堂听报告，马没有拴得好，听完报告出来马就不见了。我步行回来，告诉了学校的马夫班。他们打电话到公安局去一清就清着了。因为拾马的老百姓已把它交给了公安局。

一次是打算去看续范亭将军。那时河水刚解冻，水里还浮着冰块。我骑的那匹马几次到了河边，用蹄子在水里踏了两踏就又走回来了。

这是一匹脾气很坏的马。我的驾驭本事又不行。后来，我看它脾气要爆发了，赶快翻下马来，一下子它就连奔带跑地跑走了。我只得回来告诉马夫班。一个马夫同志，顺着它跑的方向追去，追到新市场就把它找到了。它已被老百姓抓住了。

还有一次是到一个机关去过夜。第二天早晨起来，又发见马逃走了。当我正在到处找时，却抬头就在墙上看见了一个红纸的招领字帖。上面招领的正是我那匹马。原来它是晚上逃到附近另外一个机关里去了，那个机关的人就把它牵到马棚里去，给它下了鞍子，喂了草料，然后在早晨就贴出了招领字帖。

在农村里，一匹牲口是一笔不小的财产。然而在延安，却真是路不拾遗。若说是牛马太大了，不能够放在口袋里藏起来吗，《解放日报》上还刊载过这样的新闻，一个老百姓拾到了几十万块钱，也交给公安局，要他们招领。

但是世界上竟有如此厚颜的人，称这种地区的这种人民为"匪"！

延安的小孩子

延安的小孩子的确是很有趣味的。

我的邻居有一个男孩子叫里宾，大约六七岁大，平常顽皮得很。有一次午饭，因公家的菜不大好，我自己加炒了一碗鸡蛋。正在窑洞门口吃着的时候，里宾跑来了，他指着我大声说：

"何其芳羞不羞呵，跟老百姓一样吃得好！"

过了几天，他妈妈给他蒸肉包子吃。他一边拿着包子吃，一边跑到我窑洞里来玩。我就用他的话来逗他一下：

"里宾羞不羞呵，跟老百姓一样吃得好！"

他却满不在乎地回答我：

"我是小孩子嘛！"

在他小小的脑袋里有着何等明确的思想呵！我们应该比老百姓吃得坏些，而小孩子却又应该比大人吃得好些。从小孩子的思想，也反映出来了延安的活的现实。

谷　老

想不起他的全名来，只还记得我们对他的一个习惯称呼：谷老。我停止了记忆中的搜索。名字，有什么重要呢，他来到我心里已经成为一个朴质地忠实地向革命献出了一切的农民干部的代表了。

五十多岁。矮小的个子。跑了许多地方还是未改变的湖南腔。笑的时候眼角的鱼尾纹就皱了起来。他那时在鲁艺合作社当主任。是一九四一年吧，延安的物质生活正艰苦，但物价仍很便宜，一块钱上小馆子就可以吃饱。有了稿费的时候我们常到合作社附设的小小食堂去吃东西。谷老总是很和气地招呼我们。有时小鬼不在，他就自己给我们去拿碗筷，或者用抹布擦起桌子来。这种时候，我们总是说：

"谷老，你不要客气。"

他，或者用一句话回答我们，或者不说话，只是眼角的鱼尾纹皱起来笑一下。他似乎并没有意识到这是客气，也不觉得拿碗筷，擦桌子一定是小鬼的事情，合作社主任就不能动手做。这使我想起一个高级军事干部给我讲过的一个道理。他说他下面有一个团长，是农民出身，和你住在一起，他总是喜欢给你扫地，打水，或者做旁的事情，仿佛手脚停不下来；你不要以为他是特别对你献殷勤，他是劳动惯了。谷老也是这样一个人。

但当我知道了他的身世之后，我就在他身上窥见了更多的优良的品质。他是湖南的农民。他和他几个弟兄、儿子都参加了革命。残酷的长期的内战，弟兄和儿子们都先后死在战场上，他留在家里的母亲、老婆、儿媳，又被反革命派所屠杀。就只剩下了他一个人。告诉我的同志最后说："他一家十二口人，都为革命牺牲了。"

再碰到他的时候，看见他仍然总是笑着，劳动着，我就一直不敢向他问起他的过去。后来，在总务处工作的一个男同志，一个女同志，也很有感于他这样的身世吧，相约共同认他做义父。学校还为此办了一席酒席祝贺这个喜事。我并未被邀参加。但是，一个赴宴的同志过来向我谈起，沉重地叹息又叹息，说这位老人并未因此触动过去，特别难过，相反地，他的确也高兴着。他并且对我复述着学校里的秘书长的一句祝词，称赞那是很好的一句话："这是封建的形式，革命的内容。"

那些日子，我听说了许多革命者的故事。它们像风鼓动着船帆一样老是激动着我，一直不能宁静。我为此写过一篇《革命——向旧世界进军》。对于他们，我赞叹道：

是什么东西在支持着你们呵……

你们无数最好的人，
最好的中国人呵。

显然地，我当时还不能很好地理解，我只有感叹。的确。农民最爱他的家乡，也最爱他的亲人的。到底是什么使他们离开了乡土，而又献出了他们的子女呢？这说明了旧中国的农村里有着何等的黑暗，何等的残酷在压迫他们，驱逐他们，而当他们找到了解放之路，又是何等坚决地走下去呵。

人　情

一九三八年秋天，刚到延安不久，我去参加一个小宴会。那是一个写文章的朋友要上前方，大家到合作社吃一顿饭欢送他。有文化界的朋友，也有几个老革命家。有一位同志原来在晋东南工作，他的妻子却在延安；这次他因公回来，不久还要再去；他的妻子已决定调到那边工作，将和他一道走。席间谈到这件事情，和他熟的同志就开他的玩笑。这时几个老革命家当中的一位突然严肃地说："人家都以为我们共产党不近人情，其实我们是很近人情的。没有必要，我们总是让夫妇在一个地方工作，不使他们分开。"

这几句话给我一个很深的印象。大概由于受了别人的宣传的影响，我过去刚好就是一个以为共产党虽很可敬佩，却不一定可亲的人。到延安以后，许多事实修正了我这种想法。而这位老革命家的话恰当其时地打动了我。

在延安住了下来，理解就更多了一些。由于必要，把原来在一起工作的夫妇调一个到旁的地方去，短期地分开一下，这种事情也看见过。那还是一对结婚了一年多，从来没有分开过的夫妇。在上级机关告诉他要调到哪里去，并且很快就要走以后，他回来就忙着结束他原来的工作，而他的妻子就忙着为他准备行装。走的那天，这位女同志和我们一起送这位将有远行的人走下山来。当他要我们不再送了，也要他的妻子回去的时候，我看见这位年轻的女同志回过头来，眼睛圈就红了。然而以后，这位女同志却还是跟从前一样紧张地、忙碌地工作着，看不出有什么改变。别离对于她并不像对于旧式的女性那样严重。这使我想起《毁灭》中的莱奋生：当这位游击队长收到一封家信，一封公事信的时候，他迟疑了一下，结果还是先打开公事信来看。

新的人物在产生着。新的动人的故事在要求着艺术的表现。

在延安，这样的人和事并不稀罕啊。

也是一位老革命家。他给我们讲他自己的故事。他闹过几次革命行动，都失败了。有一次他又回到家乡去图谋举事。他的舅父知道了，跑来劝阻他，劝了他一天。他的舅父走后，晚上他的确苦恼了许久。然而第二天一起来，他仍然决心干。这位老革命家讲到这里，对我们说："那是当时。现在我是不会苦恼一个晚上的。比如最近得到了我这个舅父去世的消息，我正在忙着，我只难过了一会儿就过去了，就照样做起事情来了。现在我吃的是老百姓的，穿的也是老百姓的，我这条命也可以说是老百姓给我的，不然我死了好几次了。我要为他们多做一些事情。"

这些，是不是不近人情呢？我想——这是很可以思索一下的。

依我说吗，这里面有着一种大的人情。这就叫作大人情管小人情。或者说大道理管小道理。今天的世界和中国，每分钟有多少人在死啊。有许多事情是需要我们赶快去做，把个人的利益服从集体的利益去做，有计划有组织地去做，步伐一致地去做。夫妇的短期离别或者一个亲戚的死去比较起来的确不是什么大事情。

一九四五年

南行纪事

序

前年四月，随林老南下，过西安住七贤庄。为着少麻烦，我们就相戒不出门，关门读旧小说，翻旧报。好几年了，没有过过这样空闲的日子。无聊之余，就胡诌了四首打油诗。但求可读，管它平仄；顺口凑韵，不分庚青。旧形式便于记忆，至今未忘。现在默写出来，并加注释，或者从其中也还可以看见一点东西。前年出来后，去年一月又曾北上。九月，日寇投降，又南来，在这来来去去之间，当然还有许多印象和感触。若得暇，也许还可继续用这种形式纪录我那些旅途见闻，但到底哪天才能实现，则很难说了。

一

贵客来自陕甘宁，
街上哨兵赶行人。
哨兵又被官长赶，
破着裤裆难为情。

〔注〕林老前年出来，因系受政府党之邀请，沿途可谓颇被"优待"。洛川专员率县长迎于车站，并招待吃饭住宿。车上的人被专员招待；车上的行李书报都被检查所招待：彻夜检查，到天亮时尚不能放行，以至数次派人往催。车行至中部，中部驻军某师长等亦迎于城外，设宴洗尘。下午，至宜君境某小镇，车子停下来修理零件。这镇上也有驻军，一时甚为紧张。马上给我们站起哨来了，行人为之断绝。有过路老百姓，辄被哨兵大声喝走。哨兵在临街一平台上走来走去。时已四月中旬，天气转热，这位背着枪走来走去的哨兵犹穿棉衣棉裤。棉衣下面烂去了半截；棉裤亦破了裤裆，败絮突出。街旁木门里面，亦锁有尚未成丁之小兵，偷偷从门缝中窥视。这真弄得我们摸不清是怎么一回事。仿佛把我们当成老虎似的，真是光荣地孤立起来了。到了后来，像小说一样还发展到一个顶点，那位站在比街高一些的土台上的哨兵，突然被一个官长模样的人出来把他大声赶走了。我想，那位哨兵一定也会和我们一样莫名其妙吧。我和一个同行者私自推测，恐怕系棉军衣太破之故。

二

一望平原麦色青，
今年又是好收成。
路旁尚有乞食者，
更有采食槐花人。

〔注〕到了耀县就转搭陇海路支线同咸路火车赴西安。西安当局为林老备花车一节，我们随行者也居然三人单独坐一头等车厢。尽管

车拥挤不堪，也没有人被允许到我们车厢里来坐。中部驻军还派有一参谋长护送，他带的一个勤务兵也只敢在车厢外偷偷摸着我们穿的呢制服的衣袖问：“你们那边的兵都是穿这样的衣服吗？”过咸阳后，车向东开行，所谓秦川平原，完全是长得又青又高的麦地。在山地住久了，举眼就是黄土山，忽然看见这样的好平原，好庄稼，这是比看见什么好风景还动人一些。车到一小站停下来。我们到车门口去买几个包子来吃。因为包子里的豆腐馅有些发酸了，我的一个同伴就只吃包子皮，把豆腐馅从车窗里扔下。马上，车厢外边有一个卖稀饭的老太婆用一只碗伸过来接住。这种情形，我也是好几年没有看见了。陡然碰到，说不清是一种什么感触，总之有些酸鼻。车子继续开行。车窗外的风景也真美。远远的天边，山峰透过云块出现，初一看，以为是颜色深一些的云彩。铁道两旁，全是洋槐，时正开花，香气随风可闻。这时有一现象却又引起了我的注意。车过处，沿途都有人在采集槐花。有的是老人，有的是小孩、妇女。有的是老百姓，有的是兵士。采集的方法也有多种，或爬到树上用手摘，或用一带钩竹竿把树枝钩下来摘，或就提篮拣拾地上的落花。我觉得很奇怪，但却不知道他们采集去做什么。到了西安，西安报纸上的一篇小文章才把我这个疑团解开了。那是一篇小言论，批评西安的某些市民没有公德心，居然把公园里的和马路旁边的洋槐花摘去当饭吃。它说即使饿饭，也不应该这样。

两种不同的道路——何其芳散文随笔选

三

西安广告花样新，

一身二头真奇闻。

怪事更有甚于此，

本保没有卖壮丁。

〔注〕闷住七贤庄，一天就是翻西安的旧报纸，那真是从正版看到副刊，从副刊看到广告。那时《北极风情画》正在西安一家报纸上连载完了。作者还写了一篇后记之类的东西，其中有云，读者看他这本书，不过等于逛一次窑子，等等。读之亦觉可哀。仿佛从这也透露出来了这个旧世界的某些东西似的。广告也使我惊奇。有一个，是用四字韵文推销一身两头的婴儿照片的。妙在后面还痛诋有人翻版假冒，模糊失真。唉，不但有买这种照片的人，而且还有翻印这种照片抢生意的人，我真是步入了一个什么样的世界呀！翻过报纸来，还有这样一个启事：某区某乡第几保的保长申明他并没有五千块钱卖一张缓役证，什么人什么人用这攻击他都是假的云云。

四

心理教授讲座开，
劝人练习二十回。
监察专使巡各地，
发见学生砂眼来。

〔注〕新闻当然也看的。但几年来看惯了延安的《解放日报》，三大版都是新闻消息，四版也是满满一面，却觉得西安的报纸看不出个所以然来。新闻是那样少，并且都是中央社中央社，张张报一样，乏味极了。但有些不大重要的新闻却是有趣味的。一条是，当时西安的三青团请心理学教授萧孝嵘做讲演，报上发表了他的讲演纲要。最使

我不能忘记者，是他着重地讲了这样一点，说根据心理学的实验，一件新的事情重复二十遍就不会忘记，因此他劝学生对什么功课都做二十遍复习或练习。还有一条是，某监察专使巡视陕西各地后在哪里做报告，其中有一项是他发见许多小学卫生讲得不好，小学生患砂眼者有百分之七八十以上。其他各项大抵也是与这差不多的事情。

一九四六年

重庆随笔

重庆的市容

重庆前一向换了市长。据报纸上说，这个新市长上任的时候，某要人特别震怒地给他一个训话，说重庆的街道太坏了，要好好翻修过才是。

这几天上街，真有几条路在懒洋洋地翻修了。但是，假若你以为翻修后就会好些，这就证明你不是中国人，不懂得中国事。你不见，我国不是早已监察有院，弹劾有案，现在又陈诉有箱吗？但贪污之风何时稍减，顶多不过聊备一格，借资点缀而已。

这一点当道诸公早就明白。话说去年某月某日，美国前副总统华莱士来华。这之前，重庆市也忙了一顿，打扮打扮。有一茅草小屋，居然不害臊地立于郊外通道侧。也是上面说的那位关怀市容的某要人兜风过此，才被发现，于是他赶快吩咐拆毁。后尚有茅草屋而获幸存者，则已在前面加一篾笆篱，敷之以白色石灰，改作洋房状矣。至于后面，那当然还是茅草棚棚。华莱士先生的汽车不会开到没有汽车路的屋后去。但尚待考证者，只不知华莱士回国后是否曾向美国作如此报告，说中国建设已大有成绩，重庆市内外已无一茅草屋云云。

还有，话说还是去年某月某日，我在南岸的狭小而污秽的街道上走着，猛抬头忽见一乘乘（读如层）滑竿迎面过来。奇怪的是上面坐的并不是平常衣冠楚楚的绅士淑女，而是一个赛一个褴褛、肮脏、残废的叫花子。后面还有宪兵押着。回到重庆市打听，才知道又是整顿市容，把重庆的叫花子捉起来赶到长江以南去。至于他们的下落如何，中央社未曾发表消息，我们就无从知道了。

就在这整顿市容声中，还流传过这样一个故事。有一贫穷人家，他们的一个孩子突然失踪了，遍寻不得。原来是这样的，重庆市的流浪儿童太多了，穷得又脏又破，有碍观瞻，就和叫化子一样有了被捕被捉的命运。这家的小孩大概穿得不大体面吧，也被当作流浪儿童捉去了。到有关衙门去探听吧，去哭诉吧，那也不过被赶出完事。既然穷人像战后印发的钞票一样多，哪里还知道某一张流落到哪里了呢。

今之为政者亦可谓难矣。你看，仅仅市容一端，就这样煞费苦心，大费手脚，依然无济于事。试出大门，踏上长街，固然唇红发垂之女，西装革履之男有如花草，大地生色，但亦多粗服乱发之辈，头缠帕子，脚穿草鞋，挑抬负载于同一街上，颇不和谐，大煞风景。加以有所谓人力小车，穿插奔走于庞然大物的汽车之怒吼猛闯间，把头车夫曲背喘息，张皇惊惶，其状如中魔，如发狂，如犯人乞命，如冤魂吁天，真使神志清明者疑入地狱鬼市，心惊神伤。对于这类市民，街道好坏，毫无关系，烂泥污水中照样踏过，有惜草鞋者则打赤脚而已。

有鉴于此，我亦忝属陪都市民，身份既已有证，发言亦当有权，曾发疯想，欲献一策于当道。我想，最好我们要建设这样一个首都，其中全是阔佬，绝无穷人，一切运输都用现代工具，一切日用饮食都靠现代设备，就是汽车夫，厨师或其他下人，都保证他能与现在的高等华人（至少中上等华人）之生活水准相等。设有外宾来华，飞机即落首都，于此游览参观，于此宴会居住，以全中国之大，以四万万之众，供养这样一个首都当非难事。至于首都以外的地方和老百姓，则无妨或称为尚未清剿完毕之匪区，或说明虽曾是宗族但因不争气而仍停留在野蛮状态当中，总之，那不足以代表中国，那并非合法的中国人。以此，则我们的理想市容庶几乎可谓完成矣。

一九四五年十二月

"真民主"的选举

这几天出街，走在人行道上，或者站在公共汽车里，都可以看见观音岩附近贴有一幅"市党部制"的红色大字标语，其文曰：

"绝对自由投票选举参议员才是真民主"。

那么，到底这个重庆市第一次市参议员选举是不是"真民主"呢？

可惜第一，我虽住在重庆，却不知道为什么并没有选举权，不能亲自去参加这盛典；第二，又非新闻记者，没有资格搭参观专车去观光，因此对于上面的问题只有在报纸上去找答复了。

选举之前，即有党国要人在报上发表专文，告诫选民们"宜有深刻之反省，务期能郑重使用，而不流于滥"。

选民们有没有"反省"呢？有的。小龙坎某纱厂公民在一个报纸上发表了这样一封信：

"编辑先生：本月二十三日，我们厂里产业工会选举市参议员的初选代表，报名参加选举的有四百三十二人，实际得到公民证的只有五人，准许办了公职候选人手续的只有两个人……我们四百多人的身份证都已呈缴市府，市府为什么只承认五个人是有选举权的公民呢？……是公民就应该个个有选举权和被选举权，为什么有些人不准参加候选呢？……"

当然，这个"反省"还不"深刻"，还不大懂得"不流于滥"的道理。

据说重庆有一百余万人口。但这次得到公民证的，只有三十万人。而实际投票的又尚不足十万人。

各区贴的候选人名单又多是"某某党部书记长（或委员）""某某支团部干事""某某市府秘书"，或"曾任某某军团长"。

这岂但"不流于滥"，而且的确精选之至。盖所谓"选民"者，应作特别选拔出来之民解，所谓"后选人"者，应作早已选定，仅候公布之人解也。

这就保证了投票时的"秩序良好"。《新民报》的观光记者写道："选民秩序一般大致良好。但场外仍有小小纠纷，那是竞选人为了选票的事。但选举人入场写票，或请代书人写票，各人心里都有成竹，一切活动足见早在事前决定。"《时事新报》记者参观得更仔细一点，他写道："在磁器口的投票处，我问一个老头儿投的谁的票，他把帽子摘下，从里面拿出一张印好的名片给我看。我问他为什么投他的票，他说：'因为他是公司的经理。'在第一区的一个投票所，我问一个老太太：'你投谁的票？'她说：'不晓得。''那么你来干什么？'她说：'夏保长叫来的，他叫投谁就投谁。'"

但美中不足之点也是有的。又一个报纸的记者写道："罗家湾投票所门口，有人散发候选人汪某的传单，对每一个投票人小声说着：'选汪某某。'一个老婆子接了传单走入投票所，代书人问她选谁，她说：'汪……汪……'汪什么她忘记了。亏她旁边有人高声嚷道'汪某某'，于是代书人就给写上了。"

元旦。市参议员的选举结果完全公布了出来。《新民晚报》称这为"双喜"，并说这些双喜临头者正在被庆祝，或大放鞭炮，或登门道贺。其实我觉得还应加上一喜，仿"三阳开泰"之例，可谓"三喜照耀重庆市"。因为主持这次的选举的诸公也是很欢喜的。《新民晚报》写道："据一位主持这次选举的人谈：在这选举的进程中，有关当局曾有一种顾虑，恐怕在不合理的活动方式下，当选者的素质太低，影响将来的民选参议会。所以就决定控制，暗地录定一张当选人名单，用各种有效的方法去支持这批人出来。经过艰苦的奋斗，他们的希望大约达到了百分之九十，满意中略带了微微的惋惜气氛。"

呜呼，观止矣，此次陪都之选举，洵可谓绝对"绝对自由"与真"真民主"矣！

一九四六年一月

衣冠问题

俗话说道：只重衣冠不重贤。又说道：人凭衣裳马凭鞍。衣服之作用大矣哉！

然而公然成一大问题，不断地闹哄哄，则似以这次在重庆市上为第一遭。

电灯杆上的标语出现了：

"老百姓着军装者以散兵游勇论！"

"散兵游勇一律拘捕拨充兵役！"

等等。

这当然是官方的。

民间报纸上的这样的标题也出现了：

"衣冠不整究犯何罪？"

虽说罪名尚待考证，但罪犯已经很多了。

去年十二月二十八日报载："从本月中到昨日为止，已经捕了六千多人，卫戍司令部关人的地方都关满了。自本月二十五日起，连捍卫新村白鹤林卫戍司令部的中正堂也充作了临时监狱，三天之中就关满了四五百人。这四五百人吃饭、睡觉、拉屎都在一个屋子里。白天只能得到一点发酸的稀饭，晚上连稻草都没有一床。因为熬不过饥寒，前天晚上八点钟，捍卫新村白鹤林关着的这些老百姓，就大声嚷着要吃饭。谁知那些武装把守的卫戍司令部的特务团就连开三排枪，在第二排枪声中，打死了两个人。"

衣冠不整一罪。叫肚子饿了又一罪。两罪俱发，故处极刑。法律道理，反正都是在他们那一边的。咬紧牙关，不叫肚子饿者，总可从宽发落了吧？

一月四日《大公报》载："重庆卫戍司令部近为整饬军纪，拘捕服装不整之散兵游勇六七千人，业已集中江津等县施以训练，将由渝江师管区甄选合于当兵条件者，拨送部队补充缺额。"

昔之满清皇帝，旧俄沙皇，可谓暴虐矣，然其治老百姓的两个重刑也不过死罪和充军。今衣冠不整之罪竟同叛逆，诚令人百思而不得其解。

道理虽未想通，行动却已检点。最近出街，我总是换上长袍大褂，而且纽扣都扣得好好的。不但怕"秀才遇到兵，有理说不清"，而且不愿"衣冠偶不整，马上变壮丁"。人总是不安分的，自己幸而免了，就常常想起一个洋车夫来。有一次，我曾经向他打听过他的生活情形。他上身就穿着一件旧军服。他向我夸耀着他买得很便宜。全靠抗战胜利之赐，他在地摊上买得这件上衣，只花了五百元。现在他的影子就常常出现在我面前，我仿佛看见他中了一排枪，倒了下去，又仿佛看见他被绳子绑着，拉到什么地方去充军。因为报纸上说，被抓的人都是些穷苦人，拉洋车的，卖菜的，摆小摊子的，苦力，等等。

从这个洋车夫的影子的缠绕，我慢慢地得到了一个启示。我想，今之大富大贵者大概很厌恶穷人吧。他们无时无刻不在想新花样来消灭穷人吧。或者用战争的形式，或者用法律的形式，或者用说不出是什么形式的形式。总之目的必达，手段不择。这使我感到了很大的恐惧，也感到了很大的愤恨。

但是——昨天，今天，更新的新闻又出现在报纸上了。一是木刻家王琦因为上身穿了一件黄色棉军服，被抓去押了半小时多。一是某周报的职员也被抓去了一个，该社虽已派人前往交涉，直到昨晚尚未释放。

这使我越来越糊涂了。到底是怎么一回事呢？

难道是因为今天的文化工作者日趋贫苦，有碍观瞻，已暗暗被列入分批消灭的计划中了吗，还是因为文化工作者往往同情穷人，有时替他们说说话，就采取了连坐法呢？

或曰：你不见去九龙坡的路上有一个很大的木牌标语，上写"军人第"吗？既然军人第一，则衣服之颜色、形式有类似军人者，犯僭越罪明矣，还不该杀，该充军？古来老百姓僭用与皇帝相同相似之衣服用品，即以谋反论。所以这是古已有之，书上找得出根据的。

不过这个理由还是不很充分。今天老百姓倒数第一，固然是铁般事实。但说军人真正第一，却也未必。兵士欺压老百姓，官长又欺压兵士，在一般军人的头上还不知压得有多少层宝塔似的"第 X"呢！只有数到最后，才真有一个第一。要说衣冠不整，就是对这个真正第一大不敬，也仍然很勉强。

我想，这恐怕还是与老百姓倒数第一有关。既然咱们是最末一等，或者根本未入等，有如虫蚁，有如泥土，则总之，是该遭践踏的。

下江人及其他

在上海，南京，北平，有"重庆人"之美名。在重庆，在四川，与这相同者，则有"下江人"。据说下江口音的人叫街上的洋车，拉洋车的四川人总是不大理睬的。这我从一篇文章里读到的，尚未用自己的经验去证明。第一，我不大坐洋车。第二，幸呢还是不幸呢，我讲的也是"下贱"的四川话。

在重庆的舞台上，四川话是只能被戏中的老爷们，太太们用来和听差，和老妈子会话，以引起观众们的哄笑的。然而在重庆的街道上，高贵的下江话却又不受欢迎。下江佬在这种时候也就学说起四川话来了，说得有些怪声怪气。我想，洋车夫之流的四川人还是分辨得出来的。

前年年底，黔桂吃紧，重庆震动的时候，听说许多下江人都恐慌起来了。万一敌人深入，只有逃难到四川农村，那时候，他们怕乡坝头的老百姓对他们不客气。

下江人和四川人的关系就是这样尖锐，这样紧张。

一定有不少的下江人会叫冤枉的，正如今天有些"重庆人"在叫晦气一样。他们被旁的人拖累了。他们没有叨多少"下江人"的光，却背了这个称呼被歧视。

重庆的街上有不少这样的下江人。前一向大街小巷，他们都摆着地摊。马歇尔将军来了，他们触了一点小霉头，热闹的大街上都不准摆了，只有缩小范围到冷僻的地方去，这些地摊有些似乎困难储蓄也还不少，一堆一堆衣服和化妆品，但大多数都是很寒碜的，破皮箱一口，旧旗袍两三件，褪色的领带几条，如斯而已。摆地摊的先生或者太太就这样鹄候街头，其状也有些惨。这就是胜利之后的重庆的某一些下江人。他们多半是公务员。他们走到上海、南京或者北平去做"重庆人"的资格也没有呢！

那么，是不是我的同乡洋车夫诸君或者乡坝头的泥脚杆诸君的憎恶错了呢？他们虽说粗疏一些，但是，在他们这个笼统的憎恶里却反映出来了一个残酷的真实。这八九年来，他们实在被剥削够了，实在被糟蹋够了。而这空前的灾难，是某些下江人带来的。

有很长很长的时期（就是现在也并未完结），中国人歧视外国人，给他们取个名字叫"洋人"或者"洋鬼子"。当我还是一个小孩子，我听过许多关于洋人的故事。有的说：洋人喜欢吃小孩。有一天，一个中国女仆打开洋人灶上的蒸笼一看，天呀，里面原来蒸的中国的婴儿。有的说：洋人的眼睛能够看透地底下，他们发现哪里有金银宝贝，就偷偷地挖走了。大人们说得活灵活现。我长大了一些，我笑他们的故事太荒唐。我再长大了一些，我却又悲痛他们的故事包括着太残酷的真理。是有那样的洋人，他们窃取了、掠夺了中国人民的财富。是有那样的洋人，他们直接地、间接地虐杀了中国人民的子孙。

中国的老百姓的确粗疏一些，他们分不清洋人当中有两种人，也分不清下江人中有两种人。不过这一点不能责备他们，他们只有一种经验，还没有两种经验，就是说，他们只是从某一种洋人和某一种下江人吃了大苦头，都还没有从另一种洋人和另一种下江人得到直接的好处。在这个意义上说，他们还是很客观，很科学的。他们叫不出帝国主义者、大地主大资产阶级、官僚、独裁者这些名称，他们的眼睛却清楚地看见了这些人，他们的心却痛楚地感觉到这些人，他们就给这些家伙取了个很通俗的名字："洋鬼子""下江人"或者"重庆人"。

一九四六年

理性与历史 ①

一

最近在一个朋友的书架上看见有这样一本书，名字叫《法西斯蒂与中国革命》，是一九三四年在上海民族书局出版的，厚厚的，有四百多面。我取下来翻了一翻。就在这翻一翻中我有了许多感触。白纸黑字，虽说印的是魑魅魍魉的话，也未始不可发生另外一种作用：原形毕露，看它往哪里逃遁呵！

这是一本鼓吹中国要实行法西斯主义的书。这是中国曾有过明目张胆的法西斯蒂运动的一个证据。这本书的作者自称是一个国民党员，他说："中国国民党的倾向没落，非但党外的人有这样的感觉，就是我们在党内有志气的青年也都是这样的感觉着。"因此他鼓吹着一种国民党的革新运动。这种运动的内容简单极了，也清楚极了。他写了这样一个公式：

① 一九四五至一九四六年之间，国民党反动派为了加强国民党的法西斯化，提倡所谓"革新运动"。一九四六年二月二十二日，国民党反动派在重庆制造反苏、反共游行，欺骗和动员了许多落后的学生群众，并且捣毁了重庆《新华日报》门市部，这篇文章就是针对这两件时事写的。因为是写于当时的重庆，而且是为当时重庆文协分会办的《萌芽》写的，就写得比较曲折，隐晦。

三民主义 + 法西斯蒂

他说，解释起来就是：

正确的主义 + 坚毅的组织

真是妙得很呢。这岂不是俨然一位"忠实同志"吗。并且，他还给当时的法西斯蒂运动制造了一个"爱国"的招牌。他说："九·一八东三省事变突发，老弱的中国被日本实行开刀宰割，亡国的惨痛刺醒了麻痹的慢性病的中华民族，有毅力的志士奋然愿以热血来救中国。在这潮流下，那法西斯蒂在中国社会便蠢然思动……许多从各政党各组织脱退出来或未脱退而怀着不满意的青年志士，都跃跃然的要起来组织法西斯蒂，完成一个革囊样的组织，把四万万七千万的一盘散沙的同胞盛放在法西斯蒂的革囊里。"

就像《聊斋志异》里的异人用一装进去就化成血水的革囊来收拾鬼怪似的，这位丧心病狂之徒既然把我们老百姓都视同异类，企图一齐都放进恐怖的法西斯蒂的革囊，不用说，他是一定要反对民主的。他说："九·一八事变后，一般舍本逐末的人，居然主张提早结束训政，主张立刻开始宪政，模仿欧美虚伪的德谟克拉西，非但不要国民党的组织，连国民党的主义也不要了。请问宪政是什么东西？"这更是妙得很！

他说："孙中山先生在亲手领导国民党的时候，国民党的组织与纪律"就"早已充满着法西斯蒂的精神"。对于意大利、德意志和日本的法西斯蒂，他发出这样的欢呼：

"自命为科学的社会主义的马克思主义，挣扎活动了几乎近一百年，结果还是一无成效，只产生了一个畸形的苏俄……法西斯蒂在人类历史中只出现了十余年，可是就在这短的十余年中，她的成功，她的势力，都已远远地超过了共产主义了。"

他又说："因为法西斯蒂无往不利，并且无处不成功，墨索里尼统一意大利在前，希特勒统一德意志在后，日本中国也有迅速成功的趋势……"

然而历史无情地打了这类胡说八道者的嘴巴。墨索里尼被人民处死在米兰的广场上示众。希特勒虽说一度征服了欧洲但最后竟无处可以逃生。日本的武士也终于只有举起双手投降。法西斯蒂已经臭不可闻了。在世界范围内也好，在中国也好，虽说还有法西斯残余在梦想着死灰复燃，也只有藏在"民主"和"人民"的假面具下进行他们丑恶的勾当了。他们再也不敢公开叫出他们的运动的真名字了。他们再也不敢像十二年前的这本书的作者一样，公然叫着这样的口号：

"执行三民主义的中国国民党要注射法西斯蒂的新血液才有生路！"

二

十二年前的中国，是有着反动的法西斯蒂运动，也有着反对法西斯蒂运动的民主运动的。

那时我还在北平的一个大学里当学生。那时我正是那种"和围绕着他的那种社会环境之间存在着不调和"，而且是"绝望的不调和"的人。我把我自己消极地怪僻地全部埋藏在孤独、书本和个人主义的甲壳中间。但是，有一天我夹着笔记簿去上课，我在我们学校的墙壁上发现了这样一条标语：

"打倒中国的法西斯蒂！"

这是超乎我的知识以外的新问题。我脑子里面一闪：“中国哪里有法西斯蒂？”

以后的事实却给我这个落后者以结结实实的教育。北平原来有一个学联。但是后来又有了一个学联。而且打起人来了。为了什么吗？说是为了有的进步学生唱了《保卫马德里》的歌子。任何时候都有那种无耻的舞文弄墨之徒的，那时候也有一个论客在暴行之后还写起文章来，说些不外乎唱了《保卫马德里》就是出卖民族，就是没有中国人的良心之类的诬蔑的话。对得很！他们的“民族”和“良心”就是佛朗哥，就是法西斯蒂！

我还有这样一个同乡。其实我看他是喝酒、打牌比搞政治更精通一些。然而，大概因为隶属于某种组织，或者受了某种麻醉吧，他也有着尖锐的成见。他也哼《义勇军进行曲》，但是他却把“把我们的血肉筑成我们新的长城”改唱为“把你们的血肉筑成我们新的长城”。这“你们”，不用说是指“左倾”分子。他也哼《救亡进行曲》，但是把里面的“民族解放”和“大众”等字眼都改了。改了什么，我却忘记了。这使我很不喜欢他的为人了。看着他穿着蓝色的衬衣，我就有些厌恶地猜想：这是不是什么标帜呵？

那时我是一个“左倾”分子都还没有接触过。然而，这些使人反感的事情却使我不自觉地开始有些“左倾”了。一个人，真有良心的话，真是爱他的民族的话，他是一定会这样的。

三

在思想性质上，法西斯蒂运动有着反理性的特点。反动的阶级向来是利用着人民的蒙昧的。所以他们那样害怕人民得到文化和真理。所以他们拼命地进行着武断宣传和造谣。法西斯蒂宣传家戈培尔成了谎话的代名词。但是，我想，戈培尔的戏法也一定曾经骗住过某些德国人的。

而且法西斯蒂运动的反理性色彩到了这种程度。甚至于文字宣传与诡辩都不是最重要的，它更多地依靠神秘的或者装腔作势的仪式。希特勒出场的时候，不但他的党徒们都木偶一般地举起手臂，而且庞大的交响乐队还为他奏起音乐来，有时还是贝多芬的曲子。真是会演戏呢。十二年前，中国的法西斯蒂信徒们也是这样。有一次，我在旅行中碰见过一个。他像一个修道女似的对我谈着他所崇拜的某个人物，赞叹地说："真是了不起呵，他给我们讲话，一讲就是站着讲两个钟头，连脚的姿势，连放手套的位置，都有一定的样子，一点不马虎！"他的这个"英雄"的全部的伟大和秘密都在这里了。这是一个似乎颇为"可爱"的二十岁左右的青年。当他转变话题，又对我谈起他的在远地的爱人来的时候，他又是另一种很抒情的带着感伤意味的口气。那是在长江轮船的旅行中。船靠了夔府。在落日的斜晖中，他邀我去坐在一只小木船上游江。就是在那平静的黄昏的水面上，他给我讲了他的"英雄"，又讲了他的女朋友。

这里还有一本叫《柏林日记》的书。里面常常描写到纳粹德国的某些"群众"的热狂：

一九三四年九月四日　纽伦堡

——希特勒盛排仪仗，好像罗马皇帝般，在今天日落时来幸这中世纪式的古城。他进城时，夹道都是队形整齐的纳粹党人在狂呼。何止千万数的卐字旗把古城的建筑之美都掩尽了……他站在汽车中，对着两旁欢呼若狂的群众，用右手疲乏地在答纳粹礼，左手却按着帽子……

——十时，我挤在人堆里出不来了。有万余疯狂似的群众，在希特勒旅馆外叫喊："我们要见领袖！"希特勒走出阳台见他们时，我看见他们的脸，真吃了一惊，尤其是那些女人的脸。她们仰着头朝拜他，完全把他当作救世主一样，她们的脸已不是人的脸。要是希特勒在外面多立一忽，我恐怕有些妇人要兴奋过度而晕过去了。

一九三五年三月十二日　维也纳

——……到下午六时，我从医院回来，又走出地下车车站时，卡尔广场的情况可就大不相同了。一定发生了什么事情。我还来不及仔细想，就已被纳粹群众卷走，一直拥到德国旅行社。那里有一幅巨大的希特勒像，四周镶了花。好几个月来，纳粹党人把此处当作顶礼膜拜之所。这些面孔，我是在纽伦堡见的多了！痴呆的眼睛，张大的嘴，疯狂的神情。他们又在如中风狂般喊叫："万岁！万岁！万岁！希特勒万岁！希特勒万岁！希特勒万岁！绞死许舒尼格！绞死许舒尼格！绞死许舒尼格！一个民族，一个国家，一个领袖！"

希特勒就是这样把德国人引向战争和毁灭的。或者说，德国人就是这样跟着希特勒走向战争和毁灭的。今天我们读着这些，因为我们已经看见了纳粹党和纳粹德国的整个命运了，我们是从头至尾都清楚了，我们就不仅是简单地感到厌恶，我们还从心里感到了一种战栗。也有被蒙蔽的、被欺骗的、被麻醉的德国人，就是这样地像虫子一样投到纳粹党徒点起来的火中去呵！也有无辜的妇女和儿童呵！

应该好好地用这段历史来教育人。

就是关于中国的法西斯蒂运动，我觉得也可以好好地写一本书的。给它一个科学的而又生动的叙述，把它的灵魂、形态以至各种变幻都描写出来。以后再有法西斯蒂的鬼魂要借尸还阳的话，总可少骗几个人吧。

一九四六年

谈读书

　　我最近搬过一次家。虽说在重庆住得并不很久，我又已聚积了满满四书架的书。我叫了一个力夫来用箩筐挑这些书。他挑了几次还没有挑完，于是叹息着对我说："你先生的书真多呀！"

　　不知怎的，他这句话引起了我许多感慨。我一边把包扎成捆的书往箩筐里装，一边自己在想着：

　　——我过去读过的书恐怕也有好几书架吧。但是，乱七八糟读的结果，到底得到了多少益处呢？许多读过的书，用今天的要求来衡量，不是差不多读了等于没有读吗？

　　搬家以后，有几个青年朋友来找我，恰好又问了我一些关于读书的问题。于是我想，我的一点读书经验是可以谈一下的。

　　说来惭愧，读了二十多年的书了，很长一段时间我都是盲目地读着的。那些时候，假若有人突然问我："你为什么要读书？""你读书的目的何在？"我会茫然找不到回答。那些时候，我还不知道做任何事情都应该首先问一个为什么。

　　在私塾里读《三字经》的时候。那书的顶上印得有画,也印得有诗。其中有这样两句："万般皆下品，唯有读书高。"为什么唯有读书高呢，又另外有两句，可以用来说明："家无读书子，官从何处来？"这是封建社会的传统的读书观：读书是为了做官。

虽说当时我还不知道所谓做官就是压迫老百姓，剥削老百姓，但这样的读书观也似乎没有给我多少影响。因为那时我还是一个小孩子，做官的事情于我辽远得很，而迫切的需要解决的倒是如何过度我那些寂寞的童年的日子。于是就自然而然地沉溺在旧小说里面了。

上了学校以后，一方面自然也有这样的意思，想从上学校以求自立，不再受家庭的束缚与限制；但另一方面，那种读旧小说的心境却继续了下来，就爱起中国的外国的文艺作品来了。这真是像鲁迅先生的诗句所说的："无聊才读书"。因为脱离了现实与人群而感到寂寞才钻到书里；但越钻到书里就越脱离了现实与人群，越感到寂寞。那时候我读书就像一个酒徒似的，举起杯子来一口气喝干。而且我的标准也这样简单：能使我醉者就是好书，不能使我醉者就是坏书。

高尔基说，每一本书都像一个梯子，使他从兽类爬到人类。但我的经验却不大同一些。那些书啊，就是连那些最打动过我的书在内，并不都是梯子，并不都是直立着的，引我上升。大多数的书，它们连结起来倒像一个迷津，使我在里面摸索、苦闷。说得公平一些，这些文艺作品自然也给了我这样的好处，使我更加不满意现实。但是它们也给了我许多坏处，使我更加空想、脆弱，而且使我有了许多并不妥当的自信与成见：以为许多事情我都懂得而其实并非真懂得。

这或者也是一种读书观吧：读书是为了破除无聊。

不用说，为了做官也好，为了破除无聊也好，这些读书观都是要不得的。对于我，许多真理都开启得太晚，连为什么读书这个问题也在内。直到最近几年，我才知道一切书籍都不外乎是人类对于自然现象和社会现象的说明，都不外乎是人类进行生产斗争和阶级斗争的总结或工具；同时我又才知道我们读书不应该是为了旁的，而应该主要地是为了用前人的经验和知识来提高自己，武装自己，以便去继续征服自然与改造社会。

把我的读书经验总结起来，这就是第一条：我们首先应该建立一种正确的读书观。

既然一切书籍都不外乎是人类对于自然现象和社会现象的说明，那么这样的问题就发生了：是不是一切书籍的说明都正确无误呢？

不然的。自然界的事物很复杂，人类社会的事物尤其复杂，就是主观上以寻求真理为目标的人，也未必他的著作都是真理；何况还有那样的集团，它以欺骗愚弄大多数人为保持它的特权的重要手段，当然更要禁止真理的追求与传播。

已经有了难于计算的年代了，人类生活在这个地球上。但直到四百年前的哥白尼，才对于地球的运行以及它与太阳系其他星体的关系做了科学的说明。而他的学说却为当时的教会所压迫，以至相信他的学说的布鲁诺竟遭受了监禁和火刑。

同样有了难于计算的年代了，人类从低等动物进化为人类。但也一直到前一世纪的达尔文，才对于人类的起源做了科学的说明。而他的学说产生以后，虽然得到了各国的先进的学者和社会活动家的拥护、支持，同时也遭受到各国的教会人士、反动学者和社会活动家的激烈的反对。

这些自然科学的真理的发见还不过动摇着宗教的统治而已，它们所受到的阻碍已是如此。至于近代科学的社会主义的创立人，他们对于客观世界和人类历史的规律的发见，他们对于现存社会制度的矛盾的分析，他们对于建立新社会的道路的说明，更强有力地动摇着整个旧世界的体系。因此更受到了空前未有的残酷的压迫。一直到现在，差不多所有旧社会的学校里，进步的社会科学仍不能公开讲授。就是在出版方面，这类书籍也常常受到限制。

在这样的教育环境和政治环境里，反科学的和不够科学的书籍就自然会大量地产生、传播，而我们也就有很多机会和可能接受它们的影响。

有一部著名的小说叫《吉诃德先生》，那里面写一个人因为读骑士小说读入迷了，就真的出门去当骑士，于是把客店当作城堡，把妓女当作贵妇，把风车当作巨人，闹了无数的笑话。许多反科学的书籍愚弄了我们，正如荒唐的骑士小说愚弄了这位可怜的吉诃德先生一样。

当我在私塾里的时候，我就不相信地是圆的，因为我所读过的经书里都没有这样讲过。

后来在中学里爱好起新文学来了，我读了一篇徐志摩记英国女作家曼殊斐儿的文章。大概因为这类文章刚好接得上我从前读的那些才子佳人小说吧，我居然喜欢，而且里面有一句话很对我有影响。那是曼殊斐儿问徐志摩："你弄政治吗？"徐志摩说："不。"于是曼殊斐儿说："那很好，任何国家的政治都是肮脏的。"于是这句话就支持了，加强了我当时不关心政治的倾向。当然，我并不能把我长期脱离现实的原因全部归罪于这篇文章、这句话。然而，在人的某些关头，书籍和旁人可能给予的影响是很重大的。那时候我是那样简单，想不到政治也有着两种政治：一种的确是肮脏的，血腥的，为着少数人的统治；而另一种却是圣洁的，庄严的，为着大多数人的解放。而自以为是不问政治的高等华人和高等洋人，却其实是依附着那种肮脏的政治而生存的，一点没有资格自命清高。

的确，我们对于许多书籍都应该心怀警戒，笼统地接受，不加思索地信从，我们往往就会被愚弄的。

这也是一条我的读书经验：应该批判地读书，应该养成批判态度与批判能力。

批判，批判，这不是早已成为许多人的口头禅吗？然而嘴里说起来是容易的，真正做起来却并不容易。

就是反科学的书的作者未有不说他是在宣扬真理的。假若他能自圆其说，头头是道，那更容易唬住人了。

什么是我们判断它们的标准呢？

事实的考验是最客观的，也最无情的，哥白尼的"天体运行论"在当时看来，还不过是一种假设罢了，然而它经得住事实的考验。后来的望远镜的发明证明了它。后来的天文学家的继续研究也证明了它。"任何国家的政治都是肮脏的"这种的说法也未始不似乎有道理，加之出于漂亮的女作家的嘴里，也许就更动听了吧，然而它经不住事实的考验。古代的政治，外国的政治不用说它，就以近代中国历史来印证。难道辛亥革命也是肮脏的吗？难道抗日战争也是肮脏的吗？这是说不通的。

而科学的社会主义为什么被称为普遍的真理，也正是因为它的辩证唯物论与历史唯物论，它的政治经济学说，它的革命理论，经过几十年历史的证明而更加光辉灿烂。

客观实践是真理的最后标准。然而我们不可能每读一本书都只有等待实践来证明，于是某些基本知识的获得和科学方法的掌握就成为很必要了。凭着正确的知识和思想方法，凭着不断的实际的运用，我们是可以逐渐养成，逐渐提高我们的批判能力的。

这里就牵涉到是不是有所谓青年必读书的问题了。曾经有人把他们自己打算研究的书开一长串作为青年必读书，后来为人所嘲笑。于是另外又有人主张随兴之所之而读，不必限定。记得似乎也是徐志摩，就有过这样的话："我是怎样发现雪莱的呢，有一次我洗脚，随便抓起雪莱的诗集来看，于是就爱上他了。"我也曾经是这一派的读书家，喜欢文学就专门读文学书，而且甚至于喜欢哪一派或哪一位作家就专门读哪一派或哪一位作家的书。一九三〇年左右，正是进步的社会科学书籍在中国很为流行的一个时期。然而正因为它们流行，我就偏不读它们。这结果不用说是害了自己。因为没有起码的社会科学的知识，许多目前的事情都闹不清楚，以至走了许多冤枉路。就是在文学方面吧，也因为趣味的狭隘而知识不广，也至今说不上有研究。

因此，起码的进步社会科学知识，以及起码的新哲学知识，这是无论打算专门学什么的人都应该学的共同课程。在这当中，辩证唯物论与历史唯物论是武装我们的思想的重要武器。只要我们不是停止于词句的记诵，而是用它们去观察问题，分析问题，并解决问题，我们就可以逐渐获得科学的思想方法。对于我们读书和做事，正确的思想方法的获得是比什么都重要的。

这样的要求当然非旧社会的学校的功课所能满足。我们只有自己读课外书。凡是上过旧社会的学校的人都知道读课外书的乐处。假若我们能使这种课外读书更有方向，更有计划，那就将更有结果，更有益处。

这又一条读书经验概括为一句话就是这样：读课外书，而且有计划地读一些进步社会科学书，新哲学书，这样来提高我们的批判能力。

一九四六年

谈读书

记冼星海同志

　　冼星海同志来延安的时候，正当我将要动身到前方去。在这短短的时间内，记不起和他有过什么个人接触。但是，他那热情地在群众中指挥着歌唱的景象还鲜明地留在我的记忆里。他一到延安就是很活跃的。到处去教唱歌。在鲁艺，似乎首先是教唱《青年进行曲》。因为这个歌的后一部分他略有改动，与已经流传开的唱法有点不同，所以他一到鲁艺就教大家唱这个歌。那时鲁艺还在延安城北门外，还是草创时期。没有大的教室，也没有礼堂，他就在运动场上站着教大家唱。场子外面，就是一片长着草的坟地。想起这些，抗战初期的延安那种艰苦简陋然而生气蓬勃的景象就完全回到了我心里。冼星海同志一来到延安，他的活动与作风就和这种空气很和谐。

　　一九三九年七月，在前方跑了九个月之后，我回到了延安。我听了冼星海同志的《黄河大合唱》。那是一个惊心动魄的有力的作品。虽说对于音乐我几乎近似聋子，连听音乐的训练我都缺乏，这个大合唱却震慑住了我。也许有的人会认为冼星海同志的这个大合唱和其他作品还难免常常带有泥沙吧，但是，正像黄河一样，泥沙不但不妨害它成为黄河，或许甚至于还是它构成波涛汹涌的壮观的特点之一。这当然是我今天的艺术见解。在当时，我是还没有足够的认识与勇气来这样承认冼星海同志的作品的。听了《黄河大合唱》，虽说的确也震慑于它的气魄，但我当时却并没有热烈地向作者或向旁的同志表示赞扬。这不是由于我对音乐完全无知而来的谦逊，而是由于我当时的艺术见解的限制。那种艺术见解是那样可怜，对于已经在广大群众中证明了它的成功的，甚至于在自己的心上也引起了震动的艺术，却仍然矜持地带着保留态度冷淡它。

就在我离开延安的短短几个月中，冼星海同志不但产生了许多作品，并且组成了、训练了一个很大的合唱团。除了音乐系的同学，这个合唱团还吸收了他系的同学、学校职员，以至勤务员。有一个叫刘明的小鬼就是冼星海同志选拔了出来，参加了合唱团，而且为他所喜爱的。在《黄河大合唱》的表演里，就有他。我离开延安前，这是一个很顽皮的脾气不好的小鬼。现在，他在音乐方面有了表现。冼星海同志的这种做法正是一种朴素的群众路线。

那年九月，鲁艺就搬到桥儿沟去了。冼星海同志和我就住在一排窑洞。那是鲁艺的教员区，叫东山。相隔不过十来个窑洞，差不多站在门口就能够互相看得见，叫得应。可以算是很邻近了，然而我和他之间的个人接触也仍然并不多。

他是一个比较木讷的人，不善于吹谈，也不大找人吹谈。他不是一个人曲身坐在窑洞里挥笔作曲，就是和同学们在一起忙什么。他那时是音乐系主任。这是他那一方面。在我，则那时我们文学系的几个比较接近的教员有一种不好的作风，喜欢我们自己在一起高谈阔论，旁若无人。现在想来，其实我们并没有什么可以自负的地方。我们几个在文学上都还没有什么成就。但是，人有时候就是这样可笑，有了成就可以成为"包袱"，没有成就也可以成为"包袱"，因为他可以满足于他幻想中的未来的成就。他系的教员已有对于我们这种作风表示不满的了，然而我们并不引以为戒。我们无形中自以为我们从事文学的人思想性强一些，而高谈阔论正是我们思想性强的表现。事实证明了这种自负的悲惨：文学系的教育我们没有办好，我们自己也没有写出怎样有价值的作品来。

冼星海同志却是一个埋头用功的人。新的歌子，合唱不断地产生。他写一个大合唱总是紧张地写七八天即完成。有时我们到他窑洞里去，他把他正在写着的《民族交响乐》的写成部分搬出来给我们看。那已是厚厚的好几大本了。他向我说，他已经写坏了好几支派克笔。这，我想不仅说明他的创作的丰富，还可以想象他创作时的情绪的饱满与奔放，仿佛五线谱成了他的键盘，钢笔尖成了他的手指，他完全忘却它是容易磨损的金属了。这一点倒是我们文学系的几个同事所共同羡慕的，我们觉得一个真正的创作家是应该这样，和喷泉似的，不断地有作品奔迸出来。

一天他和我一起进城。那是一个晴朗的日子。蓝色的天空里太阳放着灿烂的光辉。为着怕敌机来袭，我们就不走那条要经过飞机场的平坦大道，而走后面山沟，并要爬一个山。在途中，他向我说，他读了我在《中国文化》上发表的《一个泥水匠的故事》。他朴素地同时很诚恳地说："我们应该反映工农。"他喜欢我那篇诗里所歌咏的那个农民的故事，他打算把它采取到他的《民族交响乐》里去。我说："这有办法写到音乐里去吗？"他说："音乐是什么都可以描写的。"

那是一段长长的路程，我们零零碎碎地还谈了些别的。但是上面那段短的对话却突出地保存在我的记忆里，没有忘记。在当时，他的强调反映工农的主张并未引起我注意。我只是淡然听着，觉得不过是一种普通的说法而已（在下意识里，也许还轻视它，认为是一种教条主义、公式主义的说法）。的确，冼星海同志并不是一个对艺术理论很有研究的人，他并没有一套完满的理论来宣传他的主张。但是，由于他经历过贫苦的生活，由于他对于工农大众的解放事业怀抱着热忱，他能够朴素地认识这个真理，并且实行它。

一九四〇年五月，冼星海同志飞到苏联去了。他走后，延安开始了一个歌声消歇的时期，一直到新秧歌运动起来以后才又到处充满了歌声。那是鲁艺在艺术上强调提高的两三年。艺术水平啰，古典名著啰，写熟悉的题材啰，这一些东西被不适当地强调起来，把艺术和广大的群众隔断了。这是一个沉痛的经验。这说明假若我们对于艺术的要求不是从群众观点出发，不是把在人民生活中实际存在着的各种艺术，高的和低的，新的和旧的，首先是一律给以适当的承认，其次才是加以分别的改造或提高，这样来通过这个艺术大军去推动与组织广大的群众，而是从书本上的文艺理论出发，从文艺史上的名著出发，或者从个人主观的欣赏与要求出发，则我们所做的不过仅仅是削弱了以至阉割了艺术在人民解放事业中可能起的伟大作用而已。

当我们在延安经历着这个痛苦的错误经验的时候，冼星海同志却在苏联进行着艺术活动。假若一个时期他仍留在鲁艺，他是会成为当时的错误方针的俘虏呢，还是会不赞成呢，这是难于估计的事情。苏德战争爆发了。听说他曾在列宁格勒围城中。详细的情形是不知道的。有时我碰见他的夫人钱韵玲女士，我也问："最近得到星海同志的消息吗？"她总是笑着回答我："没有。"她一边抚养她的小女孩妮娜，一边也参加着音乐系的集体的政治学习与生产。她是在愉快的生活里等待着星海同志的归来的。

现在，苏联的爱国战争胜利地结束了，中国的抗日战争也取得了最后胜利。本来应该是星海同志回国的时候了。然而，代替他的回国消息的却是他在莫斯科因患肺病而去世。这，不仅对于他的亲属是一个意外的不幸，对于中国艺术界，也是一个无可补偿的损失。

一九四六年

悼闻一多先生

七月十七日上午打开报纸，闻一多先生在昆明被暗杀的消息给了我很大的震动。我正在写一篇论文，但看了报以后就再也写不下去了。原来占据在我脑子里的那些论点忽然辽远起来了，很久很久我都沉入一种非语言所能表达的悲恸当中。

李公朴先生被暗杀后，我也曾为闻一多先生担心过。但是，对于反动派的疯狂我还是估计不足的，我想：他们不敢。我以为他们还不敢杀闻先生。我以为他们还不敢在刚杀了李先生之后又接着来杀闻先生。并且，听说闻先生就是这一二天内就要来重庆了，他的已到此地的孩子还曾经到飞机场去接过他。然而，日暮途穷的反动派是什么也会做的，就是将加速他们自己的崩溃的那种事情他们也做得出来的。

连着几个晚上我都睡眠不足，早晨起来总是眼睛发涩，但这天午饭后我却几次躺下都不能入睡。最后我还是起来了。我是在一条相当闹热的重庆的大街上，毒辣辣的太阳晒着，环绕在我周围的这个城市的喧嚣也忽然辽远起来了，我就像独自走在一个旷野里在哭闻先生一样。

我曾经有许多机会可以见着闻先生，然而至今我并未见过他一次。一九三五年我去清华看曹葆华，他引我到附近圆明园废址去玩。那地方很静寂，一个人也没有。草长得很深。池塘里满是大叶子的荷叶。

就在那临着池塘的亭子上，不知怎么我们谈起闻先生来了。那时闻先生正在清华埋头于甲骨文的研究。仿佛葆华还问过我要不要去看看他，但也不知怎么我终于并未去看他。那时闻先生在北大中国文学系也担任得有《诗经》一课，每个礼拜都来北大的。但我在另外的系上，也没有去旁听过，这又失去了见着闻先生的机会。抗战后我在北方过了许多年。有一次，一个同志把后方报纸上闻先生称赞田间的诗像鼓声一样的通讯剪下来给我看。从那新闻文字所简单引述的闻先生的话句里，我倒真似乎听见了有力的鼓声。从此才知道闻先生已经成为猛勇的战士，已经成为昆明的群众领袖和斗争旗帜。基于我过去对于闻先生的作品的理解，我觉得这并不是偶然的，而是闻先生很早就有的热爱祖国，热爱人民的精神的正常发展，当然也是一种很大的发展。前年夏天我来到了重庆，我把我长久怀着的敬意用一封普通的信的形式向闻先生表达了一下。给卞之琳、李广田去信，也常要他们替我向闻先生致意。之琳来信说：到昆明来玩玩吧，坐飞机来方便得很。他不知道，虽说我是住在自己的国家里面，但地上和空中都并没有我可以到处走来走去的自由。

少年时候，我曾经对诗着过迷。也曾经喜欢过许多诗人的作品。然而，有些过去喜欢过的作品现在连想都不愿意想起它们了。而闻先生的有些诗，我现在回忆起来却仍然是能够打动我的。它们似乎能够把过去的闻先生和今天的闻先生联结起来。它们也似乎能够把过去的我和今天的我联结起来。我现在是多么愿意再打开闻先生的《死水》来读一读那些诗！然而现在很难于找到这本书了，我向几个地方去借都借不到。闻先生的第一部诗集是《红烛》，后来不曾见过再印，大概是闻先生自己不满意于他初期作品的粗率与不成熟吧。我开始读闻先生的诗的时候，也已经很讲求艺术的完整了，因此《红烛》我没有细读。但《死水》我却是读了又读的。在那封面全部是黑色而上面贴着金色横签的诗集里面，自然有一些悲观的怀疑的作品，然而热爱祖国与热爱人民的作品也占着相当的分量。有一篇《洗衣歌》，就是愤慨着在帝国主义国家里面的中国人得不到公平的待遇。美国的华侨多以洗衣为业，于是美国人常常问中国的留学生：“你爸爸也是洗衣裳的吗？”闻先生就作了这篇《洗衣歌》，歌颂了中国的人民，认为劳动并不是可羞耻的，洗衣也并不是贱业。有一篇《荒村》，描写当时的农民生活所遭遇到的乱离与破坏，很类似杜甫的那些动人的社会诗。最后的收尾记得似乎是这样沉痛的一句：“这样一个桃源，瞧不见人烟！”还有一篇忘记了题目的诗，开头叙述他书斋生活的安静，一杯茶，一卷诗，一声钟摆摇来的闲逸；叙述他家庭生活的幸福，他的入睡了的孩子发出和平的呼吸；然而作者的心却跳动着，不能清静，不能接受这些个人生活中的贿赂，因为墙壁以外的人民的痛苦和呻吟是那样广阔，那样强烈。这样的诗人的心正是闻先生后来猛勇的战斗精神的萌芽。同时，这样的一些沉重真挚的作品也正是我为什么在所谓新月派诗人中特别喜欢读闻先生的诗的缘故。的确的，就是在当时，我对于徐志摩先生的飘飘然的作品也就感到了隔膜和距离的。徐先生的诗也写到过穷人，乞丐，但总像不过是好心的公子哥儿的一时的同情。到了后来的《猛虎集》中，徐先生居然写起“别拧我，疼！”那样的调情诗来，我就越是不喜欢了。而闻一多先生，且说经过了一个曲折，虽说在甲骨文与古书中埋头了许多年，但看到祖国的灾难日益深重，人民的痛苦日益剧烈，他就再也不能把自己埋葬在故纸堆里了。他走出了书斋。他发出了使反动派发抖的呼号。而他就因此被暗杀。从西太后、袁世凯以来的反动统治集团都是这样的，为了镇压国内的人民他们不惜出卖祖国以换取外力的支持，而这，他们就要屠杀爱国主义者；同时，他们愈是镇压，人民的反抗运动就愈是高涨，而这，他们就要屠杀站在最前线的战士！

七月十八日《大公报》的访问记里，冯友兰先生说，闻一多先生之参加政治活动，主要是由于他生活的艰苦。对于这样简单的说法我是有些意见的。诚然，我们知识分子之所以参加下层人民的革命斗争，不合理的社会使我们与下层人民处于同一命运是一个根本原因，而我们个人所遭遇到的苦难和不公平，也往往能够使我们更加理解和同情比我们更加悲惨的下层人民。然而，在知识分子的面前，还是有着两条道路的。一条是走向人民，走向革命；另一条却是走向往上爬，走向妥协。不然，我们是难于解释这样的事实的，为什么有的知识分子被反动派一威胁，他就从此服服帖帖，再也不敢讲真话了呢？或者被反动派一利诱，他就受宠若惊，竟至拍卖了自己的灵魂呢？像闻一多先生以及许多许多和他一样的人，他们曾经寻找着个人的道路，也同时寻找着中华民族的道路；当他们知道了唯有在大多数人民的解放中才可能有真正的个人的解放，他们就毫无保留地献身于人民的事业，真正做到了贫贱不能移，富贵不能淫，威武不能屈。这是中国知识分子的光荣。与这相反，一被威胁利诱就低头下跪者，尽管他照样著书立说，像煞有介事，却是中国知识分子的耻辱。这里有一个根本的区别：一是为了人民，不惜英勇地牺牲个人的生命；一是为了个人，不惜可耻地出卖真理，出卖人民。

　　闻一多先生，和过去许多热爱祖国，热爱人民的志士仁人一样，又给我们留下一个最好的榜样。他告诉我们应该走的道路，并且应该如何坚决地走。他的牺牲不是没有结果的，更多的人将要因此觉醒起来，踏着他的血迹前进！反动派的屠杀也是要付出他们的代价的，那就是他们的丑恶的面貌更加暴露，他们的崩溃也将更加不可挽救地到来！

关于现实主义

　　"新华副刊"文艺版上的关于文艺问题的讨论已经进行了两个月，提出了许多问题，也有一些争论。但似乎讨论还没有充分地展开，参加的还不够广泛。我想这是有原因的。今天的中国正在经历着重大的剧烈的变化。比起许多紧迫的大事情来，文艺问题是可缓而又较小。加之讨论虽从具体的作品开始，后来却移到一般的文艺理论问题上来，有些读者也许就感到专门了一些吧。

　　然而讨论的目的倒是为了解决当前的实际问题的。随着一个新的时期的开始，曾经为中国的前进作了伟大贡献的新文艺，如何继续向前走呢？如何避免由于自流与盲目而来的偏向，更加自觉地有效地发挥它的作用呢？

　　这个问题巨大而又复杂。对于这大半个旧中国的文艺运动我了解得很少，不应该随便发言。但是，陆续地读了"新华副刊"上几位作者的文章后，我也想到一些问题，很愿把它们提出来向大家请教，算是参加这个讨论，也是希望这个讨论能够继续展开，并且不限于在"新华副刊"上，不限于很快地得到结果。

一 今天这大半个旧中国的文艺上的 中心问题到底在哪里?

争论是这样开始的。在《新华日报》副刊发表的关于《清明前后》与《芳草天涯》的座谈会记录中，一位同志提出了这样一个问题：今天这大半个旧中国所要反对的文艺界的主要倾向是什么？他说是一种"非政治倾向"，因此他批评了《芳草天涯》而赞扬了《清明前后》。王戎对于这样的回答不同意，他说：

"我觉得现实主义艺术不必强调所谓政治倾向，因为它强调作者的主观精神紧紧地和客观事物溶解在一起，通过典型的事件和典型的人物，真实的感受，真实的表现，自然而然在作品里会得到真实正确的结论。"

由于受到荃麟先生的非难，王戎在他的第二篇文章里作了更多的说明。他说，承受了五四传统的中国的现实主义，本身已经具有反帝反封建的政治倾向，"没有必要另外再加上所谓党派性与阶级性的政治倾向的理论"。他又说，现实主义本身就要求作家和人民大众在一起，但仅仅有明确的政治倾向和立场还不可能使作家和人民大众结合，"必须要求作家战斗意志的燃烧和情绪的饱满，这也就是所谓作家的主观精神"。这样的主观精神从何而来呢？他说，"那必须要依靠思想力的推动和引导。所谓思想力，包含有科学的观点和正确的立场，以及社会学的，历史学的科学和正确的理论，但是，更重要的是作家必须根据这些，在实际生活中进行搏斗和冲激……使这种思想变化为一种力量。"所以，他还是认为"应该强调主观精神和客观事物的紧密的结合"。

问题正在这里。是不是今天只是继续强调现实主义就够了，用不着再提旁的什么？是不是现实主义的中心内容就在"主观精神与客观事物的结合"？

　　抗战中间，延安和重庆都曾提出过文艺上的民族形式问题。当时两地都有些人也是用"只是强调现实主义就够了"这种说法把它打了回去。当时我自己也是这种说法的赞成者之一。然而问题仍然存在着。既然五四运动以来中国新文艺的主流就是现实主义了，而且后来更是"包含有明确的政治倾向"的现实主义了，为什么新文艺的群众圈子还是这样小？为什么连这个小的圈子里也有不满足的感觉，甚至有的人觉得这也不是现实主义的作品那也不是现实主义的作品呢？症结到底在哪里？

　　假若我们根据王戎的说法来分析，则症结在于"主观精神与客观事物"还没有"紧紧结合"，而它们之没有紧紧结合又由于"主观精神"还没有"燃烧"，而主观精神之没有燃烧又由于"思想力的贫弱"，而思想力之贫弱又由于作家没有在实际生活中"进行搏斗和冲激"。粗粗一看，这也的确自成系列。但是，假若我们再追问下去：为什么有些作家没有在实际生活中"进行搏斗和冲激"呢？难道这是先天地被决定了，有的人生而就是搏斗家和冲激家，有的人生而就不是吗？假若不是先天决定，大家都还大可努力，那又到底怎样来解决这问题？从何着手？难道就是喊口号似的，或者做诗似的，叫着"搏斗啊！冲激啊！"就解决了吗？这样一来，王戎的说法就有些使我们茫然起来了。

　　其实，凡是在现实社会里活着的人，未有不是在进行着搏斗和冲激的。地主压榨着农民的劳作物，那就是地主的搏斗和冲激。商人在市场上竞争角逐，孳孳为利，那就是商人的搏斗和冲激。即使是厌世家吧，逃避现实者吧，只要他还没有自杀，而又逃不到另外一个躺在床上什么事不做也不至于饿死的世界上去，他也仍然在进行着搏斗和冲激，而厌世或逃避现实不过是他的搏斗和冲激的一种形式。至于作

205

关于现实主义

品，是法西斯文艺也好，为艺术而艺术的文艺也好，也未有不是主观精神与客观事物相结合着。难道世界上还有这样的文艺作品，或者其中居然没有了作者的主观精神，或者其中竟至看不见客观事物，或者两者虽有，但是互不相干吗？至于一般的资产阶级作家和小资产阶级作家的有名作品，那更是结合得紧而又紧的，所以它们才能打动我们，抓住我们，一方面在对于旧社会的不满或反抗上起了积极的教育作用，另一方面又顽强有力地灌输了我们一些资产阶级和小资产阶级的观点。难道这样的作品就是我们所要求的现实主义的范例和标准吗？

而且更重要的，到底今天这大半个旧中国的文艺上的中心问题在哪里？是不是就是在于革命作家缺少革命的搏斗和冲激，与他们的革命的主观精神还没有与客观事物紧紧地结合？

那位同志说，今天这大半个旧中国所要反对的文艺上的主要倾向是"非政治倾向"。然而我们并不能把他的意思引申为他只要政治倾向而不要文艺性，尤其不能把政治倾向理解为"加上一些哲学表白和社会学名词"。关于"非政治倾向"他本来就有这样一个说明："这是常识的说法，当然它根本上还是一种政治倾向。"世界上既然找不出没有政治倾向的作家，也就找不出没有政治倾向的作品，问题在他是什么政治倾向，以及他是否自觉而已。所以，假若我的理解不错，那位同志所说的政治乃是指今天的人民群众的政治，也可以说即是人民群众的要求，所谓"非政治倾向"乃是指有些作者不去反映人民群众的要求，不去解决人民群众的问题，不去为他们战斗，不去为他们服务，而去写些与广大群众无关的"日常琐事"，而去宣传一些清楚的或不清楚的非人民的非科学的观点。

为人民群众尽了多少力，还可能增强多少，如何增强，这才是今天这大半个旧中国的文艺上的中心问题。检讨过去，规划未来，这都是一个最高的最科学的标准。对于过去和今天我们有所肯定，那应该是广泛的肯定，并不是只有某几个作家为中国人民尽了力，而是众多的作家在不同的程度上都有功劳。这才合乎历史事实。对于今天和未来我们有所批评和要求，那也应该是广泛地批评和要求。因为这也是事实，中国的人民的痛苦和要求在文艺上还反映很不够广，很不够深，而新文艺所能达到的群众圈子也还很不够大。在过去，或由于历史条件的限制，或由于客观环境的压迫，这大半个旧中国的作家还不可能更密切地与人民群众结合，但在今后，这个旧中国也是要变化的，而文艺与群众结合又已经在中国一些民主地区成为一种思想上与实际行动上的巨大运动，则新文艺如何首先在内容上其次在形式上更适合广大群众的要求就是一个异常重要的问题了。

五四以来的现实主义，王戎说它具有反帝反封建的政治倾向，这是不错的，但假若这是指比较广泛的现实主义，则其反帝反封建就有彻底与不彻底的差别，即是说也仍然有阶级立场的差别。那么这就不是一个有没有"必要"加上的问题，而是一个事实。王戎又说，作家要和人民大众结合，仅仅有着明确的政治倾向和立场是不够的，也不可能。这也需要加以分析。仅仅有了进步的政治倾向自然还不就等于与人民大众完全的密切的结合，但难道不是与人民结合的第一步，而且是不可少的第一步吗？至于人民大众或者无产阶级的立场的获得，王戎似乎以为很容易，其实并不是这样的。自以为有这种立场那是容易的，某些时候在某些问题上有这种立场那也是比较容易的，要真正一贯地明确地有着这种立场，那就不容易了。那要经过了长期的思想上的教育与行动上的实践。倒是王戎所强调的"主观精神的燃烧""搏斗和冲激"，那不但是不够的，而且有时可能是与人民大众相违反的。革命的历史证明过，自以为是站在无产阶级立场上的革命家，仅仅凭着主观精神的燃烧与搏斗，曾经给无产阶级事业带来很大的损害。革命的文学历史又证明过，自以为是站在人民大众的立场上的作家，仅仅凭着主观精神的燃烧与搏斗，曾经发展到与人民大众对立起来。

所以我认为今天的现实主义要向前发展，并不是简单地强调现实主义就够了，必须提出新的明确的方向，必须提出新的具体的内容。而这方向与内容也并不是简单地强调什么"主观精神与客观事物紧密的结合"，而是必须强调艺术应该与人民群众结合，首先是在内容上更广阔、更深入地反映人民的要求，并尽可能合乎人民的观点，科学的观点，其次是在形式上更中国化，更丰富，从高级到低级，从新的到旧的，都一律加以适当的承认，改造或提高，把艺术的群众圈子十倍地以至百倍地扩大开来。

要达到这样的目的，我们的思想首先要来一个改变。我们要对于自己是否已经获得了人民大众的立场、观点和方法加以反省，我们才可能虚心地到人民大众中去学习。我们要对于自己的艺术作品与艺术思想是否已经完全符合人民大众的要求和利益加以反省，我们才可能使自己的作品更群众化，使自己的理论更科学。

所以首先应该强调的并不是什么"主观精神与客观事物结合"，也不是什么"搏斗和冲激"。王戎也许会这样辩解，他所用的那一套文学的字眼，"燃烧""拥抱""搏斗"，等等，所要表达的意思不过是强调我们普通所说理论与实践结合的重要，尤其是实践的重要。但是，这样的辩解也是徒然的。

为什么革命队伍（革命作家在内）里面有理论与实践还不一致，或实践不足的现象呢？难道他们的进步政治倾向，他们对于进步理论一定的认识与坚持，都是虚伪的吗？不是的，由于社会的压迫，虽说他并不是出身于劳动人民却与劳动人民处于相同的命运，他们才"左倾"，才在劳动人民的事业中来找他们的出路。这是真实而又真实，并不是虚伪。但是，他们或者由于看到人民的敌人还是如此强大，看到人民解放的事业是如此长期，如此残酷，或者由于尚未能深刻认识人民的力量，经常参加人民的斗争，从之得到锻炼和改造，于是原有的阶级出身给予他们的摇摆性、脆弱性就在一定的时候显现出来了。这自然也是真实而又真实，但是并不能就简单地根据这一面去否定其革命的一面。而且我们应该有充分的信心相信他们（其实应该说我们）是可以克服其弱点，更加革命化，也就是更加工农化的，只要经过比较长期的思想上的教育与行动上的实践。如果只是抽象地强调什么"主观精神"，什么"搏斗和冲激"，那是一点也不能解决问题的。

又是思想上教育，又是行动上实践，到底哪一个重要呢？那要看在什么具体情况之下。一般地说，虽然理论都是从实际中来的，但在解决具体的实际问题的时候又总是首先要具体地从思想上解决。所以延安的整风运动首先是搞通思想，然后是到实际工作中去锻炼，然后是不断地反复地从思想与实践两者来贯彻。只是抽象地强调实践的重要，也还是不能解决问题的，正如只是抽象地强调理论的重要并不能解决问题一样。

二　从创作过程说到对于《清明前后》的估价

虽说实际的现实主义的文学作品都是具体的，就是说，在这些作品中仍然表现了作者们的不同的阶级立场，但把现实主义作为文艺的创作方法，当然还是可以从它找出一些共同的规律来。"除了细节的真实之外还要正确地表现出典型环境中的典型性格"，是一个规律。作品的主题应该从生活得来，而且是经过了作者自己的感动的，也是一个规律。高尔基在解释什么是主题时，曾经用一种文学的语言说过这类意思的话。

但是整个战斗，整个人民的事业，还有这样一个极其重要的规律，就是必须发动千百万群众来参加这战斗，这事业才能发展，才能完成。所以为群众，如何为法，也就要提到文艺界的面前来，成为今天议事日程上的最中心的问题，也同时是讨论问题的最高原则。

关于主题的规律也好，或者旁的什么规律也好，都不能离开这个原则来孤立地应用。

以应用于写作为例：我们从生活中得到了一个主题，也经过了一定程度的感动，只是还生活得不够，感动也不够，然而这是与当前广大群众有关的问题或要求。同时又有另外一个主题，那是生活得更充分的，也感动得更深沉的，然而这与广大群众没有什么关系。我们到底应写哪一个呢？前者还是后者？

默涵同志曾在一篇短文里提出与这相类似的问题，他说应该写前者。并且还提了一个积极的补充：假如还不够熟悉，你就去熟悉它。徐迟先生不同意。他问道："哪一个伟大的作家是为题材而去生活？谁是仅仅为了题材的缘故，而熟悉仅仅与题材有关的生活的？"假若我是默涵同志，我可以这样回答："好徐迟先生呵，我并没有主张仅仅为了找题材而去生活呀。我是说，我们从生活中得到了一个有意义的题材，只是还不够熟悉，所以我主张去更熟悉。不够熟悉并不等于根本还没有影子呀。而且，就是我们为了反映某一种与广大人民有关的新的现实而去生活，又有什么不可以呢？为什么一定是仅仅为了题材而去生活呢？为什么一定是去生活那仅仅与题材有关的生活呢？既严肃地认真地而且广阔地生活，又找到了题材，难道就不可能吗？哪一个伟大的作家这样干过？古来的作家是有过的，如左拉。他也许还不伟大。至于托尔斯泰，该大家都通得过了吧，不是听说他为了写《战争与和平》，读了很多与他写的时代有关系的书籍吗？难道只许写历史小说的他去熟悉历史，却不准写今天的生活的我们去熟悉今天的生活吗？至于今天的作家是否有这样干的，那更多得很。苏联的战后的作品很多都是这样产生出来的。这与其说是今天之作家劣于古之作家的地方，还不如说这是今之作家优于古之作家的地方吧。因为这正是热爱人民群众的具体表现，这正是以火焰般的热情去关怀人民的具体实践。"

徐迟先生还把这问题提到创作过程的规律上来。他说：应该从"愿意"出发，不应该从"应该"出发。而且他把《芳草天涯》作为前者的例子，把《清明前后》作为后者的例子。

这就应用到批评了徐迟先生在旁的问题上不同意王戎，但在对于《清明前后》的创作过程的估计上，虽说程度不同，意见却颇为相似。徐迟先生说："茅盾先生是认为他应该写这个戏而写了《清明前后》。他并不是全部愿意的，因为他知道在细节特殊上，他还没有全盘抓紧。"王戎说："我们所要表现的民主，一定是从实际生活斗争中的呼声和要求以及争取的目标，决不应该是用来勉强凑合事实的空洞口号。"而《清明前后》中作者的表现和呼喊却"不是生动而感人的，是失去了生活基础的抽象概念"。

先一般地来讨论一下"愿意"与"应该"，"生活"与"概念"。我们的创作过程是否就这样干脆地可以分为两类，不是从愿意与生活（或者"搏斗"）出发，就是从应该与概念出发？我觉得并不这样简单。近于两种极端的例子当然也有，但一般的情形恐怕还是这样，生活供给我们以题材，然后我们以思想去衡量、判断、组织，然后我们去开始写，而就在写的过程中我们也是不断地交错地依靠着我们的生活经历与思想认识，并不是简单地只是"愿意"与"搏斗"，或者只是"应该"与"概念"。

关于现实主义

至于写作时的激动，努力，不管叫它"战斗意志燃烧"也好，叫它"搏斗与冲激"也好，并不是什么神秘的现象，也仍然主要是来源于我们的生活经历与思想认识。应该与愿意并不是两个冤家，硬是不能见面。相反地，假若我们真是深深地觉得应该的时候，那我们也就愿意了。徐迟先生自己也说："我们从愿意出发，到达应该。"为什么就不可以从应该出发，到达愿意呢？至于生活与对于生活的认识，那更如形影之不可分。只有生活，没有认识，我们还写个啥子，"搏斗"个啥子呵！

至于具体地说到《清明前后》，我却感到，批评者们呵，你们为什么这样武断？根据什么，我们可以判决茅盾先生写《清明前后》只是为了认为应该写而写，并不是由于真心真意地愿意写而写？根据某些细节还写得不够逼真，不够细腻？那么难道你对我讲你的爱人时对于她的眉毛、眼睛还描写得不栩栩如生，我就可以判断你对她的爱情是虚伪的吗？不是"实际生活斗争呼声""不是生动而感人的"，只是"勉强凑合事实的空洞口号"，只是"失去了生活基础的抽象概念"，又根据什么？根据你个人的印象和看法吗，还是根据群众中的反应和效果？它把一般观众吸引住了，又把工业家们推动起来了，难道仅仅是空洞口号或抽象概念就做得到吗？批评也好，理论也好，难道就有这样的特权，既可以随便派定作者的心理状态，又可以完全无视于广大群众的意见吗？

我并不是说《清明前后》毫无缺点。茅盾先生在自己的《后记》里也谦逊地说到了，这是他第一次写戏剧。全剧还写得不够集中，某些人物，某些场面还写得不够突出，最后部分的紧张的呼喊也过多一些，等等，这些都可以说是缺点。但是，这又何损于它在一个重要的关头，恰当其时地喊出了广大人民的呼声呢？在两个话剧的座谈会上，还有一位同志提到了鲁迅先生的《三月的租界》。这篇文章的确是值得我们再翻出来看一下的。当时有人用"自我批判"的美名来责备萧军的《八月的乡村》，说"里面还有些不真实"，说"技巧上，内容上，都有许多问题在"，说"如果再丰富了自己以后，这部作品当更好"。然而鲁迅先生却热情地为这个"不够真实"的作品辩护，他说："我们有投枪就用投枪，正不必等候刚在制造或将要制造的坦克车和烧夷弹。"鲁迅先生这种看法也就正是毛泽东同志所主张的文艺批评，他把政治标准放在第一位，艺术标准放在第二位，对于政治性高但艺术性即使还比较弱的作品他也给予衷心的欢迎。假若现实主义的门竟是那样窄狭，这个进步作家的作品也进不去，那个进步作家的作品也进不去，连《清明前后》这样的作品也被关在门外，则那到底是什么样的"现实主义"呢？也许"现实主义"是抱住了，但"革命"却在哪里呢？

三 批评一个作品是否可以从政治性与艺术性这两方面来考察

又是政治性，又是艺术性，有的朋友觉得这样的说法"使人听了觉得反而不明了起来"。画室先生的《题外的话》中就有这样的话。其实我觉得关于这个问题毛泽东同志《在延安文艺座谈会上的讲话》中已经讲得很清楚了。但既然有的朋友仍觉会使人听了不明了，我们也不妨讨论一下。

画室先生设问道："什么是先生所说的政治性？""什么是艺术性？"他说，"只要一连反问三次，恐怕说的人也会不知所答吧。"我是赞成这样说的人，所以就试来回答一下。

艺术作品都是一定的社会生活在作者的头脑中反映的产物。既然这种生活的反映是通过了人的头脑的，而在现在的世界上，任何人都有他的阶级性，他的政治性，则他的作品就必然也有一定的阶级性，一定的政治性。就是"为艺术而艺术"也罢，逃避现实也罢，那不但不是超阶级，超政治的，恰正是这样的作家与这样的作品的阶级性与政治性的具体表现。问题在我们主张的政治是为人民大众求解放的政治，因而我们对于文艺作品所要求的政治性就不是一般的，而是一种特定的，有利于或有助于人民大众解放事业的政治性，因而这政治性就有好坏之分，高低之分了。

其次，既然这种反映又是以一种艺术的手段即所谓活生生的形象的方法来表现，那么任何艺术作品又必然有它的艺术性。问题在艺术一方面有它的群众性，一方面又有它的专门性，即虽说人人都可以用艺术的手段来表达他的思想情感，但熟练的程度各不同，到达的程度也各不同，因而这艺术性就有好坏之分，高低之分了。

这是不是越说越"不明了起来"或"越见空虚起来"呢？我觉得不是的。我觉得这正是画室先生所主张的"具体的分析的看法"。

画室先生又设问道："在具体的文艺作品，离开'艺术性'的'政治性'，到底是什么东西呢？既然发生'政治性'的效果，为什么又没有'艺术性'呢？""是的，就有虽然没有政治性，但艺术性很高的作品，但那是怎样的艺术呢？果真没有'政治性'么？"

对。没有那样的作品，它只有政治性没有艺术性。也没有那样的作品，它只有艺术性没有政治性。难道居然有人说过有这样的作品吗？我不知道有谁这样说过。假若有，我和画室先生一样反对。

但是，这样的作品却是有的：一、进步的政治性较高而艺术性较低。二、艺术性较高而进步的政治性较低。这两种都颇为普遍。还有，这样的作品也是有的：三、有一定的进步的政治性但艺术性很坏，这是所谓公式主义的作品；四、有一定的艺术性但政治性很坏，这是所谓反动的作品。

这样的分析又有什么不妥当呢？我们并不停止于这样的分析，我们还要综合起来看的。这也就有了"统一的看法"了。政治标准第一，艺术标准第二，因此对于上面所说的第一类作品我们应该加以衷心的欢迎，并不因为它还有艺术上的缺点而抹杀它，冷淡它，压低它；对于第二类作品我们也可以容纳，但必须严正地批评其政治性上的弱点；对于第三类作品我们不赞成，因为它没有艺术的力量，也就是达不到政治上的目的；但对于第四类的作品则尤其是要反对，因为它有毒害，它的一定的艺术性不过是毒药的糖衣。

当然，在这四类之外，我们也还要求更高的，更合乎理想的作品，即进步的政治性与艺术性都较高或很高的作品。这是我们努力的目标。但是，当我们还没有这样的作品或很少有这样的作品的时候，对于现存的作品我们是采取一律抹杀的态度吗？还是采取科学的分析的态度，给以不同程度的承认，或者给以不同的反对，或者给以不同程度的肯定同时也给以不同程度的批评呢？这是一个很现实的问题。

画室先生所主张的那种统一的说法，看它的社会价值如何，我也并不反对。但是，我们从什么地方去判断一个作品的社会价值的高低呢？假若要进行具体的分析，又为什么不可以从两个方面来考察，先看它的政治内容的正确或错误的程度如何，再看它的艺术手段对于这种内容的表达或完成的程度如何，然后去得到一个综合的判断呢？

而且，说一个作品有社会价值就一定有艺术性那还说得通，因为世界上找不出没有艺术性的艺术作品。但说一个作品没有社会价值就一定毫无艺术性，那就有些困难了。过去也好，现在也好，都有着那种社会价值很小以至近于没有的作品。对于这样的作品干脆否认它是艺术痛快自然是痛快的，但是，是不是很科学的说法呢？它们的作者也可以问，"先生，你所说的艺术到底是什么呢？它异于社会科学的论文的地方到底是什么呢？你们不是说在于形象性吗？为什么我这个形象地表现了我的思想情感的作品就不是艺术呢？"是的。我们应该承认它是艺术，但这是没有什么意思的艺术，即坏的或较坏的艺术。就是对于有反动内容的作品我们也不妨承认它是艺术，不过这是反动的艺术，即更坏的或很坏的艺术。正如我们用情感的说法，文学的说法，可以说某些人不是人，是野兽，难道他们真的就在生物学上也不是人了吗？

其实批评一个作品，从政治性与艺术性两方面来考察，而且政治标准第一，艺术标准第二，无产阶级的艺术理论的最初建立人也就是这样进行着批评的。马克思与恩格斯给拉萨尔的信就是一个显著的例子。对于拉萨尔的诗剧《弗朗茨·封·西金根》，马克思一方面在艺术方法上批评它还不够莎士比亚化。但另一方面，更重要的是批评了它的政治内容，责备作者不应该把一个反动阶级的代表写成了反抗的英雄。恩格斯也一样。而且当他指出了一些艺术上的缺点之后，他更明确地声明："不过这些都是次要的问题。"当他继续写下去，又接触到一些艺术上的问题时，他又赶快地声明："但是我又回到次要的问题上来了。"什么是首要的问题呢？那就是他在后面所说的，作者没有看出他所写的主人公的"命运中的真正的悲剧"，这个贵族阶级的主人公不可能实现"历史的必然的要求"，不可能领导起市民尤其是农民来进行革命。我们往往容易只注意到马克思和恩格斯的关于艺术方法问题的结论，"正确地表现出典型环境中的典型性格"，"不应当为了思想而忘掉现实，为了席勒而忘掉莎士比亚"，甚至连据说是在稿纸边上加上的一句字迹模糊，不能辨认清楚，仅大致可读的话也没有忘记，"作者的意见愈隐晦，对于艺术作品就愈加好些"（其芳注：以上均根据曹葆华、天蓝的译文及附注，黑点都是我加的），然而却忽视了他们的著作的精神与实质，忽视了他们对待问题的立场与方法，忽视了他们的文艺批评的政治标准第一的精神与阶级分析的方法。其实在不同的条件之下，个别的结论倒是可以发展的，而他们的理论的精神与实质即立场、观点和方法却是最可宝贵与最应该学习的地方。

毛泽东同志在讲文艺批评的标准问题时，把马克思、恩格斯的这种精神和方法更发展了，更系统化了。然而这还是一个次要的问题。毛泽东同志对于无产阶级的艺术理论的最大的发展与最大的贡献乃在于那样明确地、系统地提出了艺术群众化的新方向与从根本上建立艺术工作者的新的人生观。从这以后，我们才知道无论什么好的事物，艺术也好，五四以来的新文艺也好，左翼文艺也好，现实主义也好，假若它不能和人民群众结合，假若它不能与人民群众及其实际斗争的需要相符合，它就不但不能发展，而且还可能形成宗派主义的倾向。

以上是我对于最近两个月来"新华副刊"文艺版上所发表的几位作者的文章的主要意见。由于篇幅的限制，我只接触到几个我所不赞同的论点，至于我所赞同的论点，却没有能够一一提到，因为这些意见的基本论点并不是由于读了这几位作者的文章才有的，而是产生于自己有过一段沉痛的文艺工作与文艺教育工作的错误经历，于是就情不自禁地写得颇为直率。客观事物是复杂而又曲折，不易了解全面与把握规律，所以我从过去的错误中所得到的认识，是否就完全对了，也还是值得讨论的，盼望读者们尽量给我以指责和批评！

一九四六年

谈民间文学

高尔基对民间的文学的估价，我觉得是最恰当不过了。我曾经花了一些时间去研究民歌，所看的各省歌谣在两千首以上，而结果却是我对一位朋友叹息道：我的研究只是证明了高尔基的意见的正确，并不能超过他。

高尔基说："如果不知道人民的口头创作那就不可能知道劳动人民的真正历史。"的的确确，我们今天似乎还没有一部讲中国劳动人民的生活与思想的历史。比如一提到旧礼教，我们总以为它像天罗地网一样，最严密地统治着封建社会的各个阶层的。读了许多民歌，我才知道其实不然。在一个地区的一千首以上的民歌中，我只找到了两三首是完全宣传封建道德的。而明白地从各种问题上反对封建秩序的却很多。江西南部有这样一首客家民歌：

> 米筛筛米朵朵滴，
> 讲到老妹柬（这样）贞节；
> 牌匾三串四百钱，
> 买到基（它）来做席歇（睡）。

你看，在农民眼中，代表封建道德之一的贞节牌匾算得什么呢！福建长汀还有这样一首民歌：

> 壁头打钉挂橡鞋，
> 有情哥哩只望来，
> 总要两人私情好，
> 唤我丈夫让开来！

这又是何等大胆泼辣的农民妇女的口气！

不仅在婚姻问题上农民是这样尖锐地蔑视着旧礼数。对于封建社会的根本结构，地主剥削农民的"合法"事实，民歌中也有着清醒的反映与抗议。也是江西南部的客家民歌就有这样一首：

> 该家东家做唔（不）惯，
> 茶又莫吃饭又宴。
> 涯（我）要想基（他）几个钱，
> 基就要涯一条命。

南昌还有一首《长工歌》，诉说当长工的十二个月的辛苦。其中说，长工磨麦但只有麦皮吃，长工打鱼却只能吃到半边鱼头，长工窖酒却全给东家享受，而且一年忙到头，工钱又被扣光了，只有"光身回家去过年"。

就仅这点例子，不也就说明了封建社会的统治并不稳固，而又还可从它们窥见农民的力量和智慧吗？

所以，高尔基又说："民谣是与悲观主义绝缘的。"鲁迅先生也认为民间文学"刚健清新"，为士大夫文学所不及。这并不是神秘的不可解释的现象。这是因为农民是经常在进行着生产斗争与阶级斗争的缘故。

高尔基要求苏联的作家们充分注意民间文学，并把旧俄的一般作家未曾吸收利用口头传说作为一个很大的弱点。这就更把民间文学和专家的创作问题联系起来了。在这一点上，也许我们倒可以对于高尔基的意见有些增加。高尔基似乎着重民间传说可以作为专家创作的素材。而在中国今天的新文学，则为了解决大众化问题，民族形式问题，更非研究并吸取民间文学形式的长处不可。已经快三十年了，在新文学领域内最早出现的新诗却似乎到现在还最成问题。一般的意见是既不好读，又不好记。这个弱点刚好是民歌的优点。也许有人说，民歌多七言四句，像旧诗，用口语来写恐怕很多束缚吧。其实北方的民歌就不是死板板的七言，而只是音节大致差不多。比如陕北的"信天游"，就两句一首，表现生活与情感很自由：

白格生生脸脸太阳晒，
巧格溜溜手手拔苦菜。

马里头挑马一般高，
人里头挑人数你好。

鸡蛋壳壳点灯半哟半炕明，
烧酒盅盅掏米也不嫌你穷。

并且我们也不一定要死套民歌体，我们还可加以改变与提高的。

因为我只是民歌看得多点，我以它为例来说明我们的创作应该吸收民间文学形式的长处。其他如民间故事，民间戏剧，以及其他民间文学形式，我想，也同样有许多可以学习的地方。

这也并不是我的创见。鲁迅先生早就说过了："我相信，从唱本说书里是可以产生托尔斯泰，弗罗培尔的。"

当然，这是就民间形式的发展前途而言，并非可以一蹴而至。就是一时或者许久都还不能产生托尔斯泰，弗罗培尔吧，那又有什么关系！真能使文艺与人民结合，尤其是与农民结合，中国的新文艺就是空前的迈进了。而这个巨大的迈进，却非经过似乎细小的搜集、研究与学习民间文学不可。

一九五六年

写诗的经过

一

这样的信已经收到不少了，要我讲一讲写诗的经过。对这些信我总是这样回答："这不是几句话讲得清楚，以后我写篇文章来谈谈吧。"

一个人作了诺言是应该实践的。尽管把我学习写诗的过程写出来，很可能使这些同志大为失望，我还是应该来写一下。

我最初接触我国古代的诗歌是上私塾的时候。我所上的私塾是封建性很浓厚的，完全不适合儿童的智力和兴趣的。那种乏味的私塾生活使我的童年过得很暗淡。由于私塾生活和家庭生活的暗淡，我从十二岁起就养成了在假期中自己读书的习惯。起初是迷于读旧小说。我常常从早晨一直读到深夜。当然，有许多小说并没有价值，但有名的作品《三国志演义》《水浒》《西游记》《聊斋志异》等，也就是在这些时候读的。后来阅读能力增强了一些，别的书也读起来了。家里的藏书很少。在一个红色的大书箱里，占了大部分位置的是一部"十三经"。我还记得那是刻印得相当讲究的，纸张也很洁白，但可惜它并不能作为儿童的课外读物。找来找去，找到了一部《昭明文选》。开头就是《两都赋》《三都赋》之类。左思的《三都赋》，那是读别的书的时候从典故中知道它的名字的，据说作者构思十年，写成后大家争着抄写，以至洛阳纸贵。我就开始来读这些有名的赋。但硬着头皮读了一部分，终于读不下去。找到了一部《赋学正鹄》，那大概是选来供考科举的人揣摩用的，从汉魏六朝的短赋、唐朝的律赋，一直选到清初尤侗等人的赋。应该说这并不是一个什么好选本。然而我倒读下去了，其中一小部分我还读得好像很有些味道。还有一部《唐宋诗醇》，选的是李白、杜甫、白居易、韩愈、苏轼、陆游六家的诗。记得是十四岁那年的暑假，我把这部分量相当重的选本读完了，而且记得最能打动我的是李白和杜甫的某些作品。这是我第一次真正接触到诗歌。不管当时的理解是怎样幼稚吧，我是真正从心里爱好它们，从它们感到了艺术的魅力，艺术的愉快。伟大的诗人是这样的，他们的有些作品是能够使人从少年一直喜爱到老年的。虽然现在的理解和那时已经很不相同，在我的心上，在那六个诗人当中，仍然是李白和杜甫高出于其他诸人之上。

我爱好诗歌就是从这开始。但我又记得当时并不曾有过自己想写诗的冲动。私塾的老师给我规定的功课是这样的：除了经书而外，还要念古文、唐诗和试帖诗的选本；并且每三天之内，一天学作论说文，一天学作七言绝句，一天学作试帖诗。那个作为功课念的唐诗选本选得并不好，给我的印象不如我自己读的《唐宋诗醇》深。绝句一共只四句，倒不难胡乱凑成。学作试帖诗却是一件苦事。试帖诗是清朝考科举的一种诗体，每篇限定十六句，每句五字；除了开头两句和结尾两句，都要对仗工整；而且平仄讲得很严格，除了个别的字，一律不准错用。这种所谓诗，我学做了一年还不能完篇，只做到了八句。把诗当作功课来做，题目都是老师出的，叫作赋得什么，这和创作是完全不相干的（即使是十分幼稚的创作）。那时候，清朝已被推翻了十三四年，我还学做那种八股文式的试帖诗干什么呢？那是因为我的祖父很守旧，他坚信还有皇帝要出世，而且坚信科举制度还要恢复，所以他就请一位老秀才来教我那一套。

后来我离开私塾，上新式学校去了。在初级中学里过了一年半胡闹的日子，功课没有好好念，文学也没有怎样更加接近。值得提起的事情不过是接受了白话文和有机会读到了《红楼梦》而已。后来转学到另外一个学校，环境陌生了，生活过的安静而寂寞，我才重又把课外的时间消磨在文学书上。多数的功课还是没有好好念。给我带来的恶果之一就是我直到现在，连自然科学的基本常识都很缺乏。但有两门课我却是用心听的。一门是几何。教几何的老师讲得那样明晰，使我感到这个功课不但不枯燥，而且那种逻辑和推理的精密好像有着吸引力。这对少年人的头脑是一种有益的训练。再一门是英文。教英文的老师很认真负责，我至今仅有的一点英文文法知识都是他给予的。还应该感谢他的，是他介绍一本英译的安徒生童话选集做我们的课外读物。那个选集不过八篇童话，而且我记得我并未读完。但是，其中的《小女人鱼》《丑小鸭》和《卖火柴的女儿》却给了我很深的影响。我至今还是认为，那个人鱼公主的故事是世界上最美丽最动人的故事之一。它们引导我更走近了文学。虽然那不是用分行的形式写的，它们却是真正的诗。自然，我当时读得更多的还是五四以后的新文学作品。但大概是由于理解和趣味的限制吧，我喜欢的作家是很少的。冰心女士是我当时爱读的作家，我喜欢她的《寄小读者》，她的那些题作"往事"的散文，她的小诗集《繁星》和《春水》。也读了泰戈尔的《飞鸟集》和《新月集》。就是在这样一些影响之下，我开始用一个小本子写起诗来了。那时我十七岁。

那时小诗的形式是流行的。记得有一天我读报纸，报上发表了一个女中学生因为恋爱问题而自杀的新闻，新闻里面抄的有她的几首遗诗。现在我还记得一首：

> 不梳的发儿偏偏，
>
> 不画的眉儿弯弯，
>
> 不乐的心儿酸酸。

小诗的形式就是这样的。不过不一定都押韵，也不一定字数整齐。我当时写的也是小诗。我上的那个中学是在江边。黄昏时候我踯躅在废圮的城墙上，半夜里我听着万马奔腾似的江水的怒号，或者月夜里独自在那满是树叶和花枝的影子的校园中走着走着，有了一点感触，就把它们写在本子上。内容自然是十分幼稚的。我记得我写满了一本，一直没有给谁看过。后来大概是自己也觉得太幼稚吧，偷偷烧掉了。现在我仅仅记得三行了。但它还不如上面那位少年的死者写得好，所以我举出她那一首作为小诗的例子，而没有勇气把自己的三行写出来。

　　我上高中的时候，刊物上流行的是另外一种诗的形式。因为它每行字数整齐，曾被嘲笑为豆腐干体。其实也并不全是豆腐干，有时字数是有变化的，不过每节的变化都一样，看起来还是很匀称而已。我的小本子的习作，也就变为这样的形式了。那时我对于新诗是多么入迷呵！我几乎把所有能够找到的新诗集子都找来读完了。我不去好好学高等代数和解析几何，却像第一次坠入恋爱的人那样沉醉于写诗。这种形式整齐的诗我写了两年，写满了两三个本子。其中有些篇章我当时觉得还不太坏，还用笔名发表过。但是，那些胡乱的涂抹不要等待多久我也就认识到它们没有多少价值了。那多半都是一些幼稚的浮夸的感情的抒写。而且，当我感到一边写着，一边还要计算字数，这未免有些可笑，我就连那种形式也否定了。这些习作我也全部烧掉了，一首都没有保存。

二

我开始保存我的习作，并且有勇气署上真名发表它们，那已经是在我上大学以后了。那已经是在我多读了许多文学作品以后。

我只念了一年高中。后来失学了一年，就上大学了。我在大学里念的是哲学系。我的志愿本来是终身从事文学。但我当时有这样一种想法：从事文学的人应该了解人类的思想的历史，文学作品是可以自己读的，而思想史却恐怕要学一学。于是我就上哲学系了。结果却出乎意料以外，我原来有的那一点点对于思想史的兴趣，在学哲学的过程中几乎全部消失了。就西洋哲学来说，笛卡尔好像还可以念懂；康德就很吃力，念得似懂非懂；到了念黑格尔的哲学，就存心不好好念，干脆还它个不懂了。我们的那位教康德和黑格尔的秃头的教授，他说他每次讲这两门功课，必定从头到尾把康德和黑格尔的著作静心再读一遍。然而他却无法把他的功课教得人可以听懂。我上他的课总是这样，用心听就必然要打瞌睡；不用心听就听不进去，就望着窗子外边的金色的阳光幻想起许多别的事情来了。这位在外国以关于黑格尔的论文得了哲学博士学位的教授，他从来不发讲义，甚至连黑板也不写，在讲堂上总是翻起康德或者黑格尔的著作，东念一段，西念一段，然后半闭着眼睛，像和尚念经似的咕噜起来。要抵抗这种催眠术是很困难的。但更根本的原因还并不在教学方法上。离开了大学几年之后，接触了一点马克思主义的哲学，我才知道用唯心主义的观点来讲解唯心主义的哲学，那是永远也无法讲得清楚明白的。我们的另一位教中国哲学的教授，他的教学方法也颇为别致。他的讲义倒是事先写好的，然而他并不印发给大家。上课的时候，他总是拿着稿子每一句话念两遍，要大家静静地坐着默写。上这样的课实在太闷气了。所以我有计划地缺课，准备缺到不至于被取消学分为止。但后来不知怎么还是超过了规定，我白白地做了一半年的记录。我还曾选过一门叫作释典文学的功课，以为这会有助于念佛教的经典，研究佛教的哲学。但教这个功课的先生更令我失望。他每次上课都是这样：前一小时在黑板上用拳头大的楷书抄写他的讲稿，要大家照着抄；后一小时就全部用来骂人，骂五四新文化运动。我那时在政治上已经够落后了，但对这种顽固和反动也实在无法忍受。我很气愤地把这个选课取消了。应该说一句公道话，当时也有个别的教授是勤恳的，上讲堂一句闲话也不说，就按着他的提纲讲起功课来。然而上面所说的那种总的情况却把我对哲学的兴趣消磨殆尽了。我一下课就完全沉浸在文学书籍里。到了晚上，我常常从我的宿舍出发，经过景山前面那条静寂的长街，踏过北海和中海之间的白石桥，一个人到北京图书馆阅览室去读书。我记得我差不多把北京图书馆当时所有的外国文学作品的中译本都读完了。

我在中学时候主要是读的五四以后的新文学作品。那时读翻译的外国小说，常常觉得那些人物的名字不好记；读翻译的外国戏剧，也常常觉得第一幕头绪纷繁，记不清那些线索。是在失学的那一年，才开始多读了一些翻译的作品。以后，这种困难就不存在了，而且反过来再读当时有些本国作家的作品，却觉得像加了过多的水的酒一样，不能给人以强烈的感觉了。所以在大学四年中，我主要是读了许多外国文学作品。我读了屠格涅夫、陀思妥耶夫斯基、托尔斯泰、契诃夫、雨果、福楼拜尔、莫泊桑等人的小说。我读了莎士比亚、易卜生、契诃夫、霍卜特曼等人的戏剧。我也曾用我那位中学的英文老师教给我的那点可怜的外国语程度，直接读了一点雪莱和济慈等人的短诗。在这些杰出的作家而外，我还读了许多比较次要比较小的作家的作品，而且其中包括了一些没落资产阶级的形式主义的作品。由于当时在政治上的落后，有一个期间我从那些病态的倾向不好的作品所接受的影响竟至超过了那些正常的现实主义的杰作。我就曾经爱好陀思妥耶夫斯基甚于托尔斯泰，爱好法国某些象征主义的诗人甚于一些大诗人。记得当时我也曾读过一些高尔基的短篇小说和回忆录，觉得那是很动人的，但我当时最欣赏的却是他的《为了单调的缘故》和《当一个人独自的时候》那一类的作品。我写过一篇题目叫作《独语》的短文，就是在读了高尔基的那篇把孤独描写得阴森可怕的奇异的散文之后。这时我又还读了一些我国的古典文学作品。我买了一部《全唐诗》，一部《宋六十家词》，一部《元曲选》，但我都只读了一部分。那时我很讲求艺术的完美，读到一些我觉得不好的作品就不愿读下去了。我曾经在一篇短文里这样记下过我当时的感觉："不但对于我们同时代的伴侣，就是翻开那些经过了长长的时间的啮损还是盛名未替的古人的著作，我们也会悲哀地喊道：他们写了多少坏诗！"我记得我有一个时候特别醉心的是一些富于情调的唐人的绝句，是李商隐的《无题》，冯延巳的《蝶恋花》那样一类的诗词。这种趣味比我最初接触我国古代诗歌的时候反而狭窄了，反而不很正常了。总之，我不加选择地广泛阅读的结果，或者更正确些说，依照我当时的思想倾向和艺术趣味在阅读以后实际上还是有所选择的结果，我的文学修养大为提高了，但同时也接受了许多消极的东西。其中最不好的是腐朽的悲观思想的影响。

　　我在大学生时代所写的诗和散文大致就是这种情形之下的产物。如果要略微加一点区别，也可以这样说，那些消极的思想在散文里比在诗里表现得更多。这是因为我那些诗大半写于一九三二年以前，那时我受那些鼓吹悲观、怀疑和神秘主义的世纪末文学的影响还不深，而那些散文却多数都写得晚一些，是写不大出来诗以后的代替品。大学生时代我经常有写诗的冲动的期间不过是一九三二年夏天到秋天那几个月。有时一天之中，清早也写，晚上也写。过去做旧诗的人，常常有梦中得句的经验。我那时也就入迷到那样的程度，有一次就梦见在梦里做成了一首诗，而且其中有一些奇特的句子。醒来只记得几行，但我把它补写成了。这首诗后来还收入了我的第一个诗集，题目叫作《爱情》。里面有"南方的爱情是沉沉地睡着的，它醒来的扑翅声也催人入睡""北方的爱情是警醒着的，而且有轻趫的残忍的脚步"那样一些近乎怪话的句子，好像就是醒来还记得的几行。我的第一个诗集《预言》是这样编成的：那时原稿都不在手边，全部是凭记忆把它们默写了出来。凡是不能全篇默写出来的诗都没有收入。这也可以说明我当时对于写诗是多么入迷。一个人如果不是高度地把他的精力和心思集中在他的写作上，他是不可能把好几百行诗全部记住的。高度地把精力和心思集中在一种工作上，固然也未必就一定可以把工作做得很好；但这种热爱和入迷却是我们做好任何工作的一个必要的条件。我这并不是想说明我那些诗已经写得不错。那些诗，既然是脱离时代、脱离当时中国的革命斗争的产物，它们的内容不可能不是贫乏的。如果说那里面也还有一点点内容的话，也不过是一个政治上落后的青年的一些幼稚的欢欣、幼稚的苦闷，即是说也不过是多少还可以从它们感到一点微弱的生命的脉搏的跳动而已。不久以后我自己也就认识到了。我曾借用一句李煜的词来概括过我那些诗的内容："留连光景惜朱颜。"我大学一年级正是九·一八事变爆发的那一年。中国和世界的局势都在发生着巨大的变化。接着是日本帝国主义进一步的侵略，蒋介石反动集团坚持对外不抵抗，对内屠杀人民，全国人民抗日救亡的爱国热潮日益高涨。在这样的时候，我还在那里"留连光景惜朱颜"，实在太落后了。

但是，革命的形势太强大了，就是我这样落后的青年，也不可能不受到它的影响，它的鞭策。我从大学毕业以后，就逐渐地而且最后是坚决地抛弃了我那些错误的思想，终于走向进步了。

三

有同志问我，"你是怎样写起诗来的？"以上就是我的回答。这实在是一个太古老太过时的故事。今天的年轻的同志们，生活在完全不同的时代，走着完全不同的生活的道路，也走着完全不同的文学的道路，难道从这里面还可以找到什么可供参考的东西吗？

我已经尽可能客观地做了一点叙述。同志们自己去得出结论来吧。

高尔基曾经说过，创作的欲望可以在两种不同的情况之下发生，一种是由于生活的贫乏，一种是由于生活的丰富。在前一种情况之下就产生了美化生活和装饰生活的浪漫主义，在后一种情况之下就产生了真实地赤裸裸地描写生活的现实主义。我之所以爱好文学并开始写作，就是由于生活的贫乏，就是由于在生活中感到寂寞和不满足。在我参加革命以前，有很长一个时期我的生活里存在着两个世界。一个是出现在文学书籍里和我的幻想里的世界。那个世界是闪耀着光亮的，是充满着纯真的欢乐、高尚的行为和善良可爱的心灵的。另外一个是环绕在我周围的现实的世界。这个世界却是灰色的，却是缺乏同情、理想，而且到处伸张着堕落的道路的。我总是依恋和留连于前一个世界而忽视和逃避后一个世界。我几乎没有想到文学的世界正是从现实的世界来的，而且好像愚昧到以为环绕在我周围的那个异常狭小的世界就等于整个现实的世界。其实在我当时的狭小的生活圈子以外，革命就正在轰轰烈烈地进行。在那前进的生活的激流里就正是充满着理想的光辉，斗争的欢乐，可歌可泣的崇高的人物和行动。这个现实的世界的生活的丰富和动人，早已超过了我所沉醉的那个文学的世界。然而我不知道它，也不试图去了解它。在这种情形之下去开始写作，如果说高尔基的那样的话仍然适用的话，我想恐怕应该加一点限制，就是说那很容易产生引导人脱离现实的消极的浪漫主义。能够加强人的生活的意志的积极的浪漫主义，仍然是必须以积极的生活和斗争为基础的。

　　对于今天初学写作的年轻的同志们，生活本身已经给他们规定了广阔的健康的道路。我想不至于还有人会走入我那样的歧途吧。不少的同志写信给我，说他们想学写诗，是因为在生活中见到了感动人的事情。那么在诗和生活这个问题上，对于那些积极地参加社会主义建设的同志，恐怕应该多讲几句的已经不是诗的根株必须深深地种植在生活的黑土里，而是到底需要加些什么养料然后才可以从生活里生长出花朵一样的诗。花必须从泥土里生长出来，然而从地里长出来的并不都是花。不少初学写诗的同志喜欢把习作寄给别人看，并且问："你看我这到底像不像诗？"我并不反对向别人请教。我也不否认从别人的意见常常可以得到益处。但是，我想最重要的还是自己要有判断力。如果暂时还没有，也应该努力去获得它。一个织布的工人，我想他是不会把他的劳动的产物拿出来这样向人请教的："你看这像不像布？"

　　判断一篇分行写的东西是不是诗，比判断一匹布自然要复杂一些。但在具有相当的文学修养（包括关于诗歌的特殊修养）的人，这恐怕也并不是什么难事。一篇可以无愧于被称为诗的作品，我想总要具备这样两个基本条件：首先要有能够感动人的诗的内容，其次，要有相当优美的诗的表现形式。也许困难就在这里，自己觉得从内容到形式都配得上叫作诗，然而别人读来，却既不感动，也不觉得优美。对文学作品的评价是常常有争论的。这种争论不仅可以发生在作家和批评家之间，而且还可以发生在批评家和批评家之间。然而，无论如何，文学艺术总有它的客观标准。作为社会主义社会的公民，我们是有共同的思想感情的，我们是有共同的道德观念的，因此什么样的内容能够感动我们，什么样的内容不能感动我们，就有了一个标准。当然，文学艺术的标准问题并不就是这样简单。违背我们的共同的思想感情和道德观念的固然不能为我们所接受；符合我们的共同的思想感情和道德观念的也并不一定都能感动人。文学艺术要求它自己在这一点上和生活一样，无穷无尽地提供着新鲜的东西、深刻的东西。而诗歌，更要求它自己是从生活的泥沙里淘洗出来的灿烂的金子，是从生活的丛林里突然发现的奇异的花，是从百花之精华里酝酿出来的蜜。文学艺术要求的并不仅仅是正确，尤其不是那种一般化、公式化的正确。至于诗的表现形式，那是千变万化的，到底怎样才算优美，就更难于归纳为一些条文。不同的民族和不同的时代各有它们的优美的形式，甚至每一个杰出的诗人也各有他的独特的创造。但是，或许还是可以举出一些主要的共同的东西来，那就是形象的优美和丰满，语言的精炼、和谐和富于音乐性，作为一个整体的天衣无缝的有机的构成。

我的同乡扬雄曾经说过："能读千赋则善赋。"但他的赋写的并不好，而毛病正出在有意模仿前人的作品。杜甫也曾经讲过他的创作经验："读书破万卷，下笔如有神。"这一条也不是人人适用。读过万卷书的人未必都能写出好诗来。不过这一点却是完全可以肯定的：一个人如果读了一千种古今中外的名著，他的文学欣赏力和判断力一定会大大地提高。我在初学写诗的阶段，能够年纪大了一岁或两岁就否定自己以前的作品，看得出它们的艺术上的不行，并不是由于什么人的指导，就仅仅是因为多读了一些名著。向别人请教，他可以告诉你写的还不好，也可以告诉你努力的方向。但是，要自己能够真正懂得什么是好，什么是不好，并从而有可能把习作写得比较好一些，首先还是要依靠自己的修养的提高。

现在爱好文学并想学习写作的人的成分，和过去比较起来是有很大的变化的。过去大致都是一些文化水平较高的青年知识分子。现在却有很多是人民解放军的战士，是工人，是各种各样的实际工作岗位上的干部。这说明新文学所到达的社会层扩大了很多，作家的后备队伍也扩大了很多。从这个后备队伍里，将要越来越多地从劳动人民中间产生出一些作家来。这都是很好的现象。但随着这，自然也就有这样一种情况，许多想学习写作的同志准备还很不够。其中有些同志不但文学修养不高，而且文化水平也较低。真要学习写作，是必须重视和解决这一问题的。奥斯特洛夫斯基在开始写《钢铁是怎样炼成的》之前，他说他准备了好几年，他"如饥如渴地寝食于文艺书籍之中"。他说，"没有这个大而深邃的准备，是没有可能从事写作的。"至于工人阶级的最伟大的作家高尔基，他在从事写作之前所做的准备，所读的书籍之多，那更是大家都知道，不必细说。丘可夫斯基在一篇回忆高尔基的文章中说，十月革命后他参加了高尔基所领导的编辑《世界文学》丛书的工作，他发现高尔基对于外国文学比许多教授还熟悉。不但是有名的，而且是不很有名的作家，他都读过他们的作品。高尔基和奥斯特洛夫斯基这样的作家的才能不可能人人都有；但这种在写作之前必须有所准备、必须大量地阅读文艺书籍的经验却是人人都适用的。在解放以前，许多初学写作的人主要是从当时的少数流行的文学刊物、文学书籍得到一点修养。我初学写作的时候也是如此。不知道现在的情形是否还是这样。要知道，这是非常不够的。仅只就写诗来说吧。一个学写诗的人，我想首先必须了解和继承五四以来的新诗的传统。只从当前的文学刊物，就无法解决这个问题。我们必须有一个选本，把五四以来所有写的比较成功的诗编在一起，以便于大家阅读。其次，要把我们的诗写的更精炼一些，更优美一些，我们还必须多读我国古代的那些杰出的诗人的作品，认真地向它们学习。翻译过来的世界各国的名诗人的作品也是必须读的，这可以使我们的眼界更广阔，更多了解一些诗歌的成就和传统。如果可能，我还想劝学习写诗的同志们学一两种外国语，学习那种曾经产生过许多迷人的诗篇的外国语。诗歌的语言和形式的美，经过了翻译，是无法不受到损失的。我做大学生的时候，曾经直接读过莎士比亚的《哈姆雷特》和《暴风雨》，后来又读过这两部名著的散文译本，它们之间的差异简直就像葡萄酒和白开水一样。

学习写诗必须有关于诗歌的特殊修养。但只阅读诗歌仍然是不够的，还必须多读古今中外的著名的小说、戏剧和散文。还必须有文学史的知识，文学理论的知识。这样才可能有比较完全的文学修养。文学艺术的各个种类都有它们的特点，但也有它们的共同的地方。不但同是语言艺术的文学的各个种类，就是音乐吧，从它的特点看来它和文学是很不相同的，然而它和诗歌却实在又很有相似和相同之处。我国许多地区的民间歌曲，比如陕北、内蒙古、新疆、云南等处的某些歌曲，那是多么迷人呵！我们的抒情诗如果能写得那样单纯，那样强烈，那样长久地在人的心灵中缭绕，那就很好了。写诗的人从音乐和其他艺术都是可以学到东西的。

四

我在大学毕业以后做过三年中学教员。就是在这期间，由于抗日爱国运动的高涨，也由于多接触到了一些社会生活，我的思想发生了变化。思想上的变化使我当时最爱读的作家变成鲁迅、高尔基和罗曼·罗兰。而这些作家的著作又反过来使我的思想更倾向进步。文学，曾经是它引导我逃避现实和脱离政治的，仍然是它又引导我正视现实和关心政治了。抗日战争爆发的第二年，我参加了革命。我的第二个诗集《夜歌和白天的歌》，除了第一篇，都是参加革命后写的。写它的经过以及它的限制和缺点，我已在它的《初版后记》中做过说明，不必重复。这一段写作生活有这样一个最根本的经验，一个从旧社会生长起来的人，如果不经过思想改造，即使参加了革命，他对新的生活的接触和认识仍然是会受到很大的限制的，他的作品仍然是会流露出许多不健康的思想情感的。诗歌常常比小说戏剧更为直接地显露出作者的思想感情。一个新时代的诗人，必须有这个时代的最先进的思想，工人阶级的思想，然后才可能成为强有力的革命的歌手。我这个集子，把它放在它所从之产生的时代的背景上来加以考察，它的内容仍然是很狭窄的，而且仍然是显得落后的。但在我个人的写作经历上，比起《预言》来，它的内容却开展得多，也进步得多了。过去所受到的形式主义的影响和束缚，也可以说基本上已经摆脱了。生活和思想发生了很大的变化自然是最根本的原因。这个期间曾经读了一些马雅可夫斯基和惠特曼的诗，曾经读了歌德的《浮士德》，也是对于我摆脱形式主义的影响和束缚很有帮助的。《夜歌和白天的歌》这个集子说明我还在生长，还没有成熟。然而，我在写诗方面的学习阶段还没有结束，由于工作的需要，我不得不把它放在一边，学习起别的东西来了。学习理论，学习写批评文章，学习做其他革命工作。而现在，我又得在我国古典文学研究工作中做一个新的学徒。

　　我学习写诗的经过可以谈谈的就不过是这些了。经验产生于大量的劳动。我写得不多，所以就谈不出多少经验来。参加革命以前，除了最初的胡乱涂抹的那三年不算而外，我经常有写诗冲动的时候实际不过几个月。参加革命以后，我创作欲比较旺盛的时候也不过是一九四〇年那一年和一九四二年春天。其余的时间我不是写得极少，就是完全没有写。这个不能经常地写出诗来的弱点，我自己是很早就感到了的。一九三六年我就曾经在一篇文章里这样写过："我自知是一道源泉枯窘的溪水，不会有什么壮观的波澜，而且随时都可干涸。"但我当时还不明白这枯窘的原因是什么。延安文艺座谈会以后我才恍然大悟：这是由于我的生活很狭窄，这是由于我很少接触劳动人民的生活。这当然是无可怀疑的根本原因。不过也还可以追问一下。不管我的生活怎样狭窄，我所写出来的和我所生活过的真是相称吗？不用说，还是写得太少了。或者还可以找到一个解释，写诗一直是我的业余活动，而且后来连业余的时间也轮不到它了。应该承认这个客观原因。不过也还可以再追问下去。如果真有许多东西想写，而且它们像火一样非燃烧起来不可，像河水一样非奔流到海不可，客观的条件真能阻止它们吗？不用说，还是得承认要写的东西并不多，并不强烈。

　　本来是有这样两种作者的。一种作者，他们的创作很旺盛，就像喷泉一样不断地喷射出来，好像他们生到世界上来就是为了歌唱，就是为了把他们的光芒四射的才华尽量发挥出来一样。这就是那些有重要的成就的作者，文学的历史就主要是由他们所创造的。还有一种作者，他们对于文学艺术不是不热爱，不是不严肃，然而他们却只能贡献出那样一点不多的东西。原因自然是复杂的，但总之是有这样的事实……当我这样想的时候，这很像是在为自己的不努力作辩护了。努力不够也是应当承认的。两年以前，我读到一本关于马雅可夫斯基的书，从那本书我才知道他成天都在写诗。他从早到晚，无论是街上溜达，无论是在和人谈话，他的脑子里都在酝酿他的诗。因此他对于别的事情总是心不在焉。因此他每天都有他的经常的产量。从这样的记载我才感到我过去所做的人为的努力实在太不够了。正因为我对于诗是那样重视，那样不愿糟蹋它的名字，我从来就极少勉强去写它。我总是要有创作冲动的时候才去写。我以为如果为了使自己的名字经常在刊物上出现而去写诗，为了保持诗人的称号而去写诗，为了怕被读者忘记而去写诗，那都是近乎不道德的事情。但自然而然地有创作冲动的时候又总是很少。这样就常常沉默了。从那本关于马雅可夫斯基的书，我才知道诗也是可以每天都写的；我才知道应该把严肃的每天写作和不严肃的粗制滥造加以严格的区别；我才知道如果每天都去写诗，都去酝酿诗，创作冲动也就可以经常有了。但可惜这我知道得太晚了一些。我读到那本书的时候，我的职业的工作已经不可能允许我每天都抽出一部分时间来写诗或酝酿诗了。而且我们今天的任何职业的工作都是决不允许人成天心不在焉的。

有时候我也这样想，读了许多前人的作品，从它们得到了那样多的艺术的享受，如果写不出一点可以流传的东西，就像蚕子吃了许多桑叶却吐不出丝来一样，实在是负了一笔精神上的重债。但当我埋头于别的工作，我又想，社会的需要是多方面的，一个人可以贡献给国家和人民的并不仅仅是诗歌。就像我现在的工作，如果能够好好把我国过去的那些杰出的作品研究一下，能够为它们作出一点较好的解释和说明，这或许也是还债之一法吧。使我苦恼的是尽管我早已改行了，从一九四二年夏天起就基本上停止写诗了，但直到现在仍然有一些好心的同志写信来督促我、责备我、鼓励我写诗。而且有时候这种督促、责备和鼓励是表达得这样动人："请求你多为我们写诗，写关于科学进军的，或者是关于友谊的……我们爱诗，爱一切美好的诗的语言。我们爱它的刚强，爱它的温柔，爱它的激烈，爱它的诚挚，爱它的恳切……请为我们写一点什么吧！我们等着。""我们的诗是多么少呀！可是，我们需要诗，就好像饥饿的人贪求食物一样。我们不能老读外国的诗呀！我们自己的生活是这么美好，为什么会没有我们自己的诗呢？请回答我，为什么没有？为什么会没有呢？"收到这样的信，一个人就是在心里已经结了冰，也会被这些热情的语言所融化的。然而却不能用作品来回答。这种对于同时代的人所负的债，是比对于前人所负的债更加沉重的。

五

有一些同志问我："你是怎样从生活里取得主题和题材的？"因为我写得少，绝大多数的情况是我在生活中自然而然地有了写诗的冲动，也就是有了可写的主题和题材然后去写，所以这个问题好像实际上并不成为问题。我最初学写诗的时候，连主题和题材这两个名词都没有听说过，但我还是写了。后来在生活中有了写诗的冲动，有了想写的东西，倒总是要考虑一下它是否值得去写。但这种考虑也常常只是大致想一想而已。因为那时候主要是处于一种感动和沉醉的精神状态中。写一个规模较大的作品事前的考虑是应该更充分一些，更细致一些的，但写短小的抒情诗却事实上常常不过如此。我在前面提到过，我当大学生的时候，曾根据梦里做成的一些诗的断片写过诗。这首诗的形成好像是一种很荒唐很特殊的情况。然而它仍然是从生活中孕育出来的。就是那里面的"南方的爱情是沉沉地睡着的，它醒来的扑翅声也催人入睡""北方的爱情是警醒着的，而且有轻趫的残忍的脚步"那种近乎怪话的句子，也不仅仅是受了形式主义的影响的结果，或者是不必认真去追问它们的含义的梦话，而是表现了一个年轻人对于幻想中的美满的爱情的歌颂和对于现实中的并不美满的爱情的怨言。爱情当然并无南北之分，只不过因为作者当时生活在北方，他就有了那样的奇特的想象罢了。文学艺术理论是一种科学，然而文学艺术创作却不是科学。对于文学艺术创作中的某些想象，不但不能用自然科学去反对，而且是不能用社会科学去约束的。这首诗的最后一节就更为明显地表现出来了它的主题：

> 爱情是很老很老了，但不厌倦，
> 而且会做婴孩脸涡里的微笑。
> 它是传说里的王子的金冠。
> 它是田野间的少女的蓝布衫。
> 你呵，你有了爱情，
> 而你又为它的寒冷哭泣！
> 烧起落叶与断枝的火来，
> 让我们坐在火光里，爆炸声里
> 让树林惊醒了而且微颤地
> 来窃听我们静静地谈说爱情。

然而，老实说，这些解释和说明是我现在才给予它的。二十三年以前我写它的时候，我并不是这样明确，只是为这样一些形象、情绪和气氛所萦绕，觉得这可以写成诗，就把它写了出来而已。这大概是创作和批评的一种很重要的区别吧。

抒情诗的主题和题材，我想一般都是生活的自然的累积的结果。累积到一定的时候，由于某种因素的刺激，它就成为具体的创作冲动，成为具体的诗的内容。有些时候，我们首先得到的是几行主要的句子或者一些主要的意境，好像一只乐曲中的主要的旋律一样。有了这，往往就顺利地写下去了。一九四○年在延安，我对于一切革命工作都是积极的。白天总是在忙碌中过去了。晚上，由于当时的物质生活的困难，每天只能发很少一点灯油。这样就有一些空闲的时间，就间或又想起了在旧社会的经历以及其他许多事情。驰骋这些散漫的思想的时候，自己也意识到有些感情是软弱的，知识分子气的，但又好像不能一下子克服。当时接触到有些从旧社会来的年轻的同志，他们也有这样的苦恼。这就是产生我那些《夜歌》的生活的基础。记得有一次，那真是一个美丽的五月之夜，我很久很久不能入睡，于是我想到了许多许多事情。我想到了《雅歌》中的"我的身体睡着，我的心却醒着"。而且由此我想到了这样一些诗句：

　　　　而且我的脑子是一个开着的窗子，

　　　　而且我的思想，我的众多的云，

　　　　向我纷乱地飘来，

　　　　而且五月，

　　　　白天有太好太好的阳光，

　　　　晚上有太好太好的月亮……

这样好像我脑子里出现的许多杂乱的思想和形象就有一个什么东西把它们贯穿起来了。就形成了一首诗了。第二天早晨，我把它写到纸上，就是现在集子里面的《夜歌（一）》。写成以后，我一直不曾去分析过它。直到最近，有些学写诗的同志要我以它为例子来谈谈写诗的问题，我才用批评者的态度去读了它一遍。我才清楚地认识到把它里面的许多杂乱的形象贯穿起来和统一起来的东西到底是什么。原来那是一种强烈的矛盾的思想情感。那些杂乱的形象本来是这种矛盾的思想感情的具体内容，所以它们就成为这首诗的必要的有机的组成部分，而不是一些偶然的东西的拼凑和罗列了。当然，敢于采取那样的写法，那是和读过一些现代的自由诗很有关系的。古典的诗歌总是单纯得多。

有比较强烈的感情的抒情诗，大概都是在一种激动的精神状态之下形成的。那时候脑子特别紧张，而又特别清晰。那时候要写的东西好像是自动地出现在脑子里，写的人不过是把它用文字记下来，并且做一些剪裁和修饰而已，有些像绘画的人速写美丽动人的风景一样。古人所说的"神来之笔"，现在所说的"灵感"，大概就是指的这种状态。

像这种情况，就几乎可以说并不存在怎样从生活里取得主题和题材的问题。认真地生活，热情地生活，在一定的时候，生活就把可以写的东西提供出来了，或者说有些东西就在你的脑子里长成了，而且它们使你感到非写不可。好像写了出来然后可以精神上得到一种解放。

我过去写的那些抒情诗，绝大多数都是在这种情况之下写出来的。只是并不是每一次的创作冲动都同样强烈，有些时候也比较柔和一些。那是随着内容不同而有差异的。

但是，也有另外一种很不相同的情况。这种情况的特点就是并不像上面所说的那样自然，那样经过比较长时期的孕育和酝酿，而是在一定的条件下，经过理智的肯定和人为的努力，也可以写出诗来。《一个泥水匠的故事》就是这样写成的。一九三九年，有一位从前方回来的八路军将领到鲁迅艺术学院来作报告，他讲到了那样一个故事。听了以后，我并没有想到去写它。但是，沙汀同志对我说："这个故事很动人，你为什么不把它写成诗呢？"经过了他的鼓动，我也就觉得应该去写它并且很愿意去写它了。这首诗我写得很慢，很吃力。我整半天整半天地在附近那些山头上，一个人走来走去，去想象那些情节的景象，去体会其中的人物的情感，然后回到安静而且阴凉的窑洞里来写一点。每天只能写二十几行。记得写了六七天才写完了。写到那个泥水匠的妻子惨死以后，我感到很难表现他的感情。我在山头上跑来跑去，就像在荆棘中乱闯一样，就像自己遭到了什么痛苦的事情一样，结果却只写出来了那样朴素的八行。那些妇女的自杀，主人公的被烧死，以及其他场面，都是依靠苦思和想象去写出来的。

这样说来，是不是这首诗的写成并不是在生活的基础之上，而是单纯依靠苦思和想象呢？也不然。如果那时候我没有到过山西和河北的抗日民主根据地，没有在八路军里面生活过几个月，没有接触过一些北方的农民，那首诗是绝对写不出来的。想象和虚构仍然必须以生活经验为基础。也正是因为到底没有亲自看到敌人的暴行，特别是对于农民还没有较深的了解，所以那首诗只是写得还大致过得去。如果生活的基础更深厚一些，那是可以写得更好一些的。

我国古典诗歌中的有些叙事诗，包括《孔雀东南飞》《木兰辞》和《长恨歌》，我想大概也是这样写成的。它们的作者未必全经历过诗中所描写的那些生活，然而凭着传闻得来的故事的情节和在自己的生活基础之上的想象，也写出了那样动人的成功的诗歌。

不但叙事诗，抒情诗也是可以在和这类似的情况之下产生的。一九四九年，在参加中国人民政治协商会议的第一届全体会议之前，艾青同志鼓励我在会议中写一首诗。这样我就有意识地企图写一点什么。第一次的会议上，毛泽东主席以洪亮的声音宣布了中华人民共和国的成立，并且预言了我们在未来的建设中的胜利。他的短短的开幕词是那样鼓舞人。接着我听到了一阵突然来临的暴风雨的声音，雷的声音，雨点打在会场的屋顶上的声音。这样就好像有了一点"灵感"。晚上回到旅社，我就写了《我们的最伟大的节日》的第一节。以后在会议期间，我继续写了一些。但写了第四节，我就再也写不下去了。一直到会议闭幕以后，参加了十月一日天安门前的庆祝大会，看到了一些动人的景象，才把最后三节写成了。这首诗我自己是不满意的。它情绪不饱满，形象性不强，有些片段又写得不精炼。但产生这些缺点的原因我想并不在于我事先就有意识地企图写一点什么，而是在于我长久地停止了写诗。我的家乡有一句谚语："三天不做手艺生"。就是写诗这种精细的特殊的劳动，这句话也是适用的。

我的经验证明在以上两种不同的情况之下，都是可以写出诗来的。第一种情况不用说了。就是第二种情况，好像比较困难一些，但只要有一定的生活的基础，补上一些酝酿的时间，再加以人为的努力，仍然可以写出诗来。无论是哪一种情况，根本的关键都在于我们平时认真地生活，热情地生活，并且努力提高自己的思想修养和文学艺术修养。在今天的新社会的生活中，如果并不是一个先进的积极的分子，并不是一个有高尚的思想感情的人，却以为诗的主题和题材可以像到商店里去买货物似的，或者像到树林里去拣蘑菇似的那样去从生活中"取得"，我看是得不到的，就是得到了也写不好的。

六

同志们还问过我一些关于学习的问题：

"你是怎样从前人的作品学习的？"

"你是怎样学习语言的？"

"对我国的古典诗歌，不知应该怎样学习？"

等等。

让我在这最后部分来做一些简单的回答吧。

我在前面，其实已经说到过一些我从前人的作品学习的情形了。但是，同志们可能不满意："你只是讲你读了哪些作品，并没有谈到怎样学习。"要知道，有相当长一个时期，虽然我在摸索着学写诗，并且经常读一些中国的和外国的文学作品，但却没有接触科学的文艺理论，许多今天已经成为大家的常识的文艺理论知识我都没有，所以那时我不知道怎样分析作品。我只是带着一种欣赏的态度去读，有些像喜欢喝酒的人对于酒一样。当我沉醉于许多小说和戏剧为我打开的各种各样迷人的世界的时候，当我沉醉于许多诗篇所创造出的美丽动人的境界和气氛的时候，甚至于并没有想到我应该向它们学习什么。记得屠格涅夫的那些有名的小说，我差不多都是这样读完的，我已经上床了，我本来准备只看几页就睡觉的，但很快我就完全沉浸到里面去了，一直读到故事结束才重又回到我自己的生活中来，而且好像这补偿了我的平凡的一天。对于那些我爱好的韵文，我常常把它们读到能够背诵出来。许多优美的韵文正是都有这样的特点，它们很容易被记住，并不需要读多少遍。我幼年时候读旧小说，读唐诗，也是这样。可见在读书的方法上，一直到我做大学生的时候都没有多少改进。这显然是有很大的缺点的。正确的读文学作品的方法应该是欣赏和分析的适当的结合。只是欣赏和沉醉，那是一种盲目的态度。但是，一个从事文学工作的人，无论是创作还是批评，如果对优美的作品缺乏这样一种欣赏和热爱的态度，也是不行的。文学作品不是数学算式，采取数学教员看学生的练习本那样的态度，只是检查那里面有没有什么错误，那是永远也不可能理解作品的。

我说我过去读文学作品的时候，甚至于并没有想到应该向它们学习什么，这不是说我并没有从它们得到许多益处。所有那些使我沉醉过的作品都是曾经对我的写作发生了影响的。不过这有些像我们经常从各种各样的食物吸取了许多营养，变成我们的血和肉一样，要指出我们身体上的哪一部分是由哪一次吃的东西变成的，却实在无法说清而已。许多初学写诗的同志们的习作，普遍地存在这样两个缺点：一个是缺乏诗的形象。常常是一些平淡无味的叙述，或者是大段大段地讲道理；有时甚至于是把一些标语口号连接起来。虽然标语口号也是可以鼓动人的，但是诗还需要一些别的东西，不能只是依靠这种鼓动。还有一种情况就是虽然也有些形象，但那是人云亦云的，不能给人以新鲜的优美的感觉。另一个缺点是写得不精炼。常常是十分慷慨地浪费行和节，以至有时在整篇诗里找不到什么精彩的句子或者是叙述描写的时候，把许多平常的生活细节和对话写得那样琐碎，沉闷，就像不成功的小说一样。诗必须每一行都有它的内容，它的分量。不然，它就没有必要分行写，没有必要占那样多空白的纸张。这些缺点，只要我们多读了一些过去的杰出的诗歌，就会减少或者避见的。当然，形象是从生活中来的，是从自然界来的，并不能在书本上去寻找。但是，那些杰出的诗歌能帮助我们加强对于生活和自然界的形象的感觉，提高辨别和塑造优美的形象的能力。马雅可夫斯基的楼梯式的诗的形式为什么能站得住呢？就是因为它除了有强烈的感情而外，还有新鲜的有力的形象。采取他的诗的形式而没有这种特点，那就会显得单薄，显得空泛了。中国的许多古典诗歌，在形象和精炼方面，它们的成就实在是惊人的。我说过我曾经很喜欢读唐人的绝句，不妨抄两首来看一看：

回乐峰前沙似雪，

受降城外月如霜。

不知何处吹芦管，

一夜征人尽望乡。

　　　——李益：《夜上受降城闻笛》

江城吹角水茫茫，

曲引边声怨思长。

惊起暮天沙上雁，

海门斜去两三行。

　　　——李涉：《润州听暮角》

这两位作者还并不是大家。然而这样短短的两首诗，多么真切地使我们好像看到了塞外的沙，寒冷的月色，斜飞的雁，而且好像听到了夜晚的芦笛，黄昏的号角！而且不仅形象性很强，不仅写得很精炼，它们还能创造出一种情调，一种气氛，一种塞外辽阔之感和暮色苍茫之感。诗当然有各种各样的写法。表现今天的复杂的生活，不可能限制于只写四行。但我们许多初学写诗的同志，而且可惜还不仅仅是初学写诗的同志，他们的作品所缺少的常常正是这种精炼，这种强烈的形象感觉，这种余音绕梁似的情调和气氛。

　　我最初胡乱涂写的时候，和今天许多初学写诗的同志一样，在形象和精炼的问题上也是不符合诗的要求的。后来过了两三年，到我写《预言》中的那些诗的时候，其实也还并不是从理论上明确了这些问题，仅仅是因为多读了一些好诗，就在生活的感受上和写作的表现上有了很大的改变。

　　我是特别感谢我国古代的那些诗人的。如果我过去的那样两本分行写的东西里面，并不完全是一些枯燥无味的文字，某些部分还有一点诗的味道，一点流动在字里行间的抒情的气氛，那就在很大的程度上是这些古代的作者给我的教育的结果。尽管我过去写的绝大多数都是自由诗，很像受外来的影响更深更多，然而在某些抒写和歌咏的特点上，仍然是可以看得出我们的民族诗歌的血统的。

当然，必须说明，从中国的某些过于讲究辞藻的古典诗词我也曾接受了一些不好的影响。不仅在内容上，而且在艺术上。一九三六年我就曾这样说明过："我从童时翻读着那小楼上的木箱里的书籍以来就坠入了文字魔障。我喜欢那种锤炼，那种彩色的配合，那种镜花水月。我喜欢读一些唐人的绝句。那譬如一微笑，一挥手，纵然表达着意思但我欣赏的都是姿态。""我自己的写作也带有这种倾向。我不是从一个概念的闪动去寻找它的形体，浮现在我心灵里的原来就是一些颜色，一些图案。"这个说明是有些混乱的。因为我那时候还不能把好的东西和坏的东西加以明白的划分。但是我那时候也就这样写了："有时我厌弃我自己的精致。"我只是还不知道有形式主义这样一个更恰当的名字而已。《预言》中的那些诗，语言上都是相当雕琢的，用了过多的文言的辞藻，而且写得不开展，因而生活的容量很小。写《夜歌和白天的歌》中的那些诗的时候，我是有意识地想改正这些缺点的。我努力把语言写得朴素一些，单纯一些，使每个词每个句子都尽可能口语化。我努力使每句诗都写得能够朗读，尽可能不用那些我们在口语中不说的辞藻和那些说起来不顺口的句法。其中有些诗，我曾经在鲁迅艺术学院朗读过。我想，朗读是一个考验我的诗歌的语言的好办法。不止一位同志曾经问我："诗歌应该怎样朗诵？有几种朗诵方法？"我想，只有一种方法，就是朗读。其他的方法，比如手舞脚动的演戏似的方法，或者怪声怪气的似唱非唱的方法，或者乱喊乱叫的把声音夸张得吓人的方法，都是一些左道旁门。如果真正是诗，它应该依靠它本身来感动人，它应该依靠它的内容和它的语言节奏之美来产生效果，决不应该依靠这一类的花腔和怪样子。这一类花腔和怪样子对于真正的诗是一种直接的破坏，对于假诗或坏诗也不可能把它们变为好诗。至于和诗的内容相适应的朗读上的高低快慢的变化，那却是可以有而且有时是必须有的。

《夜歌和白天的歌》中的许多诗，在语言上也是有缺点的。我尽量要写得符合口头语言，而又采用了自由诗体，这样就使许多部分写得不够精练，有些散文化。有些句子太长，或者句法过于复杂，这也是一个缺点。我当学生的时候没有学过汉语语法，有很长一个时期，我不大了然汉语的句法的一些特点，常常以外国语的语法的某些观念来讲求汉语的句法的完整和变化。这样就产生了语言上有些不适当的欧化。

诗的语言同样是以口头语言为基础。然而诗的语言又有它的特点，不但和口头语言有些不同，而且和一般文学语言也有些差别。古代的诗词和散文，同样是文言，然而它们之间却存在着明显的差异。在新诗的语言上，也应该容许一些按照汉语的语法可以容许的省略和倒装句。某些欧化的句法也还是可以适当地吸收。特别是写格律诗，句法多一些变化，我想是必要的。

同志们特别问到我国古典诗歌怎样学习，可能是因为它们的内容、语言和形式都和我们现在很有距离，学习起来感到困难吧。我的看法在前面已经说了一些，我觉得我们今天的诗歌的一些常见的弱点，刚好是必须从我国古典诗歌学习，然后容易克服的。向古典诗歌学习，绝不是简单地去学它的五字一句，七字一句，这种做法和向古典小说学习只学它的章回体和说说唱唱一样，都是异常皮毛的。向古典诗歌学习，应该去学它的一些更根本的地方，更重要的地方，那就是它们的形象的优美和丰富，它们的特有的精炼，它们的带有民族特点的表现方法和独创的风格。对古典诗歌比较生疏的同志们，最初读起来是会有困难的。我想，可以先读一些有注释的选本。那些真正优美的诗歌，其实只要略微有一些阅读文言的能力，就是可以读懂的。在诗里面用许多典故，而且喜欢用比较冷僻的典故，那是我国古典诗歌在走下坡路的时候，由于缺少丰富的生活内容和充沛的感情才逐渐普遍起来的现象。

从我国古典诗歌还可以学到一个很重要的东西，那就是如何建立我们现代的格律诗。我在"关于现代格律诗"里提出的那些意见，就是根据我国古典诗歌的一些格律上的特点并且参考五四以来某些作者试写格律诗的主张和经验而提出来的。有同志写信问我："为什么不见你再写关于格律诗的文章了？你的意见有什么改变没有？"我的意见没有什么改变。没有再写这方面的文章是因为我没有新的意见，但我可以在这里再做这样一个预言，在将来，我们的现代格律诗是会大大地发展起来的；那些成功地建立了并且丰富了现代格律待的作者将是我们这个时代的杰出的诗人。我那些有关现代格律诗的具体意见，当然还需要在实践中去证明，去补充，去修正。但这一点却是无可怀疑的，诗的某些形式完全可以通过有意的主张去建立起来。俄罗斯文学史告诉我们这样的事实：在罗蒙诺索夫以前，俄罗斯的诗歌以每行音节数目相等的音节诗体占优势；罗蒙诺索大和其他诗人根据俄罗斯的语言的特点和俄罗斯民歌的节奏，主张采取每行重音和轻音都有一定的数目和排列的音节重音并重诗体；结果这种诗体就真的在俄罗斯文学中确立了，俄罗斯诗歌从此才富有音乐性。自由诗体的建立也是一个例子。在外国和中国，自由诗最初出现的时候都是受到多少嘲笑、鄙视和攻击呵。惠特曼的《草叶集》自费出版以后，当时美国的某些评论竟至叫喊"用皮鞭"来"对付"这个诗人，并且诋毁他"像一个从疯人院里逃出的可怜的狂人在那里胡言乱语"。然而，自由诗还是建立了。我们现在却又出现了这样奇怪的事情，在有些保守的人还不承认自由诗是诗的同时，竟又有些人不相信我们不但有必要而且有可能根据我国古典诗歌的一些格律上的特点和我们现代的语言的特点，来建立新的格律诗。我那篇《关于现代格律诗》发表以后，收到过不少的读者的来信。这说明许多人是关心这个问题的。绝大多数的来信都赞同建立现代格律诗。但也有人怀疑，说我轻视自由诗。我最近把我那篇文章再看了一遍。我觉得我对自由诗的肯定已经最充分不过了。但是，不管怎样肯定，总不能用自由诗来全部代替格律诗。这样，提倡和试写现代格律诗就仍然很必要了。

我们的国家是一个十分爱好诗歌的国家。不但像屈原、李白、杜甫这样一些大诗人，一直受到人民的极大的尊敬和喜爱，就是许多较次要较小的诗人，只要他们真正写出了一些优美的作品，也一直是被传诵不已。最近关于李煜的词的争论，一方面反映了我们今天的文艺理论水平不高，某些观点和方法的混乱；另一方面也反映了这样一个事实：我们十分爱好优美的诗歌。李煜的词留传下来的一共不过四十首左右，其中写得成功的又不过只有其中的一半。然而因为这一部分作品写得优美，感情真挚，艺术上很成熟，人们就总是愿意把它们评价得高一些。这样就不惜牵强附会地要给它们加上"人民性"和"爱国主义"一类的美名。从观点和方法上来说，这是错误的。但从十分爱好优美的诗歌这一点来说，这却是我们大家所共同的。五四以来，新诗的发展的历史还很短，它所走的道路又是曲折的，还带有摸索的性质，然而也产生了一些优秀的作品。像郭沫若的《女神》，闻一多的

《死水》，艾青的《大堰河》《北方》和《向太阳》，这些诗集中的不少作品以及其他有成就的诗人的某些作品，都是成功的，都是使人喜爱的。文学艺术作品的真正的成功的标志，应该是使我们不由自主地从心里去喜爱它，使我们愿意反复不已地去欣赏它，使我们的精神生活能够得到一些丰富或提高并从而对它带有一种感谢之情。要知道，并不是文学史上的一切有名的作品都是达到了这样的成功的。常常有这样一些作品，它们由于这种或那种原因出了名，有时甚至是负有盛名，然而除了研究文学史的人而外，一般读者却实在并不喜欢去读它们。从这个标志来观察五四以来的新诗，我们应该给予充分的评价。那种由于自己不爱好诗歌便以为五四以来的新诗成绩特别差的看法，完全是错误的。如果把我们的眼光向着未来，那就更应该乐观了。爱好诗歌的人是这样众多。随着全国人民的文化水平的提高，许多爱好诗歌并愿意学写诗的同志们的修养必然也将大为提高。那时候更为熟练地掌握诗歌这一形式的作者就会大量涌现出来了。而且或早或迟，从这些大量涌现的作者当中就将产生我们这个时代的伟大的歌手了。让我们向我们的后来者欢呼和致敬吧！

一九五六年

论阿 Q

鲁迅的最重要的作品，五四以来最杰出的小说《阿 Q 正传》，创造了阿 Q 这个不朽的典型。一个虚构的人物，不仅活在书本上，而且流行在生活中，成为人们用来称呼某些人的共名，成为人们愿意仿效或者不愿意仿效的榜样，这是作品中的人物所能达到的最高的成功的标志。在五四以来的新文学里面，包括小说和戏剧，阿 Q 在这方面的成功是最高的，从而与我国和世界的文学上的著名的典型并列在一起。

《阿 Q 正传》发表于一九二一年至一九二二年的北京《晨报副镌》。一九二三年，后来也成为著名的小说家的沈雁冰就写道：“现在差不多没有一个爱好文艺的青年口里不曾说过‘阿 Q’这两个字。我们几乎到处应用这两个字……”（《读〈呐喊〉》）阿 Q 就是这样迅速而广泛地流传的。现在，早已不止于爱好文艺的青年，而是流传在更广大的人民中间了。

然而，直到现在，我们的文学批评对这个人物的解释仍然是分歧的，而且各种解释都并不圆满。

困难和矛盾主要在这里：阿 Q 是一个农民，但阿 Q 精神却是一种消极的可耻的现象。

为了解决这个矛盾，曾有人否认阿 Q 是农民，或者从阿 Q 说过的

"我们先前——比你阔的多啦"这句话，断定他是从地主阶级破落下来的，和一般农民不同。这种企图单纯从阶级成分来解释文学典型的方法显然是不妥当的。按照小说本身的描写，阿Q的雇农身份谁也无法否认。"我们先前——比你阔的多啦"，这不过是阿Q的精神胜利法的一种表现，同时也是作者对于当时有些不长进的人喜欢夸耀我国过去的光荣的一种嘲讽。这"先前"不一定是指他本人，很可能是他的先世。我们并不能用这句话来断定阿Q的阶级出身，正如并不能根据他的精神胜利法的又一表现"我的儿子会阔得多啦"，就断定他将来一定会成为阔人的老太爷一样。而且阿Q的性格的某些很重要的方面，包括开头的"真能做"和后来的要求参加革命，都并不能用破落的地主阶级的子弟的特性来解释。

还有一种解释说阿Q是中国人精神方面的各种毛病的综合，或者说他是一种精神的性格化和典型化，说他主要是一个思想性的典型，是阿Q主义或阿Q精神的寄植者，是一个在身上集合着各阶级的各色各样的阿Q主义的集合体。这种解释也不妥当。世界上的文学的典型，没有一个不是具有高度的概括性和思想的意义，而又同时是，或者还可以说首先是一个具体的活生生的人。这两者是不可分离的。如果阿Q只是各种毛病的综合或者某种精神的性格化和典型化，那他就不可能成为现实主义的文学的典型，而不过是一个概念化的不真实的人物。在《阿Q正传》里面，阿Q的性格从头至尾都是统一的，他的思想和言行除了极其个别的地方，都是和他的阶级身份、社会地位和特有的性格很和谐的。他并不是一个用中国人精神方面的各种毛病或者各阶级的各色各样的阿Q主义拼凑起来的怪物，而是一个我们似曾相识的有血有肉的个人。提出集合体的说法的人也承认阿Q是一个活生生的人物，但这种承认就和他的一种精神的性格化和典型化的说法自相矛盾了。因此，这种解释的提出者后来也改变了他的意见。

更多的评论者是把阿Q解释为过去的落后的农民的典型，认为他身上的阿Q精神并不是农民本来有的东西，而是受了封建地主阶级的思想的影响。这些评论者都以"统治阶级的思想在每个时代都是占统治地位的思想"这样的名言来作为根据。没有问题，就阿Q的整个性格来说，他是过去的落后的农民的一种典型。同样没有问题，阿Q头脑里的那些"合于圣经贤传"的想法，"断子绝孙便没有人供一碗饭"、强调"男女之大防"和排斥异端，都是封建思想。而且整个阿Q的愚昧也是长期存在的封建剥削封建压迫的一种结果。但我们称为阿Q精神的他性格上的那种最突出的特点，却未见得是封建地主阶级的特有的产物和统治的思想。马克思和恩格斯所说的每个时代里的统治阶级的占统治地位的思想，如他们自己所说明的，"是占统治地位的物质关系在观念上的表现""是那些使某一阶级成为统治阶级的各种关系的表现"。很显然，阿Q精神并不是这样的东西，它并没有表现封建思想的特有的性质。而且，如果说鲁迅通过阿Q这个人物只是鞭打了辛亥革命前后的落后的农民身上的封建思想，那就未免把这个典型的思想意义缩小得太狭窄了。所以这种解释仍然是不圆满的。

阿Q性格上的最突出的特点是什么呢？如大家所熟知的，是他的精神胜利法。文学上的典型和生活中的人物一样，他的性格总是复杂的，多方面的。阿Q"真能做"，很自尊，又很能够自轻自贱，保守，排斥异端，受到屈辱后不向强者反抗而在弱者身上发泄，有些麻木和狡猾，本来深恶造反而后来又神往革命，这些都是他的性格。但小说中加以特别突出的描写的却是他的精神胜利法。两章《优胜纪略》就是集中写他的这种特点。夸耀"先前"的阔和设想儿子的阔来藐视别人，忌讳自己的癞疮疤而又骂别人"还不配"，被人打了一顿却在心里想"现在的世界太不成话，儿子打老子"，打不赢别人的时候便主张"君子动口不动手"，甚至在其他精神胜利法都应用不灵的时候便痛打自己的嘴巴，这样来"转败为胜"……所有这些都是写的阿Q精神的具体表现。流行在我们生活中的正是这个阿Q。凡是见到这样的人，他不能正视他的弱点，而且用可耻笑的说法来加以掩饰，我们就叫他"阿Q"，于是他就羞惭了。凡是我们感到了自己的弱点，而又没有勇气去承认，去克服，有时还浮起了掩饰它的念头，我们就想到了阿Q，于是我们就羞惭了。文学上的典型都是这样的，他们流行在生活中并且起着作用的常常并不是他的全部性格，而是他们的性格上的最突出的特点。

鲁迅在《阿Q正传的成因》中说，"阿Q的影像，在我心目中似乎确已有了好几年"。许寿裳在《亡友鲁迅印象记》中说，鲁迅在日本留学的时候就很注意研究中国的"国民性"。在主观上作者是有通过阿Q来抨击他心目中的"国民性"的弱点的意思的。在他的论文中，他曾经多次地批评过这种弱点。一九〇七年写的《摩罗诗力说》就有这样一段话：

故所谓古文明国者，悲凉之语耳，嘲讽之辞耳！中落之胄，故家荒矣，则喋喋语人，谓厥祖在时，其为智慧武怒者何似，尝有闳宇崇楼，珠玉犬马，尊显胜于凡人。有闻其言，孰不腾笑？夫国民发展，功虽有在于怀古，然其怀也，思理朗然，则鉴明镜，时时上征，时时反顾，时时进光明之长涂，时时念辉煌之旧有，故其新者日新，而其古亦不死。若不知所以然，漫夸耀以自悦，则长夜之始，即在斯时。今试履中国之大衢，当有见军人蹀躞而过市者，张口作军歌，痛斥印度波兰之奴性；有漫为国歌者亦然。盖中国今日，亦颇思历举前有之耿光，特未能言，则姑曰左邻已奴，右邻且死，择亡国而较量之，冀自显其佳胜。夫二国与震旦孰劣，今姑弗言；若云颂美之什，国民之声，则天下之咏者虽多，固未见有此作法矣。

他在这里所批评的弱点，不是和阿Q夸耀先前如何阔，并且自己头上有癞疮疤，却藐视又癞又胡的王胡一样吗？一九一八年，他在《随感录》三十八中批评了所谓"合群的爱国的自大"，并且把这种自大分为五种：

甲云："中国地大物博，开化最早；道德天下第一。"这是完全自负。

乙云："外国物质文明虽高，中国精神文明更好。"

丙云："外国的东西，中国都已有过；某种科学，即某子所说的云云"，这两种都是"古今中外派"的支流；依据张之洞的格言，以"中学为体西学为用"的人物。

丁云："外国也有叫花子——（或云）也有草舍，——娼妓，——臭虫。"这是消极的反抗。

戊云："中国便是野蛮的好。"又云："你说中国思想昏乱，那正是我民族所造成的事业的结晶。从祖先昏乱起，直要昏乱到子孙；从过去昏乱起，直要昏乱到未来。……（我们是四万万人），你能把我们灭绝么？"这比"丁"更进一层，不去拖人下水，反以自己的丑恶骄人；至于口气的强硬，却很有《水浒传》中牛二的态度。

这五种议论虽然程度不同，不都是阿Q精神的具体表现吗？至于一九二五年，他在《论睁了眼看》中所写的这些话，就更像是对于阿

Q 精神的总说明了：

> 中国人的不敢正视各方面，用瞒和骗，造出奇妙的逃路
> 来，而自以为正路。在这路上，就证明着国民性的怯弱，懒惰，
> 而又巧滑。一天一天的满足着，即一天一天的堕落着，但却
> 又觉得日见其光荣。

很显然，鲁迅并不认为阿 Q 精神只是存在于当时的落后的农民身上的
弱点，也并不把它看作仅仅是一种封建思想。他把它称为"国民性"，
这自然是不妥当的；但如果说阿 Q 精神在当时许多不同的阶级的人物
身上都可以见到，这却是事实，这却的确有生活上的根据。一八四一年，
第一次鸦片战争中的广东战争失败后，清朝的将军奕山向英军卑屈求
降，对清朝的皇帝却诳报打了胜仗，说"焚击痛剿，大挫其锋"，说英
人"穷蹙乞抚"（《中西纪事》卷六）。清朝的皇帝居然也就这样说："该
夷性等犬羊，不值与之计较。况既经惩创，已示兵威。现经城内居民
纷纷递禀，又据奏称该夷免冠作礼，吁求转奏乞恩。朕谅汝等不得已
之苦衷，准令通商。"（《筹办夷务始末》道光朝卷二十九）一八九八年
出版的《劝学篇》，它的作者张之洞在最初的《自序》上说："中国学
术精微，纲常名教以及经世大法，无不毕具；但取西人制造之长补我
不逮足矣；……其礼教政俗已不免于夷狄之陋，学术义理之微则非彼
所能梦见者矣。"这就是清朝的皇帝和大臣们的精神胜利法。鸦片战争
以后的清朝的统治者们就是带着这样的阿 Q 精神一直到他们的王朝的
灭亡的。辜鸿铭极力称赞辫子和小脚，专制和多妻制，并且说中国人脏，
那就是脏得好。《新青年》第四卷第四号上发表过林损的一首诗，开头
两行是："乐他们不过，同他们比苦！美他们不过，同他们比丑！"这

就是过去的旧知识分子的精神胜利法。据说鲁迅常常引林损这几句诗来说明士大夫的怪思想（周遐寿《鲁迅小说里的人物》）。至于被取来作为阿Q的弱点的象征的癞疮疤，在旧中国的农村里，那的确是从地主到农民，都一律忌讳，而且推广到连"光""亮""灯""烛"也忌讳的。"儿子打老子"，也是同样广泛地流行在旧中国的各种不同的人们的口中。鲁迅还做过一篇文章，叫作《论"他妈的！"》。对这一类非常流行的骂语，他解释为是庶民对于"高门大族"的攻击，那恐怕是过于曲折的。这和"儿子打老子"一样，都是阿Q式的精神胜利法。阿Q精神的确似乎并非一个阶级的特有的现象。

鲁迅在《答〈戏〉周刊编者信》中又说："我的方法是在使读者摸不着在写自己以外的谁，一下子就推诿掉，变成旁观者，而疑心到像是写自己，又像是写一切人，由此开出反省的道路。"这不但是在说明他的一般的写作方法，而且正是在说明《阿Q正传》。《阿Q正传》发表的时候，的确就曾有一些小政客和小官僚疑神疑鬼，以为是在讽刺他们。而且发表以后，这个共名又最先流行在知识青年中。可见作者的主观意图和作品的客观效果都不仅仅是鞭打旧中国的落后的农民，也不仅仅是鞭打他们身上的封建思想。

然而文学作品中的人物不能不像在真实的生活里一样，也是社会的人物。尽管鲁迅主观上是想揭露他所认为的"国民性"的弱点，但在中国的土地上却找不到一个抽象的"国民性"的代表。他选择了阿Q这样一个辛亥革命前后的雇农来作为主人公，就不可能停止于只是写他的癞疮疤，只是写他的精神胜利法，只是写他的优胜实即劣败，就不能不展开旧中国的农村的阶级关系的描写，不能不写到阿Q以外的赵太爷、赵秀才和钱假洋鬼子这样一些人物，不能不写到阿Q的受剥削和受压迫，写到他从反对造反到神往革命，不能不写到辛亥革命的不彻底，写到阿Q要求参加革命却被排斥，并且最后得到那样一个悲惨的"大团圆"的结局。这正是现实主义的巨大的胜利。这样，鲁迅的最重要的作品，五四以来最杰出的小说《阿Q正传》，它的成就就不只是创造了阿Q这个不朽的典型，而且深刻地写出了旧中国的农村的真实和资产阶级领导的旧民主主义革命的弱点。这样，阿Q就不是中国人精神方面的各种毛病的综合，不是一种精神的性格化和典型化，不是一个集合体，而是一个具体的活生生的人物，而是一个独特的存在，而是一个个性非常鲜明的典型了。从阿Q精神来说，存在于阿Q身上的是带有浓厚的农民色彩的阿Q精神，并不是各阶级的各色各样的阿Q主义，虽然它们中间有着共同之处。从农民来说，阿Q只是具有强烈的阿Q精神的农民，只是一种农民，并不是农民全体，虽然他身上有着农民的共性。曾有过这样的评论，说阿Q终于要做起革命党来，终于得到"大团圆"的结局，似乎在人格上是两个。这种评论就是由于只看到阿Q身上的阿Q精神，没有看到他是一个雇农。而鲁迅写他神往革命并且决心投降革命的时候，他又仍然是我们已经很熟悉的阿Q，仍然是带着阿Q式的落后的色彩，甚至临到了最后的场面，他还"无师自通"地说了半句"过了二十年又是一个……"，虽然他这最后一次的精神胜利法的表现是那样悲怆，那样沉重，我们再也笑不出来了。所以在整篇小说中，阿Q的性格是有发展，却又仍然很统一的。只有读到他被抬上了没有篷的车，突然觉到了是要去杀头，小说中说他虽然着急，却又有些泰然，"他意思之间，似乎觉得人生天地间，大约本来有时也未免要杀头的"；接着又读到他游街示众的时候，小说中说他不知道，"但即使知道也一样，他不过以为人生天地间，大约本来有时也未免要游街要示众罢了"——这些描写却像是把士大夫的玩世思想加在他头上，我们觉得小有不安而已。

鲁迅自己说，他写《阿Q正传》，"实不以滑稽或哀怜为目的"（《鲁迅书简》三四九页）。阿Q受到剥削和压迫，尤其是他要求参加辛亥革命而受到排斥和屠杀，都是激起我们的同情的。而且我们从阿Q这种落后的农民身上，也看到了农民的反抗性和革命性。然而，如果如有些评论者所说的那样，把阿Q精神当作一种反抗精神，或者把阿Q看作一般的弱小人物，以为鲁迅对他主要是同情或甚至喜爱，那就不但远离作者的原意，而且和作品的客观效果也不符合了。我们读《阿Q正传》的时候，是经历过这样一种感情的变化的，对阿Q最初主要是鄙视而最后却同情占了上风。这真有些像托尔斯泰对于契诃夫的《宝贝儿》所说的话一样，作者本来是打算诅咒她，结果却反倒为她祝福了。但作品的主要效果和作者的目的还是一致的。在我们生活中流行的阿Q是以精神胜利法为他的性格的主要特点的阿Q，是一个谁也不愿意仿效的否定的榜样。文学上出现了阿Q，生活中就有很多很多的人再也不愿意作阿Q了。

阿Q是一个农民，但阿Q精神却是一种消极的可耻的现象，而且不一定是一个阶级所特有的现象，这在理论上到底应该怎样解释呢？理论应该去说明生活中存在的复杂的现象，这样来丰富自己，而不应该把生活中的复杂的现象加以简单化，这样来勉强地适合一些现成的概念和看法。阿Q性格的解释问题，实际上是一个典型性和阶级性的关系问题。困难是从这里产生的：许多评论者的心目中好像都有这样一个想法，以为典型性就等于阶级性。然而在实际的生活中，在文学的现象中，人物的性格和阶级性之间都并不能划一个数学上的全等号。道理是容易理解的。如果典型性完全等于阶级性，那么从每个阶级就只能写出一种典型人物，而且在阶级消灭以后，就再也写不出典型人物了。这样，文学艺术在创造人物性格方面的用武之地就异常狭小了。

在阶级社会里，真实的人都是有阶级身份，都是有阶级性的。文学作品所描写的阶级社会的人物因而也就不能不有阶级性，而且典型人物的性格的确常常是表现了某些阶级的本质的特点。然而在同一阶级里面却有阶层不同、政治倾向不同、思想不同、性格不同的人物，这就决定了文学从一个阶级中也可以写出多种多样的典型来。这大概谁也不会否认。生活中还有一种现象，某些性格上的特点，是可以在不同的阶级的人物身上都见到的。文学作品如果描写了这样的人物，而且突出地描写了这种特点，尽管他也有他的阶级身份和阶级性，但他性格上的这种特点却就显得不仅仅是一个阶级的现象了。诸葛亮、堂·吉诃德和阿Q都是这样的典型。诸葛亮的身份是一个封建统治阶级的知识分子和政治家，然而小说中所描写的诸葛亮的性格的最突出的特点却是他很有智慧，他能够预见。希望有智慧和预见，这就不仅仅是封建统治阶级的政治家的要求，而且也是人民的要求。因而诸葛亮就流传在人民的口中，成为人民所喜爱的人物，并且产生了"三个臭皮匠，合成一个诸葛亮"这句歌颂集体的智慧的谚语。堂·吉诃德的身份是西班牙的乡村里面的一个旧式的地主，他的身上不但有他的阶级性，而且还有特定的时代和特定的地域的色彩。小说的情节主要是写欧洲中世纪的骑士制度已经灭亡以后，这位旧式的地主仍然要去做游侠骑士，结果得到不断的可笑的失败。堂·吉诃德的全部性格不止于此，然而小说中描写得最突出的却是这样的特点。因而这个名字流行在我们的生活中，就成了可笑的主观主义者的共名。主观主义当然不仅仅是一个阶级的现象，因而堂·吉诃德这个典型的意义就不因时代和地域的差异而丧失。阿Q也是这样。他的身份是辛亥革命前后的雇农，他的性格他的行动都强烈地带有他的阶级和时代的特有的色彩。许多评论者在说明阿Q的性格的时候，都指出了他所特有的时代背景，

261

论阿Q

指出了在鸦片战争以后不断地遭到失败和屈辱的老大的大清帝国里面，阿Q精神是一种异常普遍的存在。这是对的。正是因为阿Q式的想法和说法在清末民初很流行，鲁迅才孕育了阿Q这样一个人物。然而小说中所描写的阿Q的最突出的特点，不能正视自己的弱点，而且企图用一些可耻笑的自欺欺人的想法和说法来掩饰，却是在许多不同阶级不同时代的人物身上都可以见到的。这到底应该怎样解释呢？我们知道，剥削阶级（并不仅仅是封建地主阶级）为了维持和巩固它们的统治，当它们遭到困难和失败的时候，特别是当它们走向没落的时候，它们是不能公开承认它们的弱点和景况不佳，而必然会采取自欺欺人的办法来加以掩饰的。半封建半殖民地的旧中国的统治阶级及其知识分子的阿Q精神之特别浓厚，而且表现得特别畸形和丑陋，以至曾被鲁迅误认为是"国民性"，原因就在这里。像阿Q那样的劳动人民，除了劳动力而外一无所有，本来是没有忌讳自己的弱点的必要的。然而当他还不觉悟的时候，他不能不带有保守性和落后性，而这种保守和落后也就不能不阻碍他去正视、承认和克服他的弱点，而且用可笑的方法来加以掩饰了。这就是说，在人民的落后部分中间也可以产生阿Q精神的。有些评论者认为阿Q的时代过去了，阿Q精神就完全过去了，永远过去了，这并不完全符合客观的事实，并从而降低了阿Q这个典型的意义。在我们今天的生活中，如果碰到那种拒绝批评和自我批评，而且用一些可耻笑的想法和说法来掩饰他的缺点和错误的人，不管他的想法和说法和那个老阿Q是多么不同，我们仍然不能不叫他作"阿Q"。从日益陷于孤立和失败的帝国主义分子及其豢养的和本国人民为敌的傀儡政权中间，我们更常常听到阿Q式的叫嚣和哀鸣。《阿Q正传》的很早的评论者沈雁冰说，"我又觉得'阿Q相'未必全然是中国民族所特具，似人类的普通弱点的一种"（《读〈呐喊〉》）。"似人类的普通弱点的一种"，这种说法自然是不科学的。但如果我们并不着重这后半句话，并不承认人类有什么抽象的超阶级的弱点，而仅仅取其前半句话的意思，"阿Q相"并非只是旧中国一个国家内特有的现象，就不能不说，这位评论者的这种感觉仍然有一定的生活的根据。晚清的封建统治集团和今天的帝国主义者及其豢养的傀儡政权的阿Q精神，应该说没有什么本质上的不同。走向没落的失败的剥削阶级和落后的还没有觉醒的人民中间的阿Q精神，却不但表现形式有差异，而且本质上也是不同的。如我们在前面说明过的，剥削阶级的阿Q精神是为了维持它们的反动统治，而落后的人民中间的阿Q精神却不过由于他们还不觉悟而已。因此没落时期的剥削阶级的阿Q精神是无法去掉的，就像是它们的影子一样将要一直跟随到它们的灭亡；而落后的人民中间的阿Q精神却会随着他们的觉悟的提高而消逝，只要他们认识到没有必要害怕承认自己的错误和缺点，而且接受了马克思列宁主义的自我批评的武器。

对阶级社会中的文学的现象，是必须进行阶级分析的。但如果以为仅仅依靠或者随便应用阶级和阶级性这样一些概念，就可以解决一切文学上的复杂的问题，那就大错特错了。不仅是对于阿Q的解释，在对于《红楼梦》中的刘姥姥和《西游记》中的妖魔的争论上，都曾经表现了一种简单化的倾向。刘姥姥是　个农民家庭的妇女，然而她在大观园中出现的时候，又带有女清客的气味。根据她的性格中的这个特点，于是有些人就曾经叫吴稚晖那种反动统治阶级的帮闲为"刘姥姥"。刘姥姥出现在大观园中的时候，小说又曾着重描写了她对于上层社会生活的陌生和见识不广。根据她的性格的这又一个特点，于是我们的生活中又流行着一句谚语，"刘姥姥进大观园"。不知道文学上的典型人物在我们的生活中常常只是他的性格的某一种特点在起着作用，并不是他的全部性格，而全部性格又并不全等于他的阶级性，却企图都从他的阶级身份去得到解释，因而把争论都纠缠在给人物划阶级上，这就永远也得不到正确的结论了。《西游记》的妖魔，它们很多都是由动物变成的，因而这些由动物变成的妖魔的形象首先就有一些适合它们的原形的特点。它们既是妖魔，又自然有一些妖魔的特点，如会变化和会使用法术等。它们都会变化为人，这样就又有了人的特点。作者在描写它们身上的最后这一种特点的时候，当然是以现实中的人为模特儿的。因而可能在某些妖魔身上找得到某些表现人的阶级性的东西，但不会是一个统一的阶级的阶级性。因为作者到底是在写各种各样的妖魔，并不是在写一个统一的阶级里面的种种人物。而且如果用实事求是的态度去读《西游记》，我们可能还会发现这样的事实：在有些妖魔身上，作者只描写了动物的特点、妖魔的特点和人的某些外表的或一般的东西，根本就难于找到明显的或者很统一的阶级性。总之，对于这样众多、这样来路不同而且性格也不同的妖魔，正如对于《聊斋志异》里面所描写的那些狐狸精一样，是要加以具体的研究和细致的分别的。但我们的许多评论者却硬要给这些妖魔划阶级，而且硬要把它们划成一个统一的阶级。首先是把它们都划为农民，而且都是起义的农民，于是一直为人民所喜爱的孙猴子就非成为一个镇压农民起义的封建统治阶级的爪牙不可了。后来有些评论者心中不安，又反其道而行之，于是把那些妖魔又一律定为反动的统治阶级，不是皇亲国戚就是地主恶霸。好像《西游记》的作者吴承恩并不是在写他的幻想的小说，而是在充满了神和妖魔的世界里做土地改革工作，早已心中有数地把它们的阶级成分都定好了，只等待我们来发榜一样。把阶级和阶级性的概念这样机械地简单地应用，实在只能说是对于马克思主义的嘲笑了。

研究文学作品中的人物，正如研究生活中的问题一样，是不能从概念出发的。必须考虑到它的全部的复杂性，必须努力按照它本来的面貌和含义来加以说明，必须重视它在实际生活中所发生的作用和效果，必须联系到文学历史上的多种多样的典型人物来加以思考。这样做自然要困难得多。正是因为困难，我在这里所试为作出的对于阿Q的一点说明，和比较圆满的解释大概还是很有距离的。但是我相信，用这样的方法却可以从不圆满达到比较圆满。

一九五六年

关于新诗的百花齐放问题

　　有同志问我，"你在什么时候反对过民歌体的新诗？"我说我从来没有反对过。他告诉我，今年五月号的《人民文学》上，公木有一篇谈诗歌的文章，说我"反对或怀疑"过"歌谣体的新诗"。为了证实我的记忆可靠与否，我翻出我一九五〇年写的《话说新诗》，一九五四年写的《关于现代格律诗》来看了一下，我记得这两篇文章直接谈到过这个问题。结果证明我并没有记错。在《话说新诗》里，我说民歌体比五七言诗的限制小一些，可能有发展的前途，因而可能成为新诗的一种重要形式，并且认为说书、大鼓、快板等民间韵文，对于农民群众和文化水平比较低的群众是一些很可利用的形式，写得好也就是诗。在《关于现代格律诗》里，我再一次肯定突破了五七言诗的字数整齐的民歌体可以作为新诗的体裁之一而存在，并且认为在文化水平不高的群众中间，民歌体和其他民间韵文形式完全可能比现代格律诗更容易被接受。这样的意见是不能叫作"反对"，也不能叫作"怀疑"的。

　　我和公木的意见的分歧不在于这种虚构的"反对或怀疑"，而是在于另外的问题上。我认为民歌体虽然可能成为新诗的一种重要形式，未必就可以用它来统一新诗的形式，也不一定就会成为支配的形式，因为民歌体有限制；公木却认为真正"新鲜活泼的，为中国老百姓所喜闻乐见的中国作风和中国气派"的诗歌，在目前说，主要还是歌谣体，不承认歌谣体有什么限制。

还是从真正分歧之处开始辩论吧。

我所说的民歌体的限制，首先是指它的句法和现代口语有矛盾。它基本上是采用了文言的五七言诗的句法，常常要以一个字收尾，或者在用两个字的词收尾的时候必须在上面加一个字，这样就和两个字的词最多的现代口语有些矛盾，写起来容易感到别扭，不自然，对于表现今天的复杂的社会生活不能不有所束缚。其次，民歌体的体裁是很有限的，远不如我所主张的现代格律诗变化多，样式丰富。批判地吸取我国过去的格律诗和外国可以借鉴的格律诗的合理因素，包括民歌的合理因素在内，按照我们的现代口语的特点来创造性地建立新的格律诗，体裁和样式将是无比的丰富，无比的多样化的。这无疑地更便利于表现我们今天的社会生活和思想感情。在民歌体之外，再加上其他民间韵文，样式自然多了一些。但其他民间韵文形式大体上也有和民歌体相类似的限制。

所以我所说的民歌体的限制是客观存在，是事实。公木企图用一两句反问来把这种客观存在的事实抹杀，是不行的。他说：

> 陕西的王老九，内蒙古的琶杰，创作出了多少热情洋溢的诗篇？歌唱领袖，歌唱新生活，都得心应手，毫无滞碍。为什么他们就不曾感到歌谣体的"局限性"呢？所以，实际起"局限"作用的，只是诗人的生活和思想感情，而不是"歌谣体"，真正需要突破的，只是诗人的生活和思想感情，而不是"歌谣体"。

为了证明这种说法站不住，不妨仿照它来否认一下旧诗词的限制。我们也可以这样说：

> 古代的李白和杜甫，苏轼和辛弃疾，现代的毛主席和鲁迅，他们创作出了多少热情洋溢的旧诗词？描写过去的生活，歌唱新的生活，都得心应手，毫无滞碍。为什么他们就不曾感到旧诗词的"局限性"呢？所以，实际起"局限"作用的，只是诗人的生活和思想感情，而不是旧诗词。真正需要突破的，只是诗人的生活和思想感情，而不是旧诗词。

如果这个理由可以成立，五四以来提倡新诗都是多此一举，庸人自扰了。但是，这何尝能够否认掉客观存在的旧诗词的限制呢？李白和杜甫，苏轼和辛弃疾，他们生在古代，他们不可能知道在旧诗词和辞赋之外还有什么表现能力更强的诗歌形式，他们发挥了旧诗词的最大的作用。毛泽东同志和鲁迅，他们都是知道旧诗词的限制的。他们熟悉这种形式，就用它来表现了一些新的事物。然而他们从来并不因为自己能掌握这种形式就向大家提倡。毛泽东同志在给《诗刊》编者的信中说："诗当然应以新诗为主体，旧诗词可以写一些，但是不宜在青年中提倡，因为这种体裁束缚思想，又不易学。"鲁迅在给杨霁云的信中说："来信于我的诗，奖誉太过，其实我于旧诗素未研究，胡说八道而已。我以为一切好诗，到唐已被做完，此后倘非能翻出如来掌心之齐天大圣，大可不必动手，然而言行不能一致，有时也诌几句，自省殊亦可笑。"鲁迅对于自己的旧诗是谦抑太过的，但他认为旧诗在唐代以后就没有出现过有大的创造性的诗人，却符合我国文学史的事实，而这反过来也正好证明了旧诗的限制。基本上用口语来写歌谣体，自然比用文言来写旧诗词的限制小一些。然而要根本不承认它有限制，不承认它的句法和现代口语有些矛盾，不承认它的体裁和样式不如现代格律诗丰富，那就和否认旧诗词的限制一样犯了主观主义的毛病了。陕西的王老九也好，内蒙古的琶杰也好，不管他们主观上感到了歌谣体的限制与否，都是不能用来抹杀客观存在的歌谣体的限制的，正如不管李白和杜甫，苏轼和辛弃疾，他们主观上感到旧诗词的限制与否，都不能用来为旧诗词的限制辩护一样。

　　公木谈的是诗歌的下乡上山问题。说到下乡上山，即是说诗歌要到今天的农村和农民中去，我也是主张利用民歌和其他民间韵文形式的。在这个问题上本来也没有什么争论。然而公木却把一些范围不同的问题弄得混淆起来了。他那篇文章谈到了三个问题：

　　一、农民容易接受什么样的诗歌；

　　二、整个新诗的民族形式民族风格应该如何解决；

　　三、歌谣体是否有限制。

这三个问题是应该分别去回答的。公木却把它们混淆起来，提出了这样的意见：因为农民容易接受歌谣体的新诗，所以真正"新鲜活泼的，为中国老百姓所喜闻乐见的中国作风和中国气派"的诗歌主要还是歌谣体，所以歌谣体没有局限性。很容易看出，这样的议论在逻辑上和事实上都是说不通的。农民长期习惯于歌谣体是事实。然而总不能否认工人及其他人民群众也是诗歌的对象吧。今年四月号《诗刊》上发表的工人同志们关于诗的形式的意见，就并不一样。有的说喜欢快板诗，喜欢民歌民调一类的作品；有的说喜欢自由体而不太欢迎格律体；有的说"我对于诗没有什么偏见，只要是好诗，我都喜欢，不拘形式、风格"。至于工人同志们自己写的诗，有的刊物发表的是快板诗为多，有的刊物发表的却又主要是半自由体和自由体的新诗。近几年来，刊物上流行这样一种诗体：每节四行；也大致押韵，但不严格；每行的节奏不整齐，也不是有规律的变化，就和自由诗一样。这样的体裁我叫它作半自由体。这种体裁是否好还可以讨论，但在不少写诗的工人同志中间好像也流行起来了。今年四月号《诗刊》上发表的工人作品，大多数都是这样的诗。此外，还有完全是自由体的诗。这些事实难道还不能证明在工人中间，已经有相当一部分人接受了歌谣体以外的新诗吗？就是农民，由于"文化大革命"的到来，他们的文化生活将越来越丰富和提高，也不会永远只是能接受歌谣体的。现在常被人引用的那首以"喝令三山五岭开道——我来了"收尾的农民诗歌，有些同志叫它作歌谣或者快板，我看其实就是农民的自由诗。过去陕北的孙万福口头创作的那些诗，我看其实也是押韵的自由诗。由于我国的诗歌一直有押韵的传统，我们的自由诗本来可以或者应该押韵的。自由诗和格律诗的区别并不在于押韵不押韵，而在于自由诗的节奏不像格律诗那样有规律，自由诗的押韵也不像格律诗那样严格。

这里有这样一些带理论性的问题。新诗的民族形式是否只有一个样式，还是多样化的？新诗的民族形式是否只能利用旧形式，而不可能创造出新的民族形式来？新诗的形式是否只能向我国的古典诗歌和民间诗歌学习，还是同时也还可以适当地继承五四以来的传统并吸收外国诗歌的影响？这些问题在我看来，本来是已经解决了的。但从公木的那篇文章以及其他类似的意见看来，又好像还没有解决。我是一直主张多样化的民族形式的。在《话说新诗》里面，我曾经说新诗的形式只能定这样一个最宽的然而也是最正确的标准：凡是比较能圆满地表达我们要抒写的内容，而又比较容易为广大的读者所接受的，都是好的形式，从快板到自由诗，从旧形式到新形式。后来我为什么又提出了建立现代格律诗的主张呢？就是因为我感到在自由体之外，一个国家的诗歌还必须有格律体的缘故。这是因为五四以来虽然有人作过建立格律体的努力，然而还没有成功的缘故。这是因为我认为我国古典诗歌和民间诗歌的体裁限制较大，还有必要建立一种新的格律体的缘故。由于这种新的格律体符合我们的现代口语的规律，表现能力更强，样式和变化也更多，因而我估计它有大发展的前途。这种新的格律体是否也有限制呢？既然是格律体，它总是有一定的格律的限制的。然而我认为它的限制较少。可惜的是现在许多写诗的人太习惯于写自由诗了，因而这几年来尽管不少读者也有建立格律诗的要求，大家却宁愿去写那种很像翻译外国的格律诗而又不能做到节奏有规律、仅仅保持了行数整齐和大致押韵的半自由体，很少人选择这种比写自由体和半自由体要多花许多推敲工夫的形式，去做建立新的格律诗的努力。因此这种最有发展前途的诗体却反而现在写的人最少。我主张建立新的格律诗，但我从来没有否认过歌谣体和自由体。我看新诗的发展和繁荣也是只能通过百花齐放的道路的。我肯定民歌体可以作为新诗的体裁之一而存在，并且认为它可能成为一种重要的新诗形式，是因为我并不只是看到了歌谣体的限制，同时也看到了它的优点。它的最大的优点就是直接以大量存在和长期存在的五七言诗和民间歌谣为传统，广大人民很熟悉这种形式。因此，虽然这种形式有限制，目前广大人民要用诗歌的形式来表达他们的激情，仍然喜欢采用它。至于和歌谣体距离最大的自由诗，现在好像很受非难了。但难道它就不能成为新的民族形式之一吗？我看也完全是可能的。在五四以来写得比较好的自由诗的基础上加以改进，使它在语言、音节和表现方法上，当然首先还要在它的内容上，更带有民族特点，那就无可怀疑地也是民族形式了。鲁迅曾多次地说道他写小说吸取了不少外国杰出的作家的影响，然而他的小说却又是最富于民族风格的。这很可供我们研究

271

关于新诗的百花齐放问题

和参考。我们要开一代诗风，这不但是一个响亮的口号，而且是一个要富有创造性才能做到的雄举。要完成这个雄举，我们当然首先要继承我国古典诗歌和民间诗歌的可贵的传统。继承传统有一个形式上如何继承的问题。这个问题大家意见不尽相同，还可讨论。但继承传统也并不只是一个形式问题。比如现在受到全国重视的大跃进歌谣和过去的革命歌谣，它们最吸引人的还并不是它们的形式，而是它们的内容表现出来了神话中的巨人式的惊天动地的征服自然的精神，反抗的精神。此外，在艺术表现方面也还有问题可以深入研究。在这里我要提出一点补充意见的，就是除了首先向我国古典诗歌和民间诗歌学习而外，我认为我们还必须扩大眼界，采取鲁迅所主张过的"拿来主义"的精神，敢于吸收世界许多国家的大诗人的作品的营养。要有这样的"千汇万状，兼古今而有之"的气魄，要有我们自己的高度的创造，然后才能开一代诗风。反过来说，如果束缚于我国的或者外国的、古代的或者现代的某一流派某一体裁的影响，无论它是什么样的流派和体裁的影响，都不过是做别人的奴隶而已，哪里谈得上开一代的诗风呢？

　　我的辩论暂且到此为止。我愿意倾听公木和其他同志的不同的意见。

一九五八年

关于写作的通信

来　信

敬爱的其芳同志：

　　我喜欢您的散文，但总觉得您早期的作品比后期的作品更有味一些。这感觉，开初我不敢承认；即使承认，也只好说是由于个人的偏爱。但文章一页一页地读下去，这感觉也一次比一次强烈，直到最后，我不得不这样想：您早期的散文作品在艺术技巧上比后期的成熟。前不久，在您一九五七年出版的《散文选集》的序上，看到了您说："当我的生活或我的思想发生了大的变化，而且是一种向前迈进的变化的时候，我写的所谓散文或杂文却好像在艺术上没有什么进步，而且有时甚至还有退步的样子。"您的话，引起了我的思索：为什么会产生这种现象？为什么当一个人的生活和思想逐步深入和进步的时候，写作的艺术会有"退步"现象呢？难道原有的艺术技巧不起作用了？这种现象，老一辈的作家、诗人有，青年作家、作者更常常有。我是一个习作者，就常常为这个问题而苦恼。我不能理解，为什么一个青年作者开始踏入创作道路的时候，会写出一些较好的作品，而以后愈写愈困难，写出来的也不见有进步，甚至一篇不如一篇呢？请您告诉我！

读了您的自序，本已得到了不少启发。但因为它不是专谈这个问题，因此比较简略、概括，好多地方我没有理解到，我想请您给我一些更详细的训导。我知道，您一定很忙，非常忙，但我更相信，您对一个青年习作者的心情定是非常理解的，我相信您定会使我得到满足，因此不揣冒昧，给了您这封信，托《峨眉》编辑部代转。

热诚地期待着您的回信。

致

敬礼!

周　速

一九五九年八月二十九日

回　信

周速同志：

你信上提出了这样的问题：为什么有些作者开始踏入创作道路的时候，写出了一些比较好的作品，而以后却愈写愈困难，写出来的东西也不见有进步？

我想，情况和原因是多种多样的。

就我过去写的所谓散文或杂文来说，当我的生活或思想发生大的变化的时候，它们好像在艺术上并没有什么进步，而且有时还有些退步的样子，那原因我是在《散文选集》的序文中作了说明的。不过的确如你所说，写得比较简单、概括。

我说明有好几种原因：

我认为如果是成熟得比较早的作者，如果是很有才能的作者，大概不会有我那样的经验。这就是说，我的那种不能令人满意的习作经验虽然或许有一定的普遍性，也并非一切作者都是那样。从中国和外国的杰出的作家中可以找到许多例子，他们的思想和艺术的成长大体上是平衡的，总是越来越成熟。不是说完全没有曲折和停滞，但不会是很大的曲折，很长的停滞。至于普通的作者，还没有成熟的作者，他的生活或思想发生了大的变化的时候，他们写的东西的内容和形式往往不是他们熟悉的，显得幼稚和粗糙就是很自然的事情了。

我在《散文选集》的序文中写这样意思的话的时候，是指我抗日战争初期在成都写的那些杂感、在延安和前方写的那些报告文学和日本投降前后到解放战争期间在重庆写的那些杂文说的。在抗日战争以前，我根本没有写过杂感和报告。在重庆写的杂文，那是在经过了延安整风运动不久之后，我企图根据我所理解的一些新的思想来写杂文。不用说我的理解只能是比较粗浅的。

当然，还有别的原因。我在那篇序文中也提到了：否定了过去的风格而新的风格又还没有形成，否定了过去的艺术见解而新的艺术见解又还比较简单，以及没有从容写作的时间，常常写得太快，太容易，等等。

来信说，你觉得我早期的散文比后期的散文更有味一些，前者在艺术技巧上比后者成熟一些。这种感觉恐怕也需要加以分析。

不知道你所说的早期和后期的范围是怎样划分的。如果早期相当于《散文选集》卷一那个部分，我也承认它们是写得思想内容和艺术形式比较统一的，它们是写得比较精炼、比较艺术的加工多一些的。但是不要忽视，它们到底是统一于什么样的思想，什么样的艺术倾向。那些速写、抒情的短文和虚构的故事，用一句话来概括，都不过是表现了一个政治上落后的知识青年的某些苦恼和矛盾而已。把那些苦恼和矛盾表现得真挚，沉郁，这是它们能够引起某些读者同情的地方。

但从那里面却散发出来了一些悲观的气息。它们的艺术倾向主要不是引导人正视现实而是逃避现实。和这种艺术倾向相适应的是它们写得不自然，不朴素，过于雕琢。有进步的思想的现实主义作家和积极的浪漫主义作家，是不会以那样的艺术风格写作的。所以对那些散文不应该过多地肯定，不应该无批判地欣赏。如果你所说的早期还包括《散文选集》卷二，我想你会看出，这个部分的思想内容和艺术倾向是和卷一有显著的差异的。这是我面向现实和倾向进步的开始。风格上也在向着自然和朴素方面变化。因为是一种新的开始和变化，倒应该说它们是并不成熟的，比较粗糙的。你所说的后期到底从哪里算起呢？我所不满意的在抗日战争初期写的那些杂感，在选集中一篇也没有选。它们思想不深刻，文章也不讲究。抗日战争初期写的那些报告文学我只选了一篇。至于卷三的其他几篇，在艺术技巧上倒未见得不如早期的散文成熟。和卷一比较，它们是一种很不相同的风格。还是这种风格正常一些，大方一些。和卷二比较，它们正是从那里发展来，而又比较成熟一些的。到了卷四里面的那些文章，风格上又有些变化，变得更朴素，因而或许就更平淡了。

我写最早的那些散文，是在做大学生的时候。那时候功课不多，有许多空闲的时间由自己支配。所以我能够全神贯注地去雕琢它们。写之前酝酿得比较充分。写的时候又很从容，一天写几百字到一千字左右。每一篇都经过了反复推敲，再三修改。后来当中学教员了，每天都忙于上课改卷子，文章就写得草率一些了。《散文选集》卷二里面的几篇都是在山东莱阳教书的时候写的。至于卷四里面的那些就写得更匆促了。那时我在国民党反动派统治之下的重庆工作，白天总是活动、开会，到了晚上才写文章。而且那时我文章写得过多，过快，酝酿和加工的工夫都很不够。我当时的艺术思想也有缺点，我只是注意到了为当时的需要服务，只是注意到了内容正确和写得容易理解，有些忽视艺术性的重要。还有一个原因，就是由于更多地写了一些议论文章和做了一些别的工作，我的头脑就习惯于逻辑的思考，形象的感觉逐渐衰退了。

关于我的写作就说到这里为止吧。今天的年轻的作者们，恐怕是情况很不同的。原因也不会只有一种。为什么他们中间有些人愈写愈困难，苦于不能提高和进步呢？最好是他们自己分析他们的不同的情况和原因。就我所能设想到的来说，可能有些人是最初由于生活的累积和非写不可的创作的激动，写出了一些较好的作品，后来却可写的东西写得差不多了，就不能作出新的贡献来；可能有些人是艺术修养不足，创作经验也少，还不能把自己的写作保持在一定的水平上，偶尔写出了一两篇较好的作品，以后写的东西却比不上；可能有些人是成名得早了一些，容易了一些，本来生活上和艺术上的准备就不够，成名以后不刻苦努力，又缺乏严肃的创作态度，这样就只能以不见进步、甚至退步的作品来维持他的作家的职业和名气了。也可能还有别的原因。按照一般的正常的情况，一个作者只要深入生活，不断提高思想修养和艺术修养，并且在写作上刻苦努力，严格地要求自己，他的创作水平总是会提高的，总是会越写越进步的。至于在提高和进步的过程中要遭遇到困难，那倒是不可避免的事情。

我只能很匆促地来写这样一封回信，写得既不详细，又很枯燥无味。就是写信，如果要写得好一点，也是需要有从容的时间的。

敬礼！

一九五九年